STA
NDI
NG

站在虚构
这边

欧阳江河 著

ON THE
OF SIDE
FICTION

四川文艺出版社

图书在版编目（CIP）数据

站在虚构这边 / 欧阳江河著. —成都：四川文艺
出版社，2017.11（2018.10 重印）
ISBN 978-7-5411-4831-6

Ⅰ. ①站… Ⅱ. ①欧… Ⅲ. ①诗学—文集
Ⅳ. ①I052—53

中国版本图书馆 CIP 数据核字（2017）第 254747 号

ZHANZAI XUGOU ZHEBIAN

站在虚构这边

欧阳江河　著

策　　划	胡　焰　周　轶
责任编辑	程　川　奉学勤
封面设计	叶　茂
内文设计	史小燕
责任校对	文　诺
责任印制	喻　辉

出版发行　四川文艺出版社（成都市槐树街 2 号）
网　　址　www.scwys.com
电　　话　028-86259287（发行部）　028-86259303（编辑部）
传　　真　028-86259306

邮购地址　成都市槐树街 2 号四川文艺出版社邮购部　610031
排　　版　四川胜翔数码印务设计有限公司
印　　刷　成都东江印务有限公司
成品尺寸　140mm×203mm　1/32
印　　张　9.5　　　　　　　字　　数　180 千
版　　次　2018 年 1 月第一版　印　　次　2018 年 10 月第二次印刷
书　　号　ISBN 978-7-5411-4831-6
定　　价　48.00 元

站在虚构这边

序

这是我的第一本文集。收在这本集子里的文章，和我的诗歌写作一样，具有某种异质混成的性质。就文章体裁和样式而言，它们当中既有较为正式的理论性文章，也有信笔写来的短论和随笔。从篇幅上看，有的文章长达上万字，有的文章则简短到仅两千字而已。至于行文节奏和语速，我认为与每篇文章所花费的写作时间不无关系，比如《蝴蝶 钢琴 书写 时间》及《倾听保尔·霍夫曼》这两篇随笔，我就坐在那儿用和写信差不多的自由速度写它们，也就两小时吧，边写边听格伦·古尔德的巴赫（不是《平均律》就是《戈德堡变奏曲》），文章写完后读上去有一种私人信件般的语速和气氛。而像《当代诗的升华及其限度》这样的文章则持续写了十天左右，原文有三万字之长，由于是为一个特定的诗学研讨会所写的发言稿，我又被事先告知仅有四十分钟的发言时间，所以压缩成现在这个样子。长度从三万字挤压到不足万字之后，文字的内在节拍是否带有减法的特征呢？

这本集子里的文章除少数几篇涉及了音乐和绘画外，大都是关于诗歌的。写诗算是我的本行，但在写诗学文章时，我刻意选择了"读"的角度，而非"写"的角度。因为读可以把写像灯一样打开。问题是，写是怎么被打开的，还会怎么被关掉。真的，读是开关。按照海德格尔的说法，读，就是和写一起消失。

词真能像灯一样打开，像器皿一样擦亮，真能照耀我们身边的物吗？当代诗人们致力于处理词与物的关系，以此界定人在宇宙中的位置和形象，并对现实生活的品质、价值和意义做出描述。我想强调指出的是，这种描述带有虚构性质，不大可能由现存事物简单地、直接地加以证明，因为诗的描述不仅是关于"物"的，也是关于描述自身的。从虚构这边看，诗引领我们朝着未知的领域飞翔，不是为了脱离现实，而是为了拓展现实。在我看来，现实如果只是物的状况的汇集，没有心灵和诗意的参与，那么，一切将变得难以忍受。

细心的读者会发现，我的某些文章（比如这本集子里的几篇细读文章）意在表明，在对现实的诗意描述与媒体性质的描述之间，不存在共同尺度。这种思维方式和表达方式的深刻差异不是很好吗？"维护差异性"是利奥塔在《后现代知识状况》中提出的一个理论建议，它值得我们认真考虑。我不是一个时时处处与传媒体制为敌的人，但老实说，要是当代媒体想说想做什么就能说能做什么的时代真的到来时，我不知道，人类生活会是怎么一个样子。也许，地球将小得几乎可以被一份晚报折叠起来，所有的历史事件都发生在通栏标题下，几个版面就足以概括生活，花上几毛钱就能通读。至于诗歌，至于文学，那是副刊的事。读者全都不知不觉地在使用一种全球通用的传媒语言来整理思想，表达看法。这种硬通货式的语言，人们说它的时候好像自己的思想、观点、意见是兑换过的。它散发着主持人语气和嘉宾口吻，意在造成一种历史正被现场直播、而每个人都是应邀出席者的假象。就词与现实的关系而言，媒体语言是与现实最为贴近的报道语言，它所讲述的全是真的发生过的事儿。但这种语言对现实的界定实际上是个幻觉。因为现实和现实感从来不是同一回事，生活真实和文学真实更不是。明白了这点，就能明白我为什么提出站在虚构这一边。

从某种意义上讲，一个人的写作想有多自由就能有多自由，但是，真正有意义和有价值的写作肯定存在着限制。问题是，对于这限制是什么，在哪里，我们往往茫无所知。

欧阳江河
1999 年 8 月 28 日

··· 目录

当代诗的升华及其限度

一、个人语境的不纯

我们在诗学研究中面对的是一般诗学，而在动笔写作时考虑的却是某一特定作品，这种情形是否合理？提出这个问题，部分是由于在当今汉语诗界一个人既写诗又从事诗学批评的情况似乎已相当普遍，部分则是考虑到有时我们对如何理解一个词感到没有多少把握——很明显，对于公共理解、一般诗学和不同的特定作品，有时一个词表达了迥然不同的意义。这看上去像是一个技术性的问题，但其中所包含的困惑却是难以回避的。我想这里首先有一个语境问题。一般诗学所面对的是由交叉见解所构成的具有可公度性（commensurability）的共识语境，而在某一特定文本中起作用的则主要是个人语境。也许对个人语境起源的不纯加以质疑是必要的，因为这一质疑通常会把我们的注意力引向个人生存的特殊处境和深度经验，在其中，词与物的关系所呈现出来的直接真实往往带有令人不安的单纯性质。之所以令人不安，是因为单纯本身有可能精致化，变为福音或乡愁的袖珍形式，亦即一种由集体记忆加以维系的个人记忆的替代品；也有可能因制度语境的压抑和扭曲而发展成为真正的噩梦。英国作家赫胥黎（A.L.Huxley）在《美妙的新世界》一书中描写的一个场景是这方面的典型例子：一间阳光明媚的房子里摆满接通电源的鲜花，一群孩子被带进来后，人人都本能地扑向鲜花，而电闸就在孩子们的手碰到鲜花的一刹那拉下。这种情形重复一千次后，鲜花与电流在概念上就紧紧黏合在一起：这不仅仅是事实的简单呈现，或噬咬人心的痛楚经验，也是一种具有固定含义的"反常的常识"。换句话说，鲜花与电击的联系既是物与物之间的联系，又是词与物、词与词的联系，未知世界与已知世界的联系。由于它已内在化为个人语境，无疑将作为修辞的噩梦在孩子们的一生中起作用。

这当然是反常语境迫使正常语境产生变形的一个极端例子，但它有助于说明个人语境的不纯。词与物的初始联系并不像看上去那么单纯，就其起源而言早已布满了外在世界所施加的阴影、暴力、陷阱。对我们这代人来说，只要提到像"麻雀"这类词在五六十年代意味着什么就足够了。麻雀每年吃掉多少粮食的统计数字一经发表，"麻雀"一词在我们成长时期的个人语境中就成了"天敌"的同义词，为此不惜发动一场旷日持久的麻雀战争，与其说麻雀属于鸟类，不如说它属于鼠类。必须指出的是，这种米勒（J. Hillis Miller）所说的"按事先规定好的神学假定"① 去理解一个词的反常途径，不仅指向世俗政治和现实人生场景，而且指向精神和心理的领域，构成了善恶对立的二元修辞体系。根据这一体系对意义的"事先规定好的神学假定"，个人对事物的认知和判断成了对词做出分类处理的一个过程。例如："麻雀"一词划归恶、"葵花"一词则体现了善。在这里，词的世俗性意义无论朝向善恶的哪一向度，都含有某种特异的精神疾病气味，它是不祥的，因为它除了是体制话语的产物，也是人性表达的一部分。

词与物的联系是怎样被赋予超字典的反常意义的，这种意义又是如何在公共理解中固定化、功利化，并对个人语境造成巨大压力的，这恐怕主要是社会语言学范畴的问题，我无意加以深究。我所关切的是对个人语境的不纯加以质疑能否给个人写作带来活力。无论在词的精致化、词作为集体记忆、词作为历史噩梦的哪一种可能性中，我所理解的严肃的个人写作都意味着呈现生存的未知状态。不过问题在于，一个诗人当然可以通过规定上下文关系来规定词的不同意义，但这也许只是一个幻觉，因为诗人

---

① Ralph Cohen 主编，*The Future of Literary Theory*，Routledge，1989，引自中译本，中国科学出版社，1993 年，第 130 页。

不能确定，具体文本所规定的词的意义一旦进入交叉见解所构成的公共语境之后，在多大程度上还是有效的。令人沮丧的是，一方面个人语境难以单独支撑意义，另一方面它又无力排斥公共理解强加的意义。例如"麦子"一词在已故诗人海子的后期诗作中频繁出现，只要我们细读原作就能发现，海子是在元素和词根的意义上使用这个词的。但后来的情况却表明，"麦子"一词进入公共理解后，因其指涉过度泛滥而成了那种空无所指的"能指剩余"，就像一只魔术袋，可以从中掏出种种稀奇玩意儿，但又似乎是空无一物。一个词的信息量从来没有包含如此多的群众性，以及族系相似性（familial resemblances），其意义的传递无论是经由误读或仿写，还是通过空想或移情，都明显带有非意义刺激出来的仪式气氛。显而易见，我们在这里遇到的并非如何理解一个词、一首诗或一个诗人这样的问题，我们遇到的是一种综合的社会症候，它相当诡异地同时证明了诗意对公众的强烈感染力以及伴随这种诗意感染力所产生的深刻的无力感，诗意的独特性越是传遍公众的理解，就越不是原有的诗意本身。也许这里有一种萨特（Jean-Paul Sartre）式的奇怪反讽，即"胜者为败"的逻辑——诗人所赢得的正是他所失去的①。

---

① 《最新西方文论选》，漓江出版社，1991年，第335页。

二、自动获得意义

我将上述症候称之为升华。

升华（Sublimation）似乎是一个具有特殊魅力的词。从本义上讲它是一个物理学、化学术语，用以指称以下现象：某些熔点和沸点接近的固体物质，受热之后外观上不成液体而直接成为气体，待冷却后气体复又直接成为固体。当然，升华一词后来在心理学、伦理学、美学和文学等领域被广泛借用，在修辞转义的历史过程中，这个词的人文内涵显然已超出了它在自然科学方面的字源本义。将作为人文用语的升华与作为自然科学术语的升华加以比较，其差异颇能说明问题：两者都是指事物从一种状态转化为另一种状态，但后者仅限于对转化现象做客观描述，前者则含有主观滋生的意思并涉及价值判断（升华后的状态在道德或美学价值上高于升华以前的状态）。

需要说明的是，我在使用升华一词来指称本文所讨论的当代汉语诗的种种症候时，并不奢望这个词具有一般理论术语通常具备的准确性和严谨性。我有意不在技术上做出界定，因为升华作为综合的社会症候实际上难以被界定，我宁可将其视为一个变项，用以说明词与物的联系在不同语境中的状况和性质。升华无疑意味着有什么东西起了变化，就当代诗而言，首先起变化的是语言的性质。像前面提到的海子后期诗作，"麦子"一词的意义变形并不是一个孤立的例子，海子的不少作品在公众理解中升华后，其可贵的元素般的语言品质要么蒸发为某种与天地精神独往来的空旷气息，要么变成了流行性的伤感和乡愁。张枣在谈到公众对诗歌的冷漠反应时，有一个相当生动的说法：冷漠可以把这些诗作像灯一样关掉。其实公众对诗歌的过于热烈的反应又何尝不是如此！想想人们在集体交出耳朵、头脑、良心和泪水的升华状态下阅读诗歌，对当代诗人意味着什么吧。我认为，在升华之后的读者用意中，作者用意很可能像灯一样被关掉。其次，随着语言性质的变化，词与物的类比关系也起了变化。在上述例子中，"麦子"作为一个词与作为物自身，两者之间已无必然联系。麦子所指称的物，在性质上可以是玉米、谷子或别的什么，只要这个"所指"能带来还乡冲动，带来对家园村庄、对古老土地、对养育物产的感恩心情。词升华为仪式，完全脱离了与特定事物的直接联系，成了可以进行无限替换的剩余能指。这种情形使人联想到列维-斯特劳斯（C. Levi-Strauss）在《生的与熟的》一书中对大洋洲原始宗教用语"Mana"一词的描述："……它同时是力量与行动，质量与状态，名词与形容词及动词；既是抽象的又是具体的，既是无所不在的又是有局限性的。实际上 Mana 是所有这些东西。但是，不正是因为它不是这些东西中的任何一个，它形式简单，或更确切地说，是个纯象征，因而能承担起任何一种象征内容?"①

这里的象征内容显然具有可以无限替换的性质。列维-斯特劳斯认为"这样的内容能够接受任何一种价值"，因为像 Mana 这类词自身"仅会有零度象征价值"。②

博尔赫斯（J. L. Borges）也曾在小说《阿莱夫》中，从观看与遗忘的立场对语言的上述性质加以讨论。阿莱夫与 Mana 相似，它作为一个包容万象的点，可以既不重叠，也不穿透地容纳现象与行动的"无穷数集合"。它的名字篡夺了人的名字。意味深长的是，博尔赫斯认为一个被看见过的、具体存在的阿莱夫是一个假的阿莱夫③。他的意思是，阿莱夫作为一个词是假词，它所集合起来的历史也是假历史。我想到詹明信（F. Jameson）在讨论后现代文化现象时做出的一个断言：在假历史的深度里，美学风格的历史取代了"真正的历史"。

我可以毫不费力地从大陆当代诗作中找出数量惊人的词，与Mana 和阿莱夫加以比较。家园，天空，黄金，光芒，火焰，血，颂歌，飞鸟，故土，田野，太阳，雨，雪，星辰，月亮，

① 德里达，《人文科学语言中的结构、符号及游戏》，引自英国批评家洛奇（D. J. Lodge）所编《二十世纪文学评论》的中译本（下册），上海译文出版社，第 555 页。
② 同上。
③ 《博尔赫斯短篇小说集》，上海译文出版社，1983 年，第 222—240 页。

海，它们在升华状态中，无一例外地全部呈现出无限透明的单一视境，每一个词都是另一个词，其信息量、本义或引申义，上下文位置无一不可互换。一句话，这些词彼此可以混同，使人难以分辨它们是词还是假词。问题不在于这些词能不能用、怎么用，是不是用得太多了——因为写作并不是寻找稀有词汇，而是对"用得太多"的词进行重新编码。我认为问题在于，词的重新编码过程如果被升华冲动形成的特异氛围所笼罩，就有可能不知不觉地被纳入一个自动获得意义的过程。对于严谨的个人写作而言，重新编码意味着将异质的各种文本要素、现实要素严格加以对照，词的意义应该是在多方质疑和互相限制中审慎确立起来的，即使在它们看上去似乎是不假思索的信手拈来之物、灵感所赐之物，信马由缰难加束缚时也该如此，原因很简单：意义应该是特定语境的具体产物。但对于升华过程来说，情形就完全不同了。在那里，意义似乎是外在于任何具体语境的一个纯客体，它超然物外却又像"物"一样存在，事先就是成熟的、权威的、完形的，不必重新编码。在这种情况下，写作不过是已知意义和未经言明状态之间的一种中介过渡。我不知道这里的已知意义是不是假意义，但我知道一个自动获得意义的词往往是假词。这些无辜的词，它们成了列维-斯特劳斯所说的"纯象征"，自身没有任何质量，甚至在被当作假词的时候似乎也不是真的。它们被滥用了，被预先规定的价值和意义，被公共理解，也许还被写作本身滥用了。这种滥用达到失控的程度，就会使诗的写作、批评和传播成为一个耗尽各方歧见、去掉怀疑立场的过程。这不仅因为词成了以上所说的假词之后，其指涉说变就变，"这样轻而易举地倒映出各种色彩，未免……太变色龙一样了"[①]；还因为所有变化实际上都被导入了一个不变的方向，借用多多一首诗的题目来说即"锁住的方向"——所谓词的升华，只能是混浊变向纯净，黑暗变向光明，地狱变向天堂，堕落变向救赎，俗念变向圣宠，或然变向必然，这样一个单一走向的演变序列。

三、从反词去理解词

在单一向度的演变序列中词所获得的意义通常是类型化的。我们都知道，类型化意义有一个二元对立的基本结构。词的升华由于预先规定了单一变化方向，词不仅自动获得意义，而且自动获得这一意义的对立面。两者都是类型化的，属于同一结构中的两极。它们的对立有时涉及价值判断，有时是不同语境的对比，有时带着急迫的世俗功利性要求。但上述对立很可能转化为

---

① 引自纪德（A. P. G. Gide）表姐的一封私人信件，见莫洛亚，《从普鲁斯特到卡缪》（一部作家专论），漓江出版社，1987年，第102页。

并无实质内容的纯粹修辞现象，因为意义的对立在这里完全可以和词的修辞性对立混用。换句话说，写作在升华过程中所经历的从黑暗到光明、从地狱到天堂、从肉体到精神的种种变化，究竟是意义和价值的变化，还是得来不费功夫的措辞表演，两者很难加以区分。就常识而言，我们往往是从反词去理解词，例如，从短暂去理解长久，从幽暗去理解明亮，从邪恶去理解善良，从灾难去理解幸福。词与反词在经验领域的对立并非绝对的，它们含有两相比较、量和程度的可变性、有可能调解和相互转换等异质成分。但在一个将经验成分悉数过滤掉的类型化语境中，对立则是孤零零的、针锋相对的，我想这已经不是词与词或词与物的对立，而是意义、价值判断之间的二元对立。在这种类型化的语境中从事写作，诗人完全可能以"反对什么"来界定自我，而无须对"反对"本身所包含的精神立场、经验成分、变异因素等做出批评性的深刻思考，因为"类型化的语境"已经将这一切过滤掉了，只留下孤零零的反对。至于意义、价值显然可以自动获得。布罗茨基（Joseph Brodsky）就曾经说过，"一个与邪恶斗争或抵制它的人几乎会自动地把自己当成是善良的，从而回避自我分析。"[1]

---

[1] 引自布罗茨基致捷克总统哈维尔的公开信，中译文载《倾向》1994年第1期，第167页。

正是由于这个以反对什么来界定自我的过程回避了自我分析，因此所谓的界定自我，可以方便地转化为升华自我。这给当代诗的写作带来了真正的混乱。我指的是写作立场的混乱，精神起源的混乱。其实许多诗人的写作根本谈不上什么精神起源，他们往往是从青春期冲动、从短暂地风靡一时的种种时尚、从广告形象设计和修辞表演效果以及从江湖流派意识中，获得反对立场。反对在这里主要是一种姿态，有无深刻的精神内涵倒在其次。我认为，这是一种时过境迁的、寄生性质的反对，词的意义寄生在反词上面。先有了反词，然后词才被唤起，被催生，被重新编码。问题是，反对邪恶一旦成为界定善良自我的必不可少的前提，那么就逻辑而言，下面两种可能都难以排除：其一，因为邪恶的存在，导致了我们对邪恶的反对；其二，我们为了反对邪恶而发明了邪恶（例如：为了反对体制的或他人的邪恶而发明了自我的邪恶）。这里是否有一种弗赖（Northrop Frye）所说的"可怕的对称"呢？因为有天堂，所以能够堂而皇之地呼应一个地狱的存在。也许需要证明的不是天堂，而是地狱。我们对天堂知之甚少，但对地狱却知道很多，可以反复发明地狱。而且，以反对地狱来界定天堂中的自我，不正是为了记住地狱吗？因为我们在起源于地狱的写作中所处理的那个"天堂般的自我"，实际上并不带来对于记忆中的地狱的尼采式"主动遗忘"。词无力唤起对于丑恶现实的遗忘。对词的升华来说，天堂与地狱是并存的对称的语境。

　　我不知道人们是否已经足够清醒地认识到，由于有了丑恶现实，才会有诗人内心的美丽童话，这个典型的顾城式逻辑完全可以自动颠倒过来，改写为：由于有内心的美丽童话，所以必须有丑恶现实与之对应。这样的逻辑一旦被推向极端的理解，我们就很难分清，在顾城后来提出的一个命题"杀和被杀都是一种禅"中，究竟是因为有了现实行为"杀和被杀"，才有了内心之"禅"；还是因为有禅，才有杀和被杀？顾城后期作品《城》中有一首短诗涉及上述命题：

　　　　杀人是一朵荷花

　　　　杀了　就拿在手上

　　　　手是不能换的

杀人在文明的语境中显然是反文明的。但荷花将杀人转换到一个准宗教的透明语境。由于两种语境的重叠指向一个单向度的升华过程，杀人就是荷花，词变成了反词。也许词和反词同时被取消了，正如在善恶合一的过程中单独的善、单独的恶都被取消了。只剩下禅。我不知道禅是不是一个中性的容器，一个像漏斗那样的物，世上的信仰和知识它无所不包，但无一不被漏掉。只剩下容器本身。器物在时间中战胜了精神，刀战胜了词。"拿在手上"，我想作者在这里刻意强调了某种表演性、可观看性。"手是不能换的"，头颅能不能换呢？在词升华到禅的境界之后，杀和被杀作为文本事件，与作为现实事件的杀和被杀能不能换？一个具名的人杀死另一个具名者，与匿名状态下的一群人杀死另一群人能不能换？给杀和被杀一个禅或童话的美丽语境，一束荷花的意象，与杀和被杀在国家机器、国家理性构成的制度语境中进行，两者又能不能换？

"手是不能换的"。但握在手中的鲜花和刀却可以换。严格地讲，我提出"能不能换"这样的质疑并不是针对自传意义上的顾城的，而是针对某种诡异的语境现象。我认为，顾城后期作品中的个人自传性语境与类型化的语境是混而不分的。问题的诡异之处就在这里。在一个类型化的整体语境里，每一个人的个人自传性语境都具有可换性。换句话说，杀和被杀升华为一朵荷花后，可以递到我们当中任何一个人的手上，剩下的问题只是，拿什么去换？也许必须加以质疑的是，这里的荷花对应于自动赋予意义和价值的类型化语境，它与杀人的重叠，实际上取消了杀与被杀的特定性、个人自传性，使之成为禅的透明视境中发生的词与行为之间的一桩转译事件。我历来认为，善与恶是具体的、个别的承诺。一旦取消其具体性，对承诺本身的解释就可以从正变到反，只要能找到一个可以通约的意象。我无意从教义上讨论禅的善恶观，因为禅在这里其实只是那种漏斗性质的升华语境：任何事物（例如杀与被杀这一类世俗场景）装进去之后，都从单一的荷花中漏出来。

为现实中的灾难寻找一个像荷花那么美妙的拿在手上的"可公度意象"，难道这就是当代诗人想干的吗？我想有些诗人不这样干。当鲜花、刀、麦子、夜莺、鸽子、向日葵之类的"超验所指"在人们手上像走马灯似地换来换去时，陆忆敏的两句诗：

　　我站在你跟前

　　已洗手不干

含有不容置疑的拒绝意味。翟永明也在某些被广泛阅读的诗作中对手的动作做了深思熟虑的处理：她的手通常是缩回去的，交叉着抱在胸前。吕德安的手"疲于一种交换"。孟浪的手出现在强制性的统治语境中：

　　……手和手

　　被铐在一起……

张枣的手则带有南方诗人特有的恍惚迷离气质，使人分不清是作者本人的手，还是他者的手。请将《卡夫卡致菲丽丝》中的一行诗"我奇怪的肺朝向您的手"和《楚王梦雨》中的一行诗"让那个对饮的，也举落我的手"，与下面这句诗对照起来读：

    ……没有手啊，只有余温。

手在上述不同语境受到了限制，无论它是作为一个幻象，还是作为现实。问题不在词与物、词与反词能不能转译，而在我们是否对转译的语境做出必不可少的限制。

四、对于圣词的抵制

为什么要对转译的语境做出限制？

首先，存在着文本世界与现象世界相互转译的可能性。转译的过程如果被强化到词等同于历史硬事实的程度，词的及物性就会不加限定地被当作滋生现实的手段强加给写作，使写作过程成为不仅提供美学许诺，而且提供造物许诺的一个能量转化过程。词的命名功能在这里倾向于变为行动本身。但事实上，以为通过强调能量转换、强调造物许诺就能使静态的词行动起来，进而由词的行动带来物自身的行动，这根本就是一种幻觉。我们在这种情形中看到的不仅是意义自行增值的恶性循环，而且也是词的世界与现实世界的自动转译。问题是词在自动转译中给出的造物许诺无法兑现，却带来了种种期待，要求，英雄幻觉，道德神话，它们共同构成了集体精神成长史的消费奇观，并且最终转化为一种以焦虑为主要特征的社会症候。令人不安的是，无法兑现的造物许诺作为有待释放的潜在能量，完全可以既为个人写作，也为消除个性的"一般书写形式"不加区分地提供摹仿资本（Mimetic Capital）。"一般书写"是为整体性所支配的，带有明显的美学上的极权主义倾向。

其次，自动转译有一个本体论诗学的前提：圣词先于寻常词语。圣词所指涉的是写作中的绝对起源，即先于个别书写的"一般书写形式"。就诗人与他所隶属的历史"通过语言构成的"交换关系而言，圣词旨在提供使人类经验类型化、整体化的升华动力。从某种意义上讲，圣词的基础是"特许的档案式预想"与二元对立逻辑的分析关系。这种关系事先假定有一个绝对支点（"不可解释的阿基米德点"）来制约思想的形成过程、表达过程，以防不规范的语句突然出现。圣词正是这种性质的绝对支点。陈东东在其不分行的诗篇《地理》中写道：

用简洁的一个词占有又馈赠一切花园和思想迷宫……

"占有和馈赠"是圣词的特权。为排除词的异质成分，信息被全部转译成圣词，然后分配给寻常词语。当然，圣词只是在输入的信息易于分类、能自动推断出事实含义并自动与现实的变易特性相协调时才起作用。圣词的这种作用类似于巴尔特（Roland Barthes）所讨论过的"零度词语"赋予已知事物的强化作用。对此，德里达（Jacques Derrida）表明了另一种看法，他认为语言所包含的信息"产生于自身的蜕化"，因此可以提供一大堆现实。① 换言之，信息与现实的相互转译并无一个圣词所代表的绝对起源可以追溯，除非我们对圣词的追溯受到寻常词语种种用法的限制。圣词的那种"占有又馈赠"的特权必须被充分质疑，必须加以限制。海子后期诗作中频繁出现的"太阳"一词显然是先于观看、照耀、升起和落下的圣词。我注意到海子与此同时对一种特殊生命状态"瞎"的强调。我认为海子是在寻找必不可少的语境限制。他在九位盲人的身上找到了太阳的盲点：一种朝向内部黑暗的、深具穿透力的观看。我感觉到了"太阳"与"瞎"之间的语境张力。类似的情形在海子的《金字塔》一诗中也可看到：

---

① Jacques Derrida，*of Grammatolog*，霍普金斯大学出版社，1994 年，第 18—19 页。

人类的本能是石头的本能

消灭自我后尽可能牢固地抱在一起

没有繁殖

也没有磨损

诗中的"石头"是一个零度状态的圣词，孤立、静止、不起变化。海子在这首诗的第一段就写道：

如果这块巨石

此时纹丝不动

被牢牢锲入

那首先就移动

别的石头

放在它的周围

上述诗行是对维特根斯坦（L. J. J. Wittgenstein）一则札记的重新书写，海子只是作了分行的技术处理（顺便提一下，《金字塔》这首诗是题献给维特根斯坦的）。这里，作为圣词的石头纹丝不动，但"别的石头"却可以移动，而石头一经移动就从圣词变成了寻常词语。石头由此获得了相互扭结的两组陈述：在陈述 A 中，石头是不可移动的；但在陈述 B 中，石头却是可以移动的。

两组陈述都与石头这个词的已知意义相吻合，但彼此却是对立的。词在这里是对词自身的一种抵制。我认为没有必要一定要为这种抵制发明一个得到公认的反词立场，不仅因为词抵制自身属于写作过程中的个人秘密，带有"符号的无法识读性"（Unreadability）；尤其因为词对词自身的抵制往往会被转译为对现实的抵制，两种抵制掺杂在一起，使人难辨真相。海子似乎注意到了这一点，因此他在诗中两次写道："经书不辨真伪"。《金字塔》这首诗表明海子已经认识到，并不存在一个共同的反词立场。

五、不可公度的反词立场

在一般诗学中，在公众的阅读期待中，存在着先于个人写作的前意义，这个事实并不带来沮丧。因为一个中性的、毫无现实倾向性的理想词语空间对于读者、批评家和诗人都不存在。一些当代诗人为了纯洁词语，重温词作为事物起源的古老梦想，重建词的乌托邦，其写作受到命名冲动的鞭策，因而采取全然无视公众见解以及当代批评的极端立场。另一些诗人与此相反，他们急迫地要使个人语境获得公共性质，也许过于急迫了。这两种倾向在大陆当代诗歌的写作进程中都产生了实际影响，发展出各自的风格类型、写作模式、流派主张及其种种变体。两种倾向都各有道理，但局限性也非常明显：按照前者的主张去写作，诗人有可能失去处理身边素材——这些日常素材往往含有大量的群众信息——的能力；而如果遵从后者的主张，功利性和表演性又肯定会危及词的精神品质。问题是上述局限性在实际写作过程中，完全有可能被见解各异的诗人当作自己的美学风格特征加以炫耀，也就是说，将局限性发展成得到公认的反词立场，发展成一般风格。

这会不会印证前面已经引用过的詹明信的一句话：美学风格的历史取代真正的历史？我认为，关键在于诗人应该对写作过程中的反词立场是否类型化保持足够的警惕，因为反词立场往往是与写作中的身份确认问题联系在一起的。反词立场一旦类型化，诗人的身份就会成为面具或注册商标之类的"客观识别标记"。现在的流行看法是，一个诗人要想"有效地"、"合法地"从事写作，必须预先澄清反词立场，获得公认的、易于识别的类型化身份。比如说，一个具有本土派身份的中国诗人在确立反词立场时，似乎不得不以"世界诗"为敌。但所谓的世界诗只是一个假想敌，从中发展出来的反词立场反过来证明了"本土派诗人"身份的不纯。与此类似的其他一些概念，如传统派，乡土诗人，寻根派，自白派，洋务派，边塞诗人，城市诗人，江南才子派，口语诗人，整体主义，东方主义，后现代派诗人，新状态写作，所有这一切似乎都是为了便于识别身份，为了使反词立场得到公认而提出来的，它们也许有助于说明某些共同现象，有助于划界行为，但对理解真正的个人写作实际上很少起作用。

能不能这样说：一个词无论在信息量、价值判断、修辞功能等方面包含了怎样的公共性质都不必回避，因为词的混杂不纯实际上能够为当代诗的写作带来现实感和活力。问题的关键在于为词的意义公设（Meaning Postulates）寻找不可通约、不可公度的反词。也就是说，反词立场的确立不是一般诗学、不是群众理解、当然也不是身份认同这类准政治行为的事，它纯属于诗人自己。诗人通过对词的意义公设的被动认可及奴隶般的服从（艾略特就曾指出过，好的诗人应该是语言的奴隶而不是它的主人），隐身于现实世界，隐身于人群之中；但诗人与此同时又通过对反词的个人化理解得以从人群中抽身离去，保留至关重要的孤独性和距离感。我在这里所说的反词，不应该被狭义地界定为词与词之间自行产生的语义对立，而应该从广义上被理解为文本内部的对应语境。我的意思是，反词是体现特定文本作者用意的一个过程，这个过程将词的意义公设与词的不可识读性之间的紧张关系精心设计为一连串的语码替换、语义校正以及话语场所的转折，由此唤起词的字面意思、衍生歧义、修辞用法等对比性要素的相互交涉，由于它们都只是作为对应语境的一部分起临时的、不带权威性的作用，所以彼此之间仅仅是保持接触（这种接触有时达到迷宫般错综复杂的程度）而既不强求一致，也不对差异性要素中的任何一方给予特殊强调或加以掩饰。

我想举两个具体的例子来说明我所理解的个人化的反词立场。一个例子是前文已经提到的海子后期写作中出现的"瞎"这个词，这是海子为他自己狂热歌颂的"太阳"所设置的一种反词性质的生命状态。"瞎"与公众所理解的黑暗不是一回事。因为在公众性的黑暗中太阳是缺席者，这是暂时的黑暗，暗含了"太阳就要出现"这样一种希望；而海子的"瞎"则是将太阳本身包括进来的一种个人的、彻底的、生命意义上的黑暗。瞎作为太阳的反词，指涉了生命现象与自然现象的对立，内在视境与表面视境的对立。对此加以深究就能理解为什么海子后期诗篇中的太阳是歌唱性的，而非可视性的。因为瞎是宿命的，所以只能去倾听、去歌唱，把太阳转化为白热化的声音。我想指出的第二个例子是张枣《入夜》这首诗中的一行诗：

花朵抬头注目空难

空难在这里被处理为花朵的反词。可以从三个互有关联的层次上理解作者的用意。其一，从空间关系看，"花朵抬头注目"指出了一个向上的意图，而"空难"则是向下的、崩溃的。其二，两者的空间接触后面隐藏着作者对时间的识读。花朵与一个完整的自然时间过程（从生长、开放到凋谢）相对应，空难则对应于一个反自然的、工业文明的时间过程。按照意大利作家卡尔维诺（Italo Calvino）的理解，空难发生的一刹那属于"时间零"（绝对时间），空难在这一时间里看上去酷似一朵花：夜空中的灾难之花，溃散之花，机器产品的故障之花，包含了宇宙的全部恐惧。其三，作者真正关切的是人性问题。在传统中国诗中，以花喻人是一种常见的、几乎已成陈腔滥调的修辞用法，对此作者不仅不回避，反而用"抬头注目"予以特殊强调。我想诗人张枣无法接受空难的基本后果：空无一人。所以他让花朵在诗句中执行了代人现身的功能。对花朵而言，死于空难的人也许人人都曾经是赏花人，但现在人去花在，他们当中无人还能看到花朵，所以花朵反过来看人——从修辞策略上讲，被看变成了看。读者从中可以感受到作者悲天悯人的独有情怀。而这种情怀显然不是"以花喻人"之类的传统修辞用法所能单独呼唤出来的，如果作者在这里没有为这类常见的修辞用法提供一个像"空难"那样的个人化的反词的话。

1995 年 9 月于华盛顿

1989 年后国内诗歌写作：
本土气质、中年特征与知识分子身份

一、讨论范围及术语说明

本文讨论的范围限于 20 世纪 80 年代末以后中国国内的诗歌写作。我把写作现状、作为历史的写作、可能的写作放在一起讨论，把语言的历史成长及个人成长、风格的一般特征及个人特征放在一起讨论，目的是想对转型时期国内诗歌写作的历史转变做出初步的考察和说明。我所讨论的问题，与其说是概念和归纳的产物，不如说是理解力和想象力摆脱次要问题的纠缠之后，摆脱功利上的考虑之后，专注于写作本身的产物。可以把对写作的专注看作削弱先入之见、形成新的视野和新的见解的持续努力——显然，这是一个诗歌写作和诗学批评的客观进程。任何个人对它的描述和讨论都不可避免地带有两种截然不同的成分：一种是确定的、了断性质的，另一种则是犹豫的、变化的、有待证实和补充的。这是我想事先说明的第一点。

我想说明的第二点是，本文采用了诸如知识分子写作、中年写作、本土风格及本土气质这样的提法，这在很大程度上是为了陈述的方便，提法本身并无严格的理论界定。不过，我采用以上这些比较具体的提法，从而避开通常使用的现代主义和后现代主义这一类理论术语，是因为我不打算在理论的范围内确立一个讨论的起点，我只是想使讨论更切合诗歌写作的实际情况。这里，我想占用一些篇幅来说明我避开现代主义和后现代主义这类术语的三个方面的考虑。其一，这类术语通常是针对文学史（主要是西方文学史）上某一特定历史时期文学思潮的主要特征提出的，它们都"要求有一个既能说明其类型又能说明其年代、既有历史性又有理论性的定义"①，这些定义通常是"环绕着往事形成的"②，是为了便于集中讨论而从批评的立场提出的，而本文的讨论则主要是关于写作的。其二，现代主义和后现代主义，作为术语其内涵"可以由正变到反"③，人们完全可以用同一个术语去涵括完全不同的事实。例如"现代"这个术语，按照几位西方批评家的说法，它既可以用来"界说一种历史上正在消失或已

---

① 英国 Malcolm Bradbury 和 Jams Mcfarlane 所著《现代主义的称谓和性质》，转引自中文版《现代主义文学研究》（上），中国社会科学出版社，第203—240页。
② 同上。
③ 同上。

经消失了的特殊风格类型"①，又可以用来"涵括它所造成的一种永远是现代的事态和人的思想观念状态"②，既可以说"现代主义是一种神秘的私有的艺术"，也可以宣称"现代主义的本质在于它的国际性"③，至于"后现代"这一术语，其涵义的混乱和宽泛更是人所共知。这样的情况并不鲜见：当人们从这类术语出发去说明和澄清某些具体问题时，常常发觉讨论实际上只是在术语之间进行的，具体问题反而无关紧要。因此，当我想确定一个比较小的、比较有效的范围来讨论中国国内诗歌现状时，某些理论术语并不那么适宜。其三，现代主义和后现代主义作为表述某种历史概念的术语，包括了这样一种转变：从关注文学对人类境况的描述，转向关注表达本身的风格、技巧和自律的形式。如果将这一转变理解为文学自身历史的一场革命，那么，困惑会随之产生：在这里，革命是指带来广泛影响和意外观念动荡的深刻变化，还是依据革命这个词的拉丁文（revolution）原意，含有回转、恢复原状的意思？而且，无论从现实的还是从形而上学的意义上说，对革命都有两种相互矛盾的理解：一种是发动者和参与者的理解，认为革命是对"飘忽不定的思想"的解放；另一种

---

① 英国 Malcolm Bradbury 和 Jams Mcfarlane 所著《现代主义的称谓和性质》，转引自中文版《现代主义文学研究》（上），中国社会科学出版社，第 203—240 页。
② 同上。
③ 同上。

理解来自那些在革命中遭受损害的人，他们认为革命最终意味着增加各种集体因素和所谓历史趋势对个人的控制。两种理解都各有其准确性和深刻性，但又各自含有偏见的成分。奇怪的是，如果试图把两者结合起来用以阐明文学的现状，结果可能更加片面。因此，英国诗人赫伯特·里德（Herbert Read）宁愿将现代主义文学运动看作是一种决裂、转移和清算，而拒绝将其称为一场革命。[①] 如果这个看法是有道理的、大致准确的，那么，现代主义以及晚些时候的后现代主义理论，它们对写作状况的描述显然都含有清算、甄别、事后处理这样的意图。例如，某些后现代理论家为抵制他们认为已经过时的"制度分析"而提出来的"分裂分析"方法，就明显含有上述意图。但我认为，仅仅从事后追述的立场来讨论中国国内诗歌写作现状是不够的，真正有效的讨论，同时还应该是与写作进程并行甚至先于这一进程的把握和预示，它应该对固有成见受到扼制后呈现出来的写作趋势予以特殊的关注。

---

① 英国 Malcolm Bradbury 和 Jams Mcfarlane 所著《现代主义的称谓和性质》，转引自中文版《现代主义文学研究》（上），中国社会科学出版社，第 204 页。

二、回顾与转变

1989年是个非常特殊的年代，属于那种加了着重号的、可以从事实和时间中脱离出来单独存在的象征性时间。对我们这一代诗人的写作来说，1989年并非从头开始，但似乎比从头开始还要困难。一个主要的结果是，在我们已经写出和正在写的作品之间产生了一种深刻的中断。诗歌写作的某个阶段已大致结束了。许多作品失效了。就像手中的望远镜被颠倒过来，以往的写作一下子变得格外遥远，几乎成为隔世之作，任何试图重新确立它们的阅读和阐释努力都有可能被引导到一个不复存在的某时某地，成为对阅读和写作的双重消除。

才华横溢的年轻诗人海子和骆一禾的先后辞世，将整整一代诗人对本性乡愁的体验意识形态化了，但同时也表明了意识形态神话的历史限度。对诗人来说，这意味着那种主要源于乌托邦式的家园、源于土地亲缘关系和收获仪式、具有典型的前工业时代人文特征、主要从原始天赋和怀乡病冲动汲取主题的乡村知识分子写作，此后将难以为继。与此相对的城市平民口语诗的写作，以及可以统称为反诗歌的种种花样翻新的波普写作，如果严格一点，也许还得算上被限制在过于狭窄的理解范围内的纯诗写作——所有这些以往的写作大多失效了。我不是说它们不好，就作品本身而言，它们中的某些作品相当不错，但它们对当前写作不再是有效的，它们成了历史。在这种情境中，我们既可以说写作的乌托邦时代已经结束，也可以说它刚刚开始。

有没有一种新的写作可能性呢？比如，对抗主题的诗歌写作？我曾在1988年写的一篇论述实验诗歌的文章中使用过"对抗"这个词。1989年在人们心灵上唤起了一种绝对的寂静和浑然无告，对此，任何来自写作的抵销都显得无足轻重，难以构成真正的对抗。写作既不能镇痛，也不能把散落在茫茫人群中的疼痛集中起来，使之成为尖锐的、肯定的、个人性质的切肤之痛，极限之痛；既不能减缓事后的、回想中的恐惧，也不能加速恐惧的推进，如果它最终能推进到生死两忘、鞭笞和赞美混而不分的境界的话。文学中的地狱不过是为命名天堂而制造出来的一个对称意义上的理由，或者说是一种需要。浮士德先生需要魔鬼相当于他需要上帝，这种需要是任何价值判断体系都难以排除的。因此，当某种可怕的历史景观实实在在地呈现出来时，我们发觉写作无力做出真正有效的反应。预想中的对抗主题并没有从天上掉下来。这当然有现实方面的原因，但主要还是因为精神上的原因。任何历史景观都可以从人的心灵影像中找到它的摹本，换句话说，地狱在我们心中。当然，也有诗歌写作方面的具体原因。一方面因为继《今天》后从事写作的诗人普遍存在"影响的焦虑"，不大可能简单地重复《今天》的对抗主题。另一方面是由于原有的对抗诗歌读者群已不复存在。对一般人来说，89'事件并不像"文化大革命"那样变成了日常生活，它仅仅是个新闻性质的事件，鲜有其人将之视为精神上的事件加以深究。因此，不存在对于对抗诗歌的阅读期待，最多只存在对有助于集体遗忘的消费性纪实文学的需要。国际读者对于留在国内坚持诗歌写作的人来说，也只在象征的意义上存在，难以影响实际写作进程。除了这些外部原因，还有一个关键的原因：对诗人来说，也许最重要的还不是对具体事件的看法，而是持有这些看法的人的命运。抗议作为一个诗歌主题，其可能性已经被耗尽了，因为它无法保留人的命运的成分和真正持久的诗意成分，它是写作中的意识形态幻觉的直接产物，它的读者不是个人而是群众。然而，为群众写作的时代已经过去了。

1989 年将我们的写作划分成以往的和以后的。过渡和转变已不可避免。问题是，怎样理解、以什么方式参与诗歌写作的历史转变？个人怎样才能在这一进程中体现出与众不同的禀赋、气质、想象力以及语言方式、风格类型的历史性成熟？由于以往写作中延续下来的诗学系统依然在起作用，尤其是，由于价值体系的预先规定，许多诗人发现自己在转型时期所面临的并不是从一种写作立场到另一种写作立场、从一种写作可能到另一种写作可能的转换，而仅仅是措辞之间的过渡。这种过渡往往是零碎的、即兴的、非连续性的，不具备文学史的意义，除非它能够预先纳入罗兰·巴尔特所说的零度写作状态。但实际上这种中性的写作状态在当时对我们并不合适，我们更多的是处于与之相反的状态中从事写作。因此，过渡和转换必须首先从语境转换和语言策略上加以考虑。语境（context）批评的倡导者穆瑞·克雷杰（Murray Krieger）给语境下的定义为："宣称诗歌是一种结构严谨、强制、最终封闭式的前后关系。"[①] 语境关注的是具体文本，当它与我们对自身处境和命运的关注结合在一起时，就能形成一种新的语言策略，为我们的诗歌写作带来新的可能和至关重要的活力。长时间徘徊之后，我们终于发现，寻找活力比寻找新的价值神话的庇护更有益处。活力的两个主要来源是扩大了的词汇（扩大到非诗性质的词汇）及生活（我指的是世俗生活，诗意的反面）。这种活力在很大程度上是由变化带来的阶段性活力，它包含了对变化和意外因素的深思熟虑的汲取，并且有意避开了已成陈迹、很难与陈词滥调区分开来的终极价值判断，将诗歌写作限制为具体的、个人的、本土的。这种写作实际上就是西川、陈东东和我在早些时候提出来，后来又被肖开愚、孙文波、张曙光、钟鸣等人探讨过并加以确认的知识分子写作。诗歌中的

---

① 转引自《欧美文学术语词典》，美国 M. H. Abrams 著，北京大学出版社，第 213 页。

知识分子精神总是与具有怀疑特征的个人写作连在一起的，它所采取的是典型的自由派立场，但它并不提供具体的生活观点和价值尺度，而是倾向于在修辞与现实之间表现一种品质，一种毫不妥协的珍贵品质。我们所理解的知识分子写作具有两重性，一方面，它证实了纳博科夫（V. V. Nabokov）所说的"人类的存在仅仅决定于他和环境的分离程度"①；另一方面，它又坚持认为写作和生活是纠结在一起的两个相互吸收的进程，就像梅洛-庞蒂（M. Merleau-Ponty）所说的，语言提供把现实连在一起的"结蒂组织"②。一方面，它把写作看作偏离终极事物和笼统的真理、返回具体的和相对的知识的过程，因为笼统的真理是以一种被置于中心话语地位的方式设想出来的；另一方面，它又保留对任何形式的真理的终生热爱。这是典型的知识分子诗歌写作。如果我们把这种写作看作 1989 年来国内诗歌界最重要、最具代表性的趋势，并且，认为这一趋势表明了某种深刻的转变，那么我在以下讨论中提出的三条大致清晰、前后贯穿的线索，或许能为上述看法提供某些可资参考的依据。

---

① 转引自《美国当代文学》（上），第 371 页。
② 转引自国际哲学与人文科学理事会主办的《第欧根尼》，中文版 1989年，总第 10 期，第 24 页。

三、

线索之一，中年特征：写作中的时间

　　显然，我们已经从青春期写作进入了中年写作。1989 年夏末，肖开愚在刊载于《大河》上的一篇题为《抑制、减速、开阔的中年》的短文中明确提出了中年写作。我认为，这一重要的转变所涉及的并非年龄问题，而是人生、命运、工作性质这类问题。它还涉及写作时的心情。中年写作与罗兰·巴尔特所说的写作的秋天状态极其相似：写作者的心情在累累果实与迟暮秋风之间、在已逝之物与将逝之物之间、在深信和质疑之间、在关于责任的关系神话和关于自由的个人神话之间、在词与物的广泛联系和精微考究的幽独行文之间转换不已。如果我们将这种心情从印象、应酬和杂念中分离出来，使之获得某种绝对性；并且，如果我们将时间的推移感受为一种剥夺的、越来越少的、最终完全使人消失的客观力量，我们就有可能做到以回忆录的目光来看待现存事物，使写作和生活带有令人着迷的梦幻性质。王家新在《持续的到达》一诗的第 7 节写道：

传记的正确做法是

以死亡开始，直到我们能渐渐看清

一个人的童年

这是对时间法则的逆溯。我在《咖啡馆》一诗中也以逆行的方法对时间做了截取、剪接、粘贴和定量的处理，使时间成为仅仅留下暗示但没有实际发生的某种气氛。在这里，时间不过是"一种向四面八方延伸而没有明显中心的块茎"。我这样处理时间，实际上包含了中年写作对量度的强调，这是中年写作的一个突出特点。与青春的定义"只有一次、不再回来"不同，中年所拥有的是另一种性质的时间，它可以持续到来，可以一再重复。用一年或更长的时间去重复一天，用复数重复单数，用各种人称重复无人称。就好像把已经放过的录像带倒过来从头再放。

……把已经花掉的钱

再花一次，就会变得比存进银行更多。

这样的诗句在我们的青春期写作中是不会出现的。这里面除了带有中年的某种偏执、怪癖和有意识的饶舌成分外，还包含了一个差别。青年时代我们面对的是"有或无"这个本体论的问题，我们爱是因为我们从未爱过，我们所思想、所信仰和所追求的无一不是从未有过的。但中年所面对的问题已换成了"多或少"、"轻或重"这样的表示量和程度的问题，因为只有被限量的事物和时间才真正属于个人、属于生活和言词，才有可能被重复。重复，它表明中年写作不是一次性的，而是可以被细读的；它强调差异，它使细节最终得以从整体关系中孤立出来获得别的意义，获得真相，获得震撼人心的力量。这正是安东尼奥尼（M. Antonioni）在《放大》这部经典影片中想要揭示的，也正是布罗茨基"让部分说话"这一简洁箴言的基本含义。整体，这个象征权力的时代神话在我们的中年写作中被消解了，可以把这看作一代人告别一个虚构出来的世界的最后仪式。

> 但是，永远不从少数中的少数
>
> 朝那个围绕空洞组织起来的
>
> 摸不着的整体迈出哪怕一小步。永远不。

然而，放弃整体并不意味着我们放弃了历史。我们称之为历史的东西，实际上并不是已知时间的总和，而是从中挑选出来的特定时间，以及我们对这些时间的重获、感受和陈述。它一旦从已知时间中被挑选出来，就变成了未知的、此时此刻的、重新发明的。诗歌中的时间是不确切的，它既可能是诸多已逝的、将要到来的时间中的一个时间取消了其他时间，也可能是这个时间的自行取消，它的消失过程与显现过程完全重合。有时候，走向未来与回到过去是一回事。至于写作的时间以什么方式在公众的时间观念中得到证实，这是个次要问题。诗人要做的只是选定哪一个时间为"现在"，由此开始（或是结束）写作。这对我们是个真正的考验，因为现在是由不确定的东西构成的，要给现在定量，并由此确定其本质，就像要回答米沃什（C. Milosz）提出的"蛇的腰有多长"[①] 这一著名问题一样是困难的。"现在"是中年写作的一个时间之谜。"现在"的另一个提法是：两端之间（例如在我们的作品中频繁出现的"中午"这个词，它实际上是"中年"这个词的缩减和定量），就像蛇的腰是去掉头尾之后剩下的中间部分。

> 起伏的蛇腰穿过两端，其长度
> 可以任意延长，只要事物的短暂性
> 还在起作用。

这就是"现在之谜"：它是寓言性质的时间，在被限制的过程中变得不受限制。如果说，我们在青春期写作中表现的是一种从现在到永远的线性时间，那么，这个"永远"已经从中年写作中被

---

① 见 C. Milosz 所著《思想的禁锢》一书。

取消了，代替它的是"短暂性"。只有事物的短暂性才能使我们对事物不朽性的感受变得真实、贴切、适度、可信。

我不厌其烦地讨论中年写作的时间性质，是因为这个问题对我们的写作有实质的意义。已故诗人海子写过一首长诗《土地》，这首诗最重要的部分是由诗人对不朽事物的渴望构成的。这首诗处理时间和空间的方法集中体现了青春期写作的基本特征，其中最能说明问题的是从所指游离出来的能指像滚雪球似的无限度扩大，内部缺少趋于无穷小的形式要素，因而使作品找不到足以形成结构力量的借喻基点，其结果是写作成了越来越多、还会更多的一个堆积过程。中年写作与此相反，它是一个不断减少的过程：这是一个与诗的长度无关的写作过程。因此，某些南方诗人进入中年写作后采取了与海子完全不同的方法。例如，肖开愚在《军队与圣哲之歌》中，试图将可以无限延长的时间从运动中缩短的时间中剔除出来，使之在掐头去尾后有可能与不朽事物构成数学意义上的对位关系，这样做带来了另一种可能性：语言在摆脱了能指与所指的约束、摆脱了意义衍生的前景之后，理所当然地变成了中性的、非风格化的、不可能被稀释掉的。用这样的语言去陈述某些东西，就会使之变得不可陈述。显然，这体现了某种新的语言策略。按照肖开愚自己的说法，他的《白矮星》一诗表达了对"坍塌"的向往。这里的"坍塌"是指结构为零的某种状态，它不是结束，而是意大利符号学家艾柯

（Umberto Eco）所提出的"居中调停力量"①。换句话说，"坍塌"的诗意在于它不是词汇本身所想要指出的，也不是词汇实际指出的，而是两者之间互为指涉（intertextuality）的空隙。这个空隙所标示出来的时间就是现在，它是趋于无穷小的一种实质，是一切现存事物的消失点。翟永明的组诗《死亡图案》所处理的是与肖开愚的"坍塌"相平行的一个主题：弥留，这同样是一个两者之间互为指涉的时间过程。翟永明采用介于典籍与碑铭、直陈式口语与阐释性箴言之间的复合性质的汉语来记录七个弥留的夜晚，使之与上帝七日创世的传说相对应。死亡在"母亲"和"我"这一对比关系中是实际进程，在"你"和"我们"之间是一个寓言，在"我"和"我们"之间则是一个简单的括弧。死亡主题是复合性质的，死亡本身不是一下子就发生的。类似的感受我在《晚餐》这首短诗中也曾表达过：

午间新闻在深夜又重播了一遍。

其中有一则讣告：死者是第二次死去。

反复死去，正如我们反复地活着，反复地爱。死实际上是生者的事，因此，反复死去是有可能的：这是没有死者的死亡，它把我

---

① 转引自《符号学与文学》，第 147 页。

们每一个人都变成了亡灵。正如纳博科夫说过的，"死亡是人人有份的"①。对中年写作来说，死作为时间终点被消解了，死变成了现在发生的事情。现在也并不存在，它只是几种不同性质的过去交织在一起。中年写作的迷人之处在于，我们只写已经写过的东西，正如我们所爱的是已经爱过的：直到它们最终变成我们从未爱过的，从未写下的。我们可以把一首诗写得好像没有人在写，中年的写作是缺席写作。我们还可以把一首诗写得好像是别的人在写，中年的写作使我们发现了另一个人，另一种说话方式。

你将眼看着身体里长出一个老人

与感官的玫瑰重合，像什么

就曾经是什么。

有两个西川，一个讲英语，一个讲汉语："在一种语言中是疯狂而在另一语言中却可能是神智正常。"② 有两个万夏，一个在酒吧，另一个终生在监狱："辩护词是从另一桩案子摘抄下来的/其要点写进了教科书。"翟永明也有两个，一个是印成铅字的叫翟

---

① 转引自《美国当代文学》（上），第 371 页。

② John W. Murphy 所著《后现代主义对社会科学的现实意义》。转引自国际哲学与人文科学理事会主办的《第欧根尼》，中文版 1989 年，总第 10 期，第 30 页。

永明，另一个是口语的或手写体的叫小翟："小翟：我学江河这样称呼你"。① 这里的江河指我本人，不是现居纽约的那个江河。江河是我身份证上、档案材料里、生活里的名字，欧阳江河则是写作结束后的一个署名。我不知道哪一个才是我："人们以假眼睛打量一个合成人。""谁在说话？"《度》的叙述者在临终前这样问。②

有一点是确切无疑的：我们都是处在过去写作。我们在本质上是怀旧的，多少有些伤感。多年前柏桦就写下了这样的诗句："唯有旧日子带给我们幸福"。我们的过去，我们的旧日子并不是由可以追想的往事构成的，它们只提供恍惚的暗示，某种心情，以及"小的碎片，特别小的碎片"，尽管"我们永远不能最终发现它原来曾是什么，以及作为历史的结果它现在是什么"，③但只要是处在过去的秋天景色之中，处在过去黄昏的微弱光线之中，处在过去的形象和摹本之中，就能带来一种精神上的安慰，使写作变得深邃，悠久。我们各有各的过去。翟永明的过去与"母亲"这个词的多重引申义有关。柏桦的过去则是父系的，因为他需要一个父亲作为中介，使自己能够成为这个世界的热烈孤儿。西川的过去可以一直追溯到荷马时代。钟鸣有一个精

① 转引自奚密写给翟永明的私人信件。
② 转引自法国 Bordas 出版社 1982 年版《法国现代文学史》，中文版，湖南人民出版社，1989 年，第 371 页。
③ 引自《论传统》，中文版，上海人民出版社，1991 年，第 215 页。

心考据的过去，植物或纸的过去。陈东东有一个城堡的、或是双重大海的过去。而孙文波只承认包含在眼前事物中的过去，这可能是更为久远的过去，他在《散步》一诗中写道：

老人和孩子是世界的两极，我们走在中间。

就像桥承受着来自两岸的压力；

双重侍奉的角色。从影子到影子，

在时间的周期表上，谁能说这是戏剧？

线索之二，本土气质：语言中的现实

写作与现实的关系是一个老而又老的理论问题，但在具体的写作中，它却是一个常新的、无法回避的、时时处处都富有挑战性的问题。我认为，如果说1989年后国内一些主要诗人在作品中确立起了某种具有本土气质的现实感，那么，它们主要不是在话语的封闭体系内，而是在话语与现实之间确立起来的。这意味着我们实际上不再采用一种特殊语言——例如，18世纪英国"新古典主义"诗人们依据贺拉斯（Horace）在《诗艺》一书中提出的"仪轨"（Decorum）准则所采用的"诗意辞藻"（poetic diction），按照艾布拉姆斯（M. H. Abrams）的说法，他们和托马斯·格雷（Thomas Gray）一样，相信"时代的语言从来就不是诗的语言"——来写作，而主要是采用一种复合性质的定域语言（register），即基本词汇与专用词汇、书写词根与口语词根、复杂语码（elaborated code）与局限语码（restricted code）、共同语与本地语混而不分的语言来写作。显然，这是汉语诗歌写作在语言策略上的一个重要转变，它涉及语码转换（code-switching）和语境转换，这两种相互重叠的转换直接指向写作深处的现实场景的转换。所有这些都表明写作者希望借助改变作品的上下文关系重新确立写作的性质。如果我们将诗歌写作视为诗人与读者之间的一种特殊类型的对话，那么，根据两位美国社会语言学家的研究，语码转换可以定义为"在同一次对话或交谈中使用两种甚至更多的语言变体"①。至于语境转换，我的理解是在同一个作品中出现了双重的或者是多层的上下文关系。这里不打算从社会学的角度去讨论诗歌语言，但我想指出，当前的汉语诗歌写作所采用的是一种介于书面正式用语与口头实际用语之间的中间语言，它引人注目的灵活性主要来自对借入词语（即语言变体）的使用。这种使用就是语码转换，它从表面上看是即兴的、不加辨认的，但实际上却是深思熟虑的。尤其值得注意的是，中间语言对转换过程中的借入词语的语义、语法和音速都有一种奇异的"过滤作用"，它往往有助于写作者理解写作中"预期的行为是什

---

① 引自美国语言学家卡罗尔·司玛腾及威廉·尤利所著《双语策略：语码转换的社会功能》一文，见《社会语言学译文集》，北京大学出版社，第199页。

么，偏离预期行为的可允许度又是什么"①。例如，在陈东东《八月》一诗中起主要过滤作用的变项（variable）是"直升飞机"一词，它在这首具有抒情的轻盈气氛的诗中是典型的非确认的借词（从专用的行业术语中借入的），它对诗中的其他词汇构成了某种程度的干扰，这些词汇又反过来改变了它本身的性质。这不仅是由于"直升飞机"一词的突然性（其出现没有事先的预示），它的重量（由于"蜻蜓"一词而有所减轻），它的滞空状态（与"悬挂"一词相关，是对诗中的经过、走远、跃上等动态词语的消解），以及它的声音（没有在诗中直接出现，而是由距离暗示出来的，它实际上取消了诗中反复出现的"高昂的一小节"这一蕴含着人文因素的声音，并取消了"幻想的耳朵"），而且由于它作为抒情场景对立面的一个具有修辞上的障目效果的硬事实，在与"政治琴房"这一显然有些突兀的词组之间完成对等性质的语码转换的过程中，强调了它作为国家机器象征物的超语义指涉，但同时又暗示了现实在写作中的可塑性，这种相当隐秘的可塑性由于"直升飞机"向"蜻蜓"所代表的自然世界的转换，以及蜻蜓从影子存在向肉体存在的转换而得到了证实。陈东东在另一首题为《病中》的短诗里，采用典型的南方文人笔法为

---

① 引自美国语言学家卡罗尔·司玛腾及威廉·尤利所著《双语策略：语码转换的社会功能》一文，见《社会语言学译文集》，北京大学出版社，第200页。

我们勾勒出具有色情倾向的政治风景，他把医院、护士、注射等暗示疾病状态的现代词汇安放在一个古代庭园的虚拟场景中，它们围绕一个"重要的老人"组织起可疑的现实，其中的权力介于古代禁药和当代性无能、"滞留的太阳"和"大雨"、花园和坟墓之间。

上述场景显然是文本的场景，它所指涉的现实是文本意义上的现实，也就是说，不是事态的自然进程，而是写作者所理解的现实，包含了知识、激情、经验、观察和想象。像这样的文本现实我们可以从西川、肖开愚、钟鸣、柏桦、翟永明、孙文波、孟浪等其他诗人的作品中找到，其中的多样性要素构成了在中世纪戏剧里被称之为"同台多景中每个单景"的那种东西，它们给以上诗人在各自的作品中加以陈述的本土现实增添了复杂和精细的语言成分。一种追求混合效果的汉语和一种清澈的汉语，表明诗歌写作不仅在风格和趣味方面是有区别的，而且在写作性质上都存在不同的理解和追求。例如在同样含有过来人眼光和语气的两首诗作中，西川的《致敬》写得澄澈透明，现实仿佛是很深的幻象从词语透出来，具有见证的、箴言的性质；而翟永明的《咖啡馆之歌》尽管行文舒缓，但依然能感觉到其语言张力来自文本现实与非诗意现实在语义设计这一层次上的含混重叠，它与句式的整齐变化形成了有趣的对比。肖开愚在最近完成的《台阶上》这首长诗中也采用了混合风格的汉语，这首诗采用挤压、分类、索引、错置、混淆的方法处理经验和知识这两个截然不同的世界，作者在作品中精心设置了一连串关于意思（sense）的圈套和环节（这里的"意思"按罗兰·巴尔特的说法是指"一个过程"），其中的语码转换不仅在词汇选择上，而且在读音变化上都是定域的，转换分别是在图书馆与日常生活这两个对立场景中确立起来的。《台阶上》应该用普通话和本地话交替阅读，语音偏离除了与转换有关，还与作者采用多层次措辞技法（这是庞德在《比萨诗章》中的主要技法）有关，这种技法常常使同一个词汇或同一个短语在不同语境中产生语义上的分歧、弯曲和背离。不仅如此，语音变化在某些情况下还能起到更具实质性的作用。像翟永明的《咖啡馆之歌》一诗的具体场景是纽约曼哈顿，但由于作者使用的是掺杂了中国南方外省口音的陈述性汉语，因此这首诗给人的印象是把一些在中国本土上发生的事搬到了一个叫作"曼哈顿"的地方，曼哈顿在诗中已经布景化、虚构化了，其国际含义被本土含义所取代。

把我的以时间、政治、性为主题的《咖啡馆》一诗与翟永明的《咖啡馆之歌》放在一起阅读可能比孤立地阅读这两首诗更能说明问题。捷克的文人总统哈维尔认为，咖啡馆是私生活与公众政治生活之间的一个中介场所。近年来国内诗人笔下的场景大多具有这种中介性质，除了以上提到的咖啡馆和图书馆，还有西川的动物园，钟鸣的裸国，孙文波的城郊、无名小镇，肖开愚的车站、舞台。这些似是而非的场景，已经取代了曾在我们的青春期写作中频繁出现的诸如家、故乡、麦地这类典型的计划经济时代的非中介性质的场景。后一类场景显然是与还乡、在路上这样的西方文学传统主题连在一起的，而前者尽管依然是关于在路上这一文学母题的陈述，但已从中摒除了与归来、回家、返乡相关的隐喻因素。简单地说，在路上成了无家可归、无处可去的经过，而且是从旁经过，对于所见所闻我们是真正意义上的旁观者、旁听者，我们只提供不在现场的旁证。如果这一说法是大致确切的，那么，孙文波1990年写作的三首与"在路上"主题有关的诗歌就能获得一种更为特殊的理解，其中《散步》一诗引人注目之处在于它提供了一种从容的速度，而在《还乡》（这首诗里的故乡是指书籍）中作者借助列车对这种速度的改变由于车窗外现实生活场景的静态重叠而获得了镶嵌画的效果，也就是说，经过某处的速度是非连续性的，这种速度在《地图上的旅行》这首诗中得到了一段空想出来的旅程的证实。空想在孙文波近期的其他作品中也是一个至关重要的因素，它使有意罗列的现实生活中的琐屑现象找到了一个依据、一个漏斗形状的消失点。严格地说，孙文波空想的根子并不真的扎在现象和经验之中，而是扎在具有禁欲倾向的个人自由之梦中，它表明写作中的价值判断只是写作性质得以确认的背景说明。肖开愚在处理现实时则很少做出说明，他与钟鸣一样，都想获得一种复杂性。不过肖开愚的复杂性起源于经验的快感，他不大在意词与物之间中介环节的作用，这赋予他的作品以灵活性、扩张力量和压缩的节奏。能够充分体现这些特色的作品有《葡萄酒》《歌》《舞台》《星期天上午》《塔》《传奇诗》《公社》《几只鸟》《台阶上》。钟鸣尚在写作中的两个组诗《树巢》《历史歌谣和疏》，就我已经看到的部分而言，它们体现了另一种气氛，其复杂性所面对的是与公众记忆相反的持续时间，和与常识脱节的特别知识。钟鸣近年来诗歌写作的变化与他的随笔写作及评论工作有直接关系，他善于将古汉语词根与现代汉语词根混合在一起使用，这已经不能以语码转换中的借用这一概念来加以说明。钟鸣显然在尝试一种与众不同的语言风格，他对史诗写作的可能性也有自己的独到见解。值得注意的是，钟鸣和肖开愚某些作品的写作过程实际上是对另一种过程，即批评过程的掩盖。这种诗人和批评家的双重身份，往往会使写作在词语的限量表达与超载表达、公众感受与个人感受之间动摇不定，并使作者对细节的精细处理渗透到对总体结构的辨认之中。西川也兼有与钟鸣、肖开愚相似的双重身份，但由于他的写作主要是精神性质的，因此他倾向于把作为心灵的语言与作为现实感受的语言区分开来，从中我们能够感受到在理性的控制下为理性所不能洞察的隐忍力量的呈现。西川的诗质地朴素，表面上看近乎守旧，但常常又是感人至深的。另一个北方诗人张曙光的写作是严格意义上的个人写作，行文具有浓厚的南方式的书卷味。从某种意义上讲，柏桦这位有着广泛影响的南方抒情诗人，其作品也有书卷气，但柏桦在1989年后有意识地对作品中的主观成分和超常速度加以抑制，使某些不那么极端的、挑选出来的、与他始终关注的形象相互游离的情绪得以在作品中呈现，"修复"取代毁容般的激情成为他近期作品的基调。

由于篇幅所限，我无法详尽地讨论以上诗人的近期作品。但我认为，这些诗人的重要性将会日益显示出来。尤其值得注意的是，他们的写作表明了对于变化动荡的中国现实的某种不同于常人的理解。这里我想通过对"色情"这一被广泛注意到的诗歌主题的讨论来对此做出说明。我是在政治话语、时代风尚和个人精神生活这样的前后关系中使用"色情"这个词的，而且我不打算排除官方意识形态强加给这个词的道德上的诘难，我认为这种官方道德诘难与民俗对"色情"主题的神秘向往混合在一起时，往往能产生出类似理想受挫的可怕激情。在当代中国，色情与理想、颓废、逃亡等写作中的常见主题一样，属于精神的范围，它是对制度压力、舆论操作、衰老和忘却做出反应的某种特殊话语方式。在钟鸣的《中国杂技：硬椅子》一诗中，权力与被统治者的关系显然被导向了硬与软、男性与女性、单数人称与复数人称这样一个色情等式之中，"表演"是沟通公共色情和权力阴私的一个关键语码，它是政治上的观淫癖和恋物癖的奇特混合物。我在短诗《蛇》中所写的"软组织长出了硬骨头/怕痛的人，终不免一痛"这两行诗同样将色情话语与政治话语混淆在一起，其中"软组织"一词的生物学性质与"硬骨头"一词的特定政治含义（中国政治话语中有过"工人阶级硬骨头"、"硬骨头六连"这样的语段）相互综合后，给人带来了处女般的"终不免一痛"。如果说在这两行诗里，性对政治的影射所强调的是耻辱、玷污以及精神上的贞操之丧失，那么，在我的《咖啡馆》中，色情话语所表达的则是一种由来已久的倦怠，一种严重的受挫感；在我的《计划经济时代的爱情》中，色情是分配和减压之后剩下来的一种权力上的要求，是那种"一根管子里的水/从 100 根管子流了出来"的象征集体性无能的少数人语言（minority language）；而在我的《关于市场经济的虚构笔记》一诗中，色情一方面是政治上的怀旧之情、是纯然的空想，另一方面又古怪地与经济发展的两种金融消长速度有关：一是金钱存进银行获得利息的速度（增多的速度），二是金钱在银行外贬值的速度（减少的速度）。这两种速度纠缠不清，给色情带来了与时代变迁有关的新的上下文关系。色情从本质上看显然是追求完美的，但在中国的市场经济时代，色情也不可避免地变成了"为什么总是那么好？为什么/不能次一些"这样的内心质疑。色情和空想一样，其消失将成为一个时代结束的最后的回声。再往前面走已经不会再有色情了。"我知道色情比温情更能给女人带来/一种理想的美"。也许像柏桦那样回到往事中去是正确的。柏桦在《往事》这首诗中，将色情理解为一个必要的、但同时也有几分伤感的成长过程，其中起作用的是语言中的近似时间（apparent time），它的古老魔力在一个有着"温柔的色情的假牙"的年老女人和一个"经历太少"的年轻人身上同时得到响应，"这纯属旧时代的风流韵事。"至于陈东东、翟永明、孙文波和肖开愚等人的作品，只要仔细阅读就不难发现其中的色情成分。陈东东对色情的处理给人一种不在现场的感觉，翟永明的色情介于神话与现实之间，孙文波的色情不可思议地具有禁欲气质，而肖开愚的色情在正常情况下是雄辩的、沉溺的、复杂的，在超常情况下它却表明了诗歌对现实的看法的隐秘性质。

线索之三，知识分子身份：阅读期待，权力，亡灵

对国内诗人来说，以下问题无法回避：我们的写作处于怎样的影响之中？我们是在怎样的范围内从事写作的，我们所写的是世界诗歌，还是本土诗歌？我们的诗歌是写给谁看的？也就是说，包含在我们写作中的阅读期待是些什么？我们如何确定自己的身份？

汉语诗歌写作在哪些方面受到了外来文化（尤其是西方文化）的影响，这些影响有哪些特征，起到过什么作用，这是个很复杂的问题。就国内近几年的情况看，诗歌界受到的外来影响是多方面的：既有西方文学中强调个人价值和悲剧精神的新约传统的影响，也有主要根源于犹太神秘教义的、强调整体历史感受的、启示的而非美学的旧约传统的影响；既有强烈的希腊意识的影响，也有表面效果受到削弱的拉丁精神的影响，后者显然又是与具有启蒙精神、切合实际、将人之常情与适度的等级意识融合起来的盎格鲁-撒克逊传统的影响联系在一起的。具体地说，以下五个语种的诗歌写作对我们产生了实质性的影响：英语、法语、西班牙语、俄语和德语。我可以开列一个长长的名单来说明这种影响。我所说的不仅是实际写作过程中所受到的影响，而且是指对我们这一代诗人的精神成长和想象力、判断力、创造力的形成产生过真正作用的影响。但在这里，我想讨论的是这个问题的另一面，即所有这些影响在融入我们的本土写作后，已经变成了另外的东西。我不认为接受外来文化的影响会使我们的写作成为殖民写作。说我们接受外来文化的影响意味着"拷打良心上的玉米"和"为玉米寻找一粒玫瑰的种子"是有道理的，说它是出于另外一种考虑也同样有道理：

马如此优美而危险的躯体

需要另外一个躯体来保持

和背叛

正如加拿大钢琴家格伦·古尔德（Glenn Gould）所演奏的富有说服力、洋溢着发明般狂喜的巴赫（J. S. Bach）已经不是巴赫本人，隐匿在我们写作深处的叶芝（W. B. Yeats）、里尔克（R. M. Rilke）、庞德（Ezra Pound）、曼德尔施塔姆（O. Mandelstam）和米沃什等诗人也已经汉语化了，本土化了。对我们来说，重要的不是他们在各自的母语写作中原本是什么，而是在汉语中被重新阅读、重新阐释之后，在我们的当前写作中变成了什么，以及在我们的今后写作中有可能变成什么。这种变化可以说是不同语种的上下文关系的根本变化。当然，我们的误读和改写，还包含了自身经历、处境、生活方式、趣味和价值判断等多种复杂因素。实际上每一个诗人的写作，每一语种的文学史也都包含了其他语种文学史的影子和回声。这本来是一个常识的问题，但对中国当代诗人来说它还有另一层含义。这是因为，来自主流文化的影响，总是试图把我们的写作纳入在我们的写作之外建立起来的一个庞大的价值体系和批评框架中去描述和评价。我的意思是，西方理论思潮（主要是法国的和英美的新思潮）的深刻影响不仅在中国的批评界，而且在国内诗歌界已经日益显示出来。这对一个成熟的诗人来说未尝不是一件好事。肖开愚在最近一期《反对》的编者前记中说："当诗追求转瞬即逝的、从偶然的具体情境中产生的临时语法时，或者已受到了以追踪的速度变化为常规的文论的吸引。"尤其值得注意的是，欧美理论新思潮通过改变我们的实际阅读，并且通过强加给我们（往往是我们自己强加给自己的）某种前所未有的阅读期待（这一点特别重要），已经对我们的写作产生了不容忽视的影响。一个重要的变化是，除了关注怎样写作，我们也开始关注写出来的作品实际上是怎样被阅读的、我们希望它们应该被怎样阅读。换句话说，阅读成了写作的一部分。我不仅是指普通读者的阅读，也不仅是指批评家的阅读，我尤其是指我们自己怎么阅读已经写出的作品，以及对将要去写的作品抱有什么样的阅读期待。从某种意义上说，我们只为自己的阅读期待而写作。这种阅读期待包含了众多驳杂成分：准备、预感、自我批评、逾越、怪癖、他人的见解和要求、影响的焦虑、对离心力的强调、涂改、变化、吹毛求疵、反对和颠覆力量。以往的文学革命通常都是写作革命，这种状况以后会不会反过来：先有了某种阅读期待，然后把它们强加给写作，以此促成写作风尚的变迁和革命？

为自己的阅读期待而写作，意味着我们所写的不是什么世界诗歌，而是具有本土特征的个人诗歌。所谓阅读期待，实际上就是可能的写作，即先于实际写作而存在的前写作，其内部包含了交替出现的不同读者。例如，有依赖于历史上下文关系的阅读期待，也有置于现实上下文关系的阅读期待；有集体的阅读期待，也有个人的阅读期待；有写作自身的也有来自其他话语系统的（文学批评的、政治的、语言学的、民俗学的）阅读期待，凡此种种，其重要性都是显而易见的。要深入讨论这些阅读期待对写作趋势的影响需要另写一篇文章，这里我只想排除两个写作方向：为群众运动写作和为政治事件写作。这两个方向都有可能使诗歌写作变得简单、僵硬、粗俗和歇斯底里，而这是我们不愿看到的。诗歌毕竟是一门伟大的技艺，诗歌的写作和阅读在任何时代都应该是一件让人梦绕魂萦的事情。因此，在转型时期，我们这代诗人的一个基本使命就是结束群众写作和政治写作这两个神话：它们都是青春期写作的遗产。福柯（M. Foucault）提出的"普遍性话语"① 代言人，以及带有表演性质的地下诗人，这两种身份在 1989 年后对于国内诗人都变得可疑起来，它们既不能帮助我们在写作中获得历史感，也不能帮助我们获得真正有力量的现实感。因此，国内大多数诗人放弃了这两种身份。年轻的北京诗人臧棣在《霍拉旭的神话》一文中对"幸存者"这一提法的消解是一个引人注目的例子。当然，任何读者都能很方便地从我们近年的作品中找到现象的和形而上学的政治因素，这是因为政治已经成了我们的日常生活，成了我们必须承担的命运的一部分。强调政治写作神话的终结是一回事，注意到政治并非处于生活和写作之外、也非缺席于生活和写作之中是另一回事。现实感

---

① 转引自《福柯专访录》一文，《东西方文化评论》第三辑，北京大学出版社，第 263 页。

对诗歌写作是至关重要的，我们强调写作的阶段性活力就是为了获得现实感。但是，不能说现实感只是在政治阅读期待中才能建立起来。由于政治阅读向诗歌索取的是它所希望得到的东西，而它们往往是临时塞进阅读所引起的联想和错觉中去的，因此，政治阅读是一次性的、单方面的、低质量的，难以在文学史上生效。真正有效的阅读应该是久远的历史阅读与急迫的当前阅读重叠在一起。一方面，我们反对把我们的作品当作法律条文一样的东西来阅读，从中排除掉诸如处境、经历、乡愁、命运等现实因素；另一方面，我们也不应该强求阅读者置身于与我们相同的处境来读我们的作品。诗歌中的现实感如果不是在更为广阔的精神视野和历史参照中确立起来的，就有可能是急躁的，时过境迁的。苏联政体崩溃后，那些靠地下写作维持幻觉的作家的困境是值得深思的。我认为，真正有效的写作应该能够经得起在不同的话语系统（包括政治话题系统）中被重读和改写，就像巴赫的作品既能经得起古尔德的重新发明，又能在安德列斯·希夫（Andras Schiff）带有恢复原貌意图的正统演绎中保持其魅力。当然，我们离经典写作还相去甚远，但正如孙文波在一篇短文中所说："没有朝向经典诗歌的产生的努力，诗最终是没有意义的。"

为自己的阅读期待而写作，是可能的也是必要的。某种先于写作而存在的乌托邦气质的前阅读，也许有助于写作的历史成长和个人成长。因为这种悬搁于写作上方但实际上并不存在的阅读，这种幽灵般隐而不显的阅读，能够使我们写作中的有效部分得以郁积，围绕某种期待、某个指令、某些听不见的声音组织起来，形成前写作中的症候，压力，局限性，歧义和异己力量——这些都是创造力的主要成分。为自己的阅读期待而写作，这一命题中的"自己"其实是由多重角色组成的，他是影子作者、前读者、批评家、理想主义者、"词语造成的人"①。所有这些形而上角色加在一起，构成了我们的真实身份：诗人中的知识分子。从某种意义上讲这是迫不得已的。我们当中的不少人本来可以成为游吟诗人、唯美主义诗人、士大夫诗人、颂歌诗人或悲歌诗人、英雄诗人或骑士诗人，但最终坚持下来的人几乎无一例外地成了知识分子诗人，这当中显然有某些非个人的因素在起作用。我所说的知识分子诗人有两层意思，一是说明我们的写作已经带有工作的和专业的性质；二是说明我们的身份是典型的边缘人身份，不仅在社会阶层中，而且在知识分子阶层中我们也是边缘人，因为我们既不属于行业化的"专家性"知识分子（specific intellectual），也不属于"普遍性"知识分子（universal intellectual）。

---

① 见美国诗人史蒂文斯所作《词语造成的人》一诗，转引自《外国二十世纪纯抒情诗精华》，作家出版社，1992年，第7页。

福柯在书面访谈录《真理与权力》中指出："曾经是知识分子的神圣标志的写作的界限消失了……作家的活动已不再处于事物的焦点。"① 我想，这不仅是指从事写作（尤其是从事没有用处的诗歌写作）的知识分子在国家生活中的位置，也是指知识分子写作者在话语体系中的位置。在国家生活中，处于中心地位的显然是政治话语而不是文学话语，前者可以通过以下三种途径"擦去"后者的影响。一是通过把思想变成群众运动、并使思想的表达过程与语言标准化进程相吻合的方法，辅以行政手段，把可能对政治话语造成危害的诗歌写作排除在国家生活之外。二是通过调动新闻界、出版界和电视界等国家宣传机器，制造出消费性质的大众阅读市场，去掉阅读中的精神性、个人性、时间性和距离感，把大众的阅读需要变成物质的、甚至是生理上的需要，以此割断严肃的诗歌与社会生活的广泛联系，从而将诗歌限制在一个"小世界"里，其中的异端思想和革命力量都盖上了内部讨论、限量发行之类的戳记。其三，通过任意规定上下文关系来改变文学话语的性质，只要看一下政治话语体系对鲁迅的集体误读就能明白这一点。柏桦在《现实》这首短诗中写道：

① 转引自《福柯专访录》一文，《东西方文化评论》第三辑，北京大学出版社，第262—263页。

而鲁迅也可能正是林语堂

这里的林语堂还可以随意换成别的名字。梁宗岱、废名、孙悟空或雷锋。这已经不是署名问题了，而是权力的某种消遣形式。在这种比压制更不可测的权力游戏中，诗人要想确立起自己真实身份的不可更改的前后关系，要想保证署名的准确性，显然是要付出高代价的。也许偏离权力、消解中心不失为一种明智的选择。钟鸣在双语研究中注意到方言对官话的偏离，南方文人话语对北方标准话语的偏离，这一研究已经包含了偏离权力中心的某种历史性自觉。陈东东最近在上海创办的《南方诗志》，以及钟鸣、肖开愚等人拟于年内在成都创办的《外省评论》，都显示出偏离中心、消解中心这样一种写作趋向。他们认为，南方或外省历来就意味着经济、民俗、风景、旅行、私生活，而且大多数外省方言尚未卷入标准化、官样化这一潮流中去。所有这一切，都有可能为写作提供丰富的、真实的、层出不穷的材料，从中我们完全可以"像蚜虫汲取树叶那样"[1] 汲取主题和灵感。不过，写作与权力的关系还有另一面。当代英国汉学家杜博妮（Bonnie S. McDougall）教授指出："中国知识阶层一直有着一个悠长的社

---

[1] 引自美国《时代周刊》艺术评论家罗伯特·休斯所著《新艺术的震撼》，上海人民美术出版社，1989 年。

会、道德、政治权力的历史，而通过文学、艺术来发挥这种权力的历史也同样悠长。"① 的确，文人当官是中国封建社会的一种制度，文以载道也是一个主要的文学传统。权力与文字的联姻曾给历代中国文人的写作注入了持续不减的、类似于使命幻觉的兴奋力量，赋予他们的作品以不同寻常的胸襟和命运感。但那是另一种意义上的权力，与现代权力完全不同，每一个生活在现代中国的人都懂得两者之间的天渊之别。我们可以从前者看到个人身世与历史变迁的交织，看到时间、学识、个人品质在统治中所起的作用，也就是说，那样的权力至少还为文人"准备了一个伟大的空虚"②，而这一切在现代权力中已经荡然无存。我无意在此做出价值评判，我只是想指出，在当今中国，写作与权力已经脱节了。我们大不可能像中国古代文人那样在历史话语的中心位置确立自己的独特声音，那个叫作权力、制度、时代和群众的庞然大物会读我们的诗歌吗？以为诗歌可以在精神上立法、可以改天换地是天真的。事实上，我们流亡也好，进监狱也好，甚至死亡也好，这一切要么仅仅是凡人琐事，要么被当作地区性例行公务加以草草处理。这就是中国诗人的普遍命运。我们不必奢望像某些苏联诗人那样使自己的不幸遭遇成为这个时代的神话。记住：

---

① 转引自《今天》1992 年第 1 期。
② 引自埃利蒂斯《创世纪》一诗。

我们是一群词语造成的亡灵。亡灵是无法命名的集体现象，尼采称之为"一切来客中最不可测度的来客"①。它来到我们身上，不是代替我们去死而是代替我们活着，它证实死亡是可以搭配和分享的。在语义蕴藏和内在视域这两个方面亡灵都呈现出追根溯源的先验气质，超出了存活者的记忆、恐惧和良心，远远伸及一切形象后面那个深藏不露的形象。亡灵没有国籍和电话号码。它与我们之间不问姓名、隐去面孔的对话被限制在心灵的范围内，因为"肉体的交谈没有来世"。这是典型的柏拉图式对话：对话所采用的两个陈述模式互不吻合，缺少冲突，既不达成共识，也不强调差异。但重要的是，对话最终在无可无不可与非如此不可之间建立起了自我的双重身份。这表明我们可以像海德格尔（Martin Heidegger）所说的那样"先行到死亡中去"，以亡灵的声音发言。"亡灵赋予我们语言"②，这是与中心话语和边缘话语、汉语和英语无关的一种叫作诗歌的语言。

诗歌教导了死者和下一代。

1993 年 2 月 25 日完稿于成都

① 转引自《最新西方文论选》，尼采《强力意志论》第一卷，漓江出版社，1991 年，第 167 页。
② 德国诗人萨克斯语，见台湾九龙版《诺贝尔文学获奖者丛书·萨克斯卷》。

另一种阅读

顾彬《预言家的终结：20 世纪的中国思想和中国诗》（以下简称《预言者的终结》）这篇文章译成中文在《今天》上发表后，引起了相当广泛的注意。这固然与顾彬作为德国著名汉学家的特殊身份有关，但主要还是由于文章本身是有独到见解、富于启示的。考虑到近年来西方汉学界对中国当代文学的翻译、研究和批评已对我们的写作构成了不容置疑的实质性影响；考虑到这一影响的国际背景；考虑到影响后面的声音与种种人文思潮、地域文化和价值体系的错综联系；尤其是考虑到下述事实：将当代汉语诗歌放在世界文学的格局中加以考察和评判，已成为某些中国诗人和批评家正在做或试图去做的一件事情——考虑到以上诸多因素，我认为，顾彬《预言家的终结》一文对 20 世纪中国诗所表达的意见是值得重视的，有必要加以讨论。这些意见在思想线索与诗的文本、在权力的阴影与无法掩饰的历史硬事实之间的严格对照中，获得了一种学术品质，一种给人深刻印象的思辨力量。细致地、深入地讨论顾彬的观点显然不是我这篇即兴式的文章所能胜任的。本文只想就西方汉学家对中国当代诗的阅读行为谈点什么。我想事先说明的是，本文所谈的想法有的是在阅读顾彬的文章时触发的，有的则是在读到那篇文章前就已大致形成了，它们来自我对西方汉学界的广泛印象。应该说，我和许多中国诗人一样，对西方汉学界素来深怀敬意，但在某些具体问题上却有不同看法，本文将表明这一点。

显然，西文汉学界对中国现代诗歌的阅读在某种程度上已经成为我们阅读自身的一种特殊方式。这未尝不是一件好事。我这样说是基于以下三方面的考虑。其一，借助这种来自另一种文化的奇特听力，我们也许能听到 20 世纪中国诗里许多相互不能听到，或是不愿意听到的声音。这些声音往往不可思议地混淆在一起。例如，顾彬从朦胧诗里既听到了对预言家的异议，也听到了新的预言的声音；从朦胧诗之前的先驱性诗人郭路生身上既听到了冒犯的、自渎的声音，也听到了夹杂其间的何其芳、贺敬之，甚至毛泽东的声音。其二，这种旁听性质的阅读所提供的旁证，具有德里达所向往的"无法预测的黏合"的性质，它是复性的，从某种意义上说是强加的，正因为如此它或许有助于我们克制威廉·布莱克（William Blake）所说的"做出预言的自由"。顺便说一句，克制"做出预言的自由"正是顾彬《预言家的终结》一文所表达的主要思想。其三，这种西方式的阅读是与多种语言混合而成的非母语语境紧密相连的，它同时涉及诗歌的隐秘性和开放性，是对寓于诗歌本质的不确定因素的必要提醒。

不过，以上所述只是从好的一面去看这个问题。还有另外一面。我常常感到困惑，不知道西方人从中国当代诗中所读到的究竟是哪一个中国：因为有两个中国，一个是某种实在，另一个则是对不可表现之物所提供的可以想象，但必须付出代价（例如，偏离真相）的暗指。前者是关于命运和处境的，后者主要是由误读、释义、二手材料等技术性环节构成的。我不知道西方世界更乐于面对哪一种意义上的中国：是西方世界在与中国打交道时，为决定采取何种立场而发明出来的中国（其性质类似实用手册），还是仅仅表达了某种"无用的激情"（萨特语）、显示了"人类事物的乌有"（卢梭语）的中国？去年年底，在成都，一位汉语讲得极好、非常关注中国当代诗写作状况的美国文化官员曾经对我说：关键不在你们中国诗人怎样看待自己的作品，而在我们西方人是怎么看的。这话说得再清楚不过了。我隐隐感到西方世界对中国文学的阅读后面隐藏着某种优越感：一种从中心话语滋生出来的、不知不觉的优越感。一方面它是有教养的，常常是宽容的和仁慈的，但另一方面它又是权威性的，高人一等的。因此，西方人表达对中国当代诗的意见时往往是判定性质而非讨论性质的，例如，斯蒂芬·欧文（Stephen Owen）对北岛诗作的阅读和批评就是一个典型的例子。作为一个中国诗人，我感到担心的是，西方世界从当代中国诗里所找到的东西很可能既不是中国也不是诗歌，而仅仅是某些不可通约的事物或范式之间的脆弱联系。它们处于变化当中，属于那种还可以再变下去，但却又停止了变化的东西。

针对中国当代诗的汉学研究，其主要特征是母语与非母语在一个别无选择的定域内的困难联姻。作为一个运作过程，它有独立于中国当代诗写作进程，同时也相对独立于西方自身的人文思潮进程的一面；作为一个专业领域，它是个人才能（学识、趣味、癖好、性格）与公认准则的奇特混合。这在相当大的程度上决定了汉学研究的操作性质：即原始文本与次生文本之间、征引活动与阐发活动之间、匿名话语与署名话语之间的对话。由于对话过程始终"处于通往权威话语的途中"，因此，西方汉学界对当代中国诗是怎样阅读的就显得格外重要。这究竟是怎样一种阅读呢？是对于美国当代批评家杰弗里·哈特曼（G. H. Hartman）所推崇的那种双重文本（"释义者谈及的文本，以及由批评的谈及行为对文本所创造的文本"[①]）的互文性阅读？还是对于作为阅读行为"前结构"的、由汉学家本人的母语文化交织而成的"文本中的文本"的折射性阅读？是援引无时间性的终极价值判

---

① 哈特曼（G. H. Hartman），《阅读的产品》，引自中文版《最新西方文论选》，第192页。

断的、末日审判式的阅读，还是利用有趣但却武断的方法操纵语言的历史实体的、某时某地的阅读？显然，在阅读行为中存在一个模式、标准、方法和趣致问题。专家对非母语诗歌作品的阅读从来就不是一件率性为之的私下的事情（我指的是生效的阅读），而是"具有自己历史的一种复杂可变的行为"①。如果这种看法是有道理的，那么，我想从以下四个方面讨论西方汉学界对中国诗的阅读可能，同时讨论顾彬的文章。

其一，如果西方汉学家认为阅读并非是在不同的理解方式中选择其中的一种，而是对理解本身、对肯定或否定的深刻认识，因而坚持使自己对中国诗的阅读行为（以及随之而来的翻译和批评行为）仅仅针对诗本身，那么，难处是显而易见的：这不仅因为把诗从种种学说、从现实环境中抽出来单独阅读要么是初级的、无效的阅读，要么已成为某种过去时代的牧歌田园式的奢侈之举，还因为伴随阅读的最终理解是语言本身深不可测。诗除了说出自身并没有说出别的什么，但真正的诗常常能唤起某种自身之外的、使词语"幽灵化"（德里达语）的东西（福楼拜称之为"奇境中的词语"），这是一种通常不向阅读和释义敞开的东西，它证实写作中存在着一种"绝境"。专家们在绝境之外对诗

---

① 哈特曼（G. H. Hartman），《阅读的产品》，引自中文版《最新西方文论选》，第209页。

的阅读并非没有意义，不过，绝境之外稍不留意就有可能把诗歌降低为工作材料、目录索引之类的东西，而这会危及阅读的质量。为确保阅读质量，普通读者可以借助直觉的力量，但这在汉学研究领域中却不一定行得通：直觉通常只在母语的语境范围内有效，在另一种语言中它并不比常识来得更可靠。

我注意到，顾彬对朦胧诗的阅读与他对非非派的阅读是有某种区别的。后者主要是归类似的、集体称谓的阅读。这种阅读的好处在于，它对纷至沓来的文本做出的反应是有距离的、有保留的，往往能获得一种较为开阔的、轮廓鲜明的历史视野。但也有其局限性：任何归类性质的阅读对相似因素的依赖总是明显多于对异质因素的依赖，而我们称之为诗的东西更多是仰赖对异质性的强调和揭示，相似性所指明的通常只是诗的外部联系。至于顾彬对朦胧诗的阅读，我认为基本上是针对个人（北岛、杨炼、多多、顾城、舒婷）的阅读，尽管他也注意到他们之间的相似性，但其注意力更多的是为他们作品在不同历史时期呈现出来的异质性所吸引。不过，这并不意味着顾彬的阅读是严格限制在诗歌本身的上下文关系之内的，例如他对北岛早期广为人知的诗作的阅读和评论就援引了西方现代派自尼采以来对主体性问题的争论，而对北岛1989年以后的诗作则是放在流亡生活的背景、放在"渴望"依照伦理观念建立起一个新的群体秩序"[1] 这一"中国情结"中去阅读的。我感到顾彬对差异性的强调,即使对朦胧诗人而言也不是太多,而是还不够。顾彬在文章中谈到"朦胧诗脱不了某种激情,诗里经常出现的字眼如'总是'、'永远'颇能体现这一点"[2] 时,指出北岛和杨炼是明显的例子。但我以为这恐怕是两个完全不同的例子。北岛的诗作有着显而易见的结晶的性质,其写作过程无论在生存和事件的范围内、还是在言词与记忆的领域内都是一个减少的过程,"总是"、"永远"这类字眼在北岛诗中的分量已经被大大地简化了,至少已失去了修辞上的意义。北岛的诗作体现了这样一种时间:它具有剪接过的卡通性质,其连续性不是靠过渡,而是靠转换和替代加以维系的,有时故意忽略的环节比刻意强调的更为关键。我前不久读到的一首题为《午夜歌手》的近作,在对时间的处理上就颇能说明问题,诗中的直线型时间(指向所谓的历史进步)与圆弧型时间(指向诗歌与死亡)交融在一起,表明北岛对"永远"的看法并无多少激情。说"永远"这样的字眼在杨炼的作品中体现了某种激情,有时确有道理,因为杨炼的写作与北岛明显不同,其过程是结构性力量在作品内部起主要作用的一种时间上的积累过程。但必须看

---

[1]　引自顾彬,《预言家的终结:20 世纪的中国思想和中国诗》,《今天》1993 年第 2 期,第 144 页。
[2]　同上,141 页。

到，"永远"同时也是对时间本身的质疑，在词语或思维的双重向性上都是一种否定的力量。杨炼的写作与一个不指向未来的非时间代过程有关，按照《让-雅克·卢梭和极权的失败》一书的作者，瑞士哲学家简·玛利科（Jan Marejko）的说法，"一个非时间化的过程必然地伴随着自然界和政治界的功能一体化"，而且"在功能一体化中，社会准则、符号、激情、规范和魅力都不再起作用"。[①] 这涉及一个极其复杂的文化批判命题，本文不可能就此展开深入讨论，但注意到杨炼诗中的"激情"是"不再起作用"的激情，这肯定会对我们阅读杨炼有所帮助，如果我们确认阅读是"有自己历史的一种复杂可变的行为"的话。这里我还想指出，顾彬在谈到女诗人舒婷与翟永明时，并没有注意到她们之间的重要区别。同样是表达"人生的物化、写作的伤害以及通过反复出现的'我是'这一套语来界定女性"[②]，舒婷的作品显示了对现实和理想的种种看法；翟永明的作品则显示了种种看法影响下的，由真相、假象以及流行形象混合构成的现实世界，这个世界是与后现代的反讽、拼贴、离散、不确实性、多元景观等等连成一片的。舒婷仅限于表达某些看法，翟永明却做到了在表达自己看法的同时为读者描述现实本身。

---

① 简·玛利科（Jan Marejko），《合法性和现代性》，引自 *Diogene* 中文版 1989 年第 2 期，第 88 页。
② 引自顾彬，《预言家的终结：20 世纪的中国思想和中国诗》，《今天》1993 年第 2 期，第 141 页。

简而言之，顾彬在《预言家的终结》一文里对中国诗所表达的意见，无论是赞赏的还是否定的意见，都表明他的阅读并非针对诗自身的阅读。诗需要细读，因为"细写是细读的相关物"①。但，我不知道细读是否"专门留给经典作品的"②？当然，顾彬对中国现当代诗歌的意见是由对 20 世纪中国思想的探讨所激发的，他也许打算为中国当代诗学研究开阔眼界，进而使 20 世纪中国诗的研究与思想研究、历史研究、民俗研究及比较文化研究等其他学术领域建立联系，这种联系多年来一直就是脆弱的。顾彬的文章在寻求诗学研究与其他领域的联系方面是出色的。尽管诗用不着强调思想，它还是对当代思想造成了某种难忘的萦绕。雷内·韦勒克（René Wellek）认为"伟大诗歌的质量是不可能得到充分说明的"③，除非借助超验的感觉，或是像萨特所说的那样"要了解一个影像必须了解另一个影像"④。

其二，如果西方汉学家对当代中国诗的阅读主要是与中国连在一起的，那么，我怀疑这个"中国"有可能是阅读时产生的"附加的文本"，它不是实在，而是一种暗指。在这种暗指状态中，由于读到的东西不在文本里面，因此我们既可以说未进入暗

---

① 哈特曼（G. H. Hartman），《阅读的产品》，引自《最新西方文论选》，第 200 页。
② 同上，第 198 页。
③ 韦勒克（R. Wellek），引自中文版《现代文学批评史》第 5 卷，第 170 页。
④ 萨特（J. P. Sartre），《影像论》，引自中文译本。

指的实在不是有意义的实在，也可以说暗指所阐明的"中国"是专家们的东西，是威廉·布莱克在《耶路撒冷》一诗中谈论过的"轮子"："复杂的轮子发明出来，没有轮子的轮子；/使青年人外出时感到困惑。"这个中国也许适合于从事古典文学研究的西方汉学家，例如，斯蒂芬·欧文在极为精彩的《追忆》一书中所涉及的正是这样的中国：一种既往年代的、古希腊式的暗指状态，精神上的珍藏物。但"当代中国"在西方人眼里则可能是另一种实在，它在经历了极权意志、计划经济、极端事件和人口爆炸等等因素的剥夺后已经变得过于具体化，成为"当代总体文化的零度"①，仅剩下相互指涉的"破碎形式"，其"卑微的意义"陷入了海德格尔关于理解的著名悖论：人们费力地去了解某个事物，而当其了解并表达出来时，这个事物又似乎是不言而喻的。欧文对中国古典诗词的细读与他对北岛诗的阅读，显然援引了上述两个不同的中国。这是完全不同的阅读行为：前者是与具体的历史环境、人物和事件、个人命运紧密相连的精细阅读，后者则是全然不理会作者的历史处境和真实背景、一味与西方读者的趣味和西方文本的影响相联系的阅读。它不仅仅是针对北岛，多多少少也是针对其他中国当代诗人的。

---

① 利奥塔德（J. F. Lyotard），《何谓后现代主义?》，引自中文版《后现代主义文化与美学》，北京大学出版社，第46页。

顾彬更多是从思想的、意识形态的角度去透视中国诗的。他的许多看法是有力量的，富有创见的，表明了一个西方知识分子的良知。他对郭沫若、何其芳及他们那个时代的诗人的评论尽管不无偏颇之处，但总的来说是深刻的。由于篇幅所限，本文不拟对此加以讨论。这里仅就顾彬对非非派的阅读和批评，围绕"中国诗歌对政治环境的回应"① 这一问题提出一些粗浅的看法。顾彬对非非派们的阅读基本上是持肯定态度的，虽然这是集体称谓的、归类性质的（顾彬将非非派归类为后现代派）阅读，但毕竟是西方汉学家针对朦胧诗之后的中国本土诗歌的一次有代表性的、认真的阅读，从这一角度看，顾彬确有开风气之先的学者风度。因为到目前为止，似乎只有美国的奚密和温迪·拉逊比较关注北岛之后的一代年轻诗人的创作，而整个欧洲汉学界对中国诗的注意大致上到朦胧诗为止。我不知道是否某些汉学家只把自己的阅读和评论与某些已经成名的中国诗人连在一起（这是一种历史抉择吗？）顾彬的文章表明欧洲汉学界并没有完全忽视北岛之后的中国诗人的客观存在。

不过，顾彬某些观点尚有值得商榷之处。认为非非派是继朦胧诗之后"中国诗对政治环境的回应"，这当然没错，问题在于

---

① 引自顾彬，《预言家的终结：20 世纪的中国思想和中国诗》，《今天》1993 年第 2 期，第 141 页。

如何评价这种"回应"。作为与非非派同时代、但持一种无派别自由立场的诗人，我在例如非非派的"口语化"、"语言自觉"以及"非非派作品中的我和形式"是否"已经建立起实现人性的框架"①等问题上与顾彬的看法不尽相同。我认为我们既要看到非非派反抗官方控制和社会制约这一面，又要看到他们与之协调、互为补充的另一面。非非派的写作是社会生活与个人生活、经历与对经历的陈述纠缠在一起的混合过程，带有明显的表演性质，一种想要博得各方（包括官方）掌声的心态在其写作内部起着决定性的作用。国内已有不少诗人和评论家注意到非非想要搞诗歌红卫兵运动的良苦用心，注意到毛泽东政治模式、毛泽东文体对非非派的重要影响。非非派的主要诗人杨黎的写作有两个精神的和文本的起源：法国新小说派作家阿兰·罗伯-格里耶（Alain Robbe-Grillet），毛泽东。他对毛泽东的态度是滑稽模仿与真心崇敬、嬉皮士式的随意为之与永久朝圣的古怪混合，其他一些非非派诗人也多少和杨黎有相似之处。这一问题有几点值得注意。首先，非非派诗人与毛泽东的联系和郭沫若、臧克家等官方诗人明显不同，含有世俗的、在野的、民间的成分，说明毛泽东不仅是高层权力，也是市井民俗的重要组成部分。其次，非非

<hr>

① 利奥塔德（J. F. Lyotard），《何谓后现代主义?》，引自中文版《后现代主义文化与美学》，北京大学出版社，第43页。

派对毛泽东的依恋，深究之下可以看到其崇尚权力和大人物的一面，色情的一面，怪癖的一面。如果这些主要属于个人心理范畴的话，那么，还有一面则有着较为广泛的群众基础：非非派对毛泽东的依恋表达了一个时代的怀旧之情。再次，毛泽东的影响显然是与一种帝王品质的"诗人神学"，与"人定胜天"的反自然倾向、与类似于"电影世界的形象贮藏"的某种广告形象联系在一起的，它通过一种面向街头面向群众的简约文体达及非非派的写作行为。在中国国内诗界，恐怕没有人会认为非非派的写作是"阳春白雪"。作为某种深刻的历史现象，毛泽东文体的影响还比他的政治观念的影响持久。毛泽东的惯用语、修辞术在经历了权力上的消隐、经历了计划经济模式的崩溃后，依然以那种通常是受到共同崇拜的文体才具备的潜在统一的意义萦绕着我们这一代人，非非派的诗运动是一个例证。毛泽东文体的基本特征是促使思想的表达在世俗的、功利的场景中找到与否定和肯定的简单联系，形成极端力量，去掉与个人立场有关的、否定和肯定之间的怀疑倾向的联系。如果我们细读非非派的全部作品，就不难发现他们所描述的那个世俗的、民间的、地下的、抵制官方的中国，在某种意义上是毛泽东的曲折呈现。毛泽东文体是高层权力和民俗文化、群众运动的综合产物，我们不能只是单纯地强调毛与郭沫若、何其芳那一代诗人的权力意义上的联系，而对他与当代中国诗人的种种纠葛视而不见。我个人认为，在文体变迁的历史较量中，个人的、自由派的、复杂性和怀疑力量的胜利并不确切，它只是经由少数诗人的自觉在"他方世界"获得的，它所显示的"一连串令人眼花缭乱的关联偏差"恐怕难以和简单明白的毛泽东文体抗衡。1989 年以后，非非派自行瓦解，而国内一些诗人开始强调写作的知识分子立场和本土特色。也许，这是思想较量、语言较量、文体较量的又一个历史回合？西方世界将从1989 年以后的中国诗人的写作中发现怎样一个中国？

其三，如果西方汉学家阅读行为中的中国诗主要是与西方文化连在一起的，那么，是哪种意义上的西方：是寻求变化活力、触发差异，以宽容态度对待不同文化的西方，还是作为判定标准的、权威话语的西方？是在形象设计上综合了启蒙运动以来的"自由英雄"和形而上学领域的"知识英雄"，采取"关于解放和关于思辨的元叙述立场"① 的传统西方，还是中心消解之后的后现代的西方？顾彬对中国诗的阅读和批评显然援引了不同历史时期的西方作为参照。他将郭沫若、何其芳那一代诗人与关注苏联革命的、左派知识分子的西方对照起来加以观察，他不仅对郭沫若等中国老一辈诗人，而且对赞同苏联革命的西方知识分子都是持批判态度的。朦胧诗在顾彬的文章中主要是与现代派向后现代

---

① 利奥塔德（J. F. Lyotard），《后现代状态：关于知识的报告》，引自中文版《后现代主义文化与美学》，北京大学出版社，第 25 页。

派过渡这一引人注目的历史时期的西方相连的，这一时期的西方文学体现了令人着迷的过渡时期的特征：它是怀旧的、略显保守的，但更多却是批判的（包括对自身的批判）、革命的、变化的。而朦胧诗之后的诗人（例如非非派）则是与后现代的西方连在一起的，顾彬认为"非非派更属于一种国际现象"，他从中看到了奥哈拉（Frank Ohara）等美国后现代诗人的影响。顾彬在阐述朦胧诗、非非派与西方的关联时，其注意力主要是放在主体问题上的，我认为这是切中要害、发人深省的。当然，我对顾彬的赞同是有所保留的。因为尽管我知道一个诗歌评论家，或是一个诗人想抵制理论的、人文科学的进步这一种强大的历史趋势是极其困难的（布罗茨基在《六重奏》一诗中写道："要在一个玻璃杯里扔进多少冰才能阻止一个思想界的巨人前进？"），但我仍然坚持认为，诗歌自身的写作进程应该受到比任何理论进程更多的关注。无论是哪一个西方、现代派的抑或是后现代派的：中国诗的写作进程真的有必要吻合其文化定义的特征吗？

顾彬没有论及苏俄诗歌及"另一个欧洲"（东欧）诗歌与中国年轻一代诗人的关系，尽管他讨论了苏联官方文学与老一代中国诗人的关系，并且注意到了东欧地下诗歌与朦胧诗的某些相似之处。实际上除了存在马雅可夫斯基的苏联诗歌——顾彬指出其特征是强调集体献身，崇尚"把诗人的笔当作刺刀"的暴力倾向、欢呼新人诞生——这种诗歌后来成了斯大林钦定的苏联官方诗歌；还存在另一类苏俄诗歌，即曼德尔施塔姆、阿赫玛托娃、茨维塔耶娃及晚些时候的布罗茨基的俄语诗歌。他们与朦胧诗人及更年轻的一代中国诗人的精神成长有极为密切的联系，其影响持续至今。可以说，非官方的俄语诗与里尔克的德语诗、洛尔伽的西班牙语诗、米沃什的流亡诗，一道构成了某种类似于精神故乡的东西，他们影响了年轻一代中国诗人的良知和品质。这种影响与来自法语诗歌，尤其是来自英语诗歌的影响明显不同，后者主要影响了中国年轻诗人的形式革命、写作方法。

其四，如果西方汉学界对当代中国诗的阅读，倾向于与人对自身境况的关照相联系，那么，这里的"人自身的境况"是针对普遍性而言的，还是特指某种不常有的生存状态（例如，流亡生活，或者换一种说法，寄居异乡的漂泊生活）？顾彬对后一种情况发表了不少清醒的看法，有助于我们认识流亡状态中的中国诗人的近期写作。他谈到流亡写作中的人性复归，谈到中国诗人面对自由的两难处境，谈到诗人对国家的道别，谈到流亡生活中仍未止步的斗志意识。我以为，对流亡状态的中国诗人来说，最重要的一个变化是写作与谋生的关系与从前完全不一样了：写作或者是谋生的反义词，或者成为谋生的同义词。在国内时期的写作所表达的"无用的激情"，在流亡西方时期也许能找到某种用处，诗歌文本中建立起来的词的"他方世界"也有可能找到与世俗生活利益、找到与权力变异形式的联系。但从某种意义上讲，成名并非一件坏事，因为成名会带给写作一个自我中心的他者、一个双重角色的人，以及一种从模仿和反对的声音同时得到证实的倾听。据此我想指出"打倒北岛"这一口号有其历史的合理性，因为"北岛"在这里已成为个人与世界之间的中介角色，历史的一个署名，或者说是出现在个人署名中的集体无人称状态。北岛这个名字一方面与一个人的确切无疑的写作相联系，另一方面，又与历史的真相想要阐明自身因而寻找一个象征物的要求有关。如同黑夜和影子的关系需要一盏灯来加以证实，有时候，历史真相和近乎虚无的叙述之间的那种未经指明的隐秘联系，需要一个署名来作为各方都能援引的中介性质的存在。例如，索尔仁尼琴这一署名不仅是《古拉格群岛》这本书对历史的个人叙述的署名，也是许多相互不能看到的消逝面孔所构成的历史真相的署名。这已经不是知名度问题，也不是对署名作品的见仁见智的评价问题，这是一个署名的神话：是集体匿名状态对自身的命名。我怀疑北岛本人也是"北岛"这一署名的旁观者。年轻一代诗人以北岛为假想敌，提出"打倒北岛"这一口号，并不是什么权力上的要求，而是出于精神成长方面的考虑，我以为这是合理的，也是必然的。"打倒北岛"从历史的角度看不是针对北岛本人的。

我更感兴趣的是这样的问题：为什么是北岛这一署名，而不是别的署名——例如，早于北岛并且在当时影响极大的先驱诗人郭路生——成为历史真相与历史叙述之间的象征性联系？这一问题之所以如此吸引我，是因为我既不认为北岛的个人经历是传奇性的，也不认为北岛的作品在技术上代表了当代中国诗的最高成就。这里肯定有更深刻的东西在起作用。至于郭路生，顾彬在文章中已经谈得很多。我只想说，郭路生代表了中国诗的另一面：注定要被忘却的、仅仅在回忆录中被记住的那一面。他还代表了中国诗人对于消失和渺茫的古怪渴望。作为一代诗人良心上的隐身人，作为对遗忘和消失、疾病和乡愁的有力提醒，郭路生的存在是当代中国诗人无法绕开的。

顾彬提到北岛在流亡生活中写下的告别国家的诗。我不知道中国的一代杰出的诗人们在流亡中写下的诗篇是否将失去与中国的联系？如果失去了，我不知道这对于中国诗的历史进程是福音还是不幸？有的人已正式宣称中国并不存在，有的人正在全面地退出中国。一些有预见性的西方汉学家已经在着手研究：去掉中国性和政治性后，某些有代表性的中国诗人的作品里还剩下些什么？也许，作为历史发展的必然，是有一些东西需要告别。刊登顾彬《预言家的终结》这篇文章的《今天》本身就做了某种告别：虽然有人反对，《今天》仍坚持办成了开放性的、面向未来的、世界范围的中国文学杂志，而没有办成慰藉少数圈内人的、怀旧性质的刊物，这是有远见的。因为《今天》不仅仅是号召，也是当代中国文学史的一份重要文献。

以上几个方面的讨论，基于我对西方汉学家阅读中国当代诗持一种费耶阿本德（Paul Feyerabend）式的"怎么都行"的态度。我认为没有一种阅读方法能够单独奏效，而一种综合了各种阅读方法的方法大概永远也不可能发明出来，因此，怎么阅读都行：只要不把对中国诗的阅读看作一种惩罚。无论从哪种意义上看，西方汉学家对 20 世纪中国诗的阅读和批评都是重要的，值得珍视的。虽然，我们有我们自己的目光；但了解并思考中国诗在西方人眼里是怎么样的，这肯定是有趣的和有益的。

站在虚构这边

稍有现代诗阅读经验的人，都不至于天真地把张枣的《悠悠》看作是一首抒情诗，虽然这首诗并不缺少撩起乡愁的抒情成分。它也不能算作一首叙事诗，尽管它含有那种似乎是在讲述着什么的叙述口吻。将这首诗在归类上的暧昧性放到 20 世纪的诗学史上去考察是件有趣的事：它不是意象派诗歌，象征主义诗歌，表现主义诗歌，超现实诗歌，也不是什么运动派、语言派诗歌，但有趣就有趣在上述每种类型的诗歌几乎都能在《悠悠》一诗中找到其变体和消失点。这首诗的暧昧性在我看来还远不止这些。原诗如下：

> 顶楼，语音室。
> 秋天哐的一声来临，
> 清辉给四壁换上宇宙的新玻璃，
> 大伙儿戴好耳机，表情团结如玉。

怀孕的女老师也在听。迷离声音的

吉光片羽：

"晚报，晚报"，磁带绕地球呼啸快进。

紧张的单词，不肯逝去，如街景和

喷泉，如几个天外客站定在某边缘，

拨弄着夕照，他们猛地泻下一匹锦绣：

虚空少于一朵花！

她看了看四周的

新格局，每个人嘴里都有一台织布机，

正喃喃讲述同一个

好的故事。

每个人都沉浸在倾听中，

每个人都裸着器官，工作着，

全不察觉。

依我看，暧昧性在这首诗中与其说是洋溢于字面义的、多米诺骨牌般的联想效应，不如说是作者精心考虑过的一种结构，一种"裸着器官"但又让人"全不察觉"的深层结构。这是一首对字词的安排作了零件化处理的诗作，作者有意在通常不大被人注意、不大用力的地方用力，因此，在若隐若现的文本意义轨迹中，暧昧性是如此委曲地与清晰性缠结在一起，以致我们难以判断，暧昧本身究竟是诗意的透明表达所要的，还是对表达的掩饰和回避所要的。也许比这更吊诡的是，在《悠悠》这首诗中，表达和对表达的掩饰有可能是一回事。因为就寻找文本的语义设计与现代人真实处境的同构关系而言，暧昧在这里是把含混性与清晰度合并在一起考虑的。诗的起首对此就有所暗示：

> 顶楼，语音室。
>
> 秋天哐的一声来临，
>
> 清辉给四壁换上宇宙的新玻璃，
>
> 大伙儿戴好耳机，表情团结如玉。

这个"不敢高声语，恐惊天上人"的语音室，展示了由高科技和现代教育抽象出来的后荒原风景，其暧昧之处在于：语音室就视觉意象而言是一个清晰的、高透明度的玻璃共同体，但在听觉上却是彼此隔离的、异质混成的……每个戴上耳机的人所听到的语音，究竟发自人声呢，还是发自机器，其间的界限难以划分，出发点也难以确定。"每个人都沉浸在倾听中"，但却不知道谁在说。对此加以追问就能发现，不仅听是暧昧的，说也同样暧昧。

说在这里由一个空缺的位置构成：只有说，没有说者。空缺作为一种中介体系在起作用。人的声音一经此体系的过滤，就会成为失去原音的"超声音"（HYPER-VOICE）。所有与个人原貌、个性特质有关的东西都作为不纯之物被过滤尽净，被阻挡在听觉之外。人们在超声音中听到的是一个假声音，却比真的还要真。这个声音的存在本身就是对自然的取消，对生命世界和非生命世界之间的差异的取消。它不会咳嗽，不会沙哑，不会随时间的推移而变得衰老，不带感情色彩。这是一个教学的发音过程，它在音调高低、音量大小、速度快慢上的变化由机器旋钮来控制。此一发音过程的后面，存在着一个录音和混音的技术过程：原有的那个发自真人的声音，作为预设的现实，在被录制下来的同时被抹去了，而录下来的声音替代原音成了现实本身（它不仅仅是对现实的模拟）。我们在倾听时感觉到的任何差异都与原音无关，只与播放系统和收听系统的机器质地、技术指标有关。就自然属性而言，这个超声音什么也不是，但却也不是无。因为在现代性中，它已成了一种体制化的人工自然。它无所不在，作为一个位置、一个形象、一种纠正、一种催眠术（某些人为了有助于消化和午睡而收听中午的广播），与消息来源、与各种日常的或超常的经验交织在一起。超声音是反常的，但在这里，反常本身成了常态。

张枣身上有着现代知识分子所特有的怀疑气质，同时又是一个天性敏感的诗人。他从怀疑与敏感的综合发展出一种分寸感，一种对诗歌写作至关重要的分离技巧。这表面上限制了诗作的长度和风格上的广阔性，但限制本身在《悠悠》一诗中被证明是必要的，适度的，深思熟虑的。正是这种限制，使张枣得以在一首诗的具体写作过程中含蓄地形成自己的诗学。我的意思是，张枣为《悠悠》找到了这样一种方案，它既属于诗，又属于理论。读者在后面的讨论中将会看到，实际上《悠悠》的写作涉及两个不同的诗学方案。之所以提出这个问题，是因为我深感一个当代诗人在体制话语的巨大压力下，处理与现代性、历史语境、中国特质及汉语性有关的主题和材料时，文本长度、风格或道德上的广阔性往往起不了决定性的作用，如果不把诗学方案的设计、思想的设计、词与物之关系的设计考虑进来的话。用词与物这样的术语来确定知识的两极是福柯的一个发明，他所设计的考古学整个是一部视听档案。将《悠悠》放进这部档案去解读，我们能感受到，无论边缘性的行为和日常景象是如何复杂、如何蛊惑诱人，对张枣来说，问题的焦点仍然是行为的多种流向和多种层面的内敛。显然，内敛作为一个出发点，它所指涉的结构、所汇聚的能量，张枣是从诗学的角度、而不是从现实场景的角度去考量的。《悠悠》一诗为读者提供的诗学角度，简单地说就是坚持文学性对于技术带来的标准化状况的优先地位，同时又坚持物质性对于词的虚构性质的渗透。前面的讨论已经涉及了"语音室"这一暧昧的话语场所，现代性从中发出的是复制的、灌输的声音，它是否就是另一位诗人柏桦所说的"甩掉了思想的声音"？现代性的开关在我们身上关掉了纯属个人的腹语术式声音，打开了能让我们"表情团结如玉"的超声音，考虑到这个超声音是集体的、开放性的，从传播学的角度看，是否它在技术上是 CNN、BBC 或新华社共有的呢？

......迷离声音的

吉光片羽：

"晚报，晚报"，磁带绕地球呼啸快进。

是否这就是那种变化了"物"的声音？抹了一层磁粉，带 220 伏或 110 伏电压，有人在听和没人在听都一样——它和任何听者的联系都是偶然的，浮光掠影的，无足轻重的。它很可能是从一个早已写就的文本借来的，卡勒（Jonathan Culler）在《非确定性的用处》一书中指出："我们有一个早已写就的文本，它已被切断了与说话者的联系"。令人困惑的是，你用群众的声音说话，与用零的声音说话是一回事，在超声音中，群众就是零。你不知道，超声音是对谁的嘴、谁的耳朵、谁的面孔的挪用、假定、给予或取消。你甚至不知道，当"早已写就的文本"被超声音借用时，到底是哪一个文本被借用了：比如，《悠悠》一诗中提到了"好的故事"，它是鲁迅《野草》中的一首散文诗作，很难说，它在语音室里是作为一个文学性文本被借用的，还是作为一个官方性质的教科书范本被借用的。如果采用一种拆解的、部分颠倒的读法（后文会涉及这一读法），去解读"虚空少于一朵花"这行诗，你就能发现暗藏其中的布罗茨基文集《少于一》。它又是作为什么被借用的呢？

如果说，被借用的只是一个作为读音基础的准文本，是否更切合实际呢？众所周知，汉语幅员广阔，在其漫长的历史变迁过程中，写法和用法逐渐变得统一，但发音却始终是南辕北辙的。能不能说，超声音的出现是一种语音上的集权现象？考虑到张枣是个南方诗人，有着黏稠敏感的外省口音，写诗时使用一种既有写又有听的混合语言，他肯定意识到了，口音问题不仅是个乡愁问题，也是个文化身份问题。在《悠悠》这首诗中，语音室实际上提供了一个中介场所，作为故乡的替代物。在这个场所中，文本和生活是分开的，听和听者不在一起；听者在其不在的地方听。听者的耳朵从对生活的倾听中被分离出来，被戴上了耳机。在耳机里说话的是一个无人，语音室是空悬在某个高处的无地，超声音是由无人在无地所说的无母语的一种配方语言。其口音来自设计和组装，不带乡音，没有国籍和省份，没有地方性，没有生活。或许，这就是专为外国人发明的"全球化"口音。要不要把外星人也算进来？我们听他们在电影里说过话，用的是那种拖沓的、事先规定好的工具腔，带有典型的 ET 口音，仿佛不是他们自己，而是嘴里的机器在说。问题是，怎么才能从这些工具理性的声音转向对生活的倾听？

> 怀孕的女老师也在听。迷离声音的
>
> 吉光片羽：
>
> "晚报，晚报"，磁带绕地球呼啸快进。

这是那种超出了职业范围、走神状态的听。女老师听到的不是耳机所预设的超声音（她是语音室里唯一不用戴耳机的人），而是日常生活中的"晚报"叫卖声。不过，在这个新闻消息本身已经日益全球化的时代，人们从各地报纸上读到的东西都差不多。所谓的地方特色，也就只剩"晚报，晚报"这沿街传开的叫卖声了。这是与口音、方言、交通、零钱、小偷混在一起的本地声音，在超声音中肯定听不到。于是，女老师从语音室讲台、从超声音的耳朵游离出来，换了一种听法在听：她想要听听原汁原味的生活。女老师出了神，好像另有一个人在她身上听。天边外，几个天外客也在听。

> 紧张的单词，不肯逝去，如街景和
>
> 喷泉，如几个天外客站定在某边缘，
>
> 拨弄着夕照……

《悠悠》一诗所指涉的现实，给人一种悬浮于空中的感觉。瞧，语音室在顶楼，走神的女老师在讲台之外听着什么，天外客在天边外拨弄着夕照。这现实，悬得也够高了，但要多高，才够得上最高虚构真实？要多高，女老师的耳朵才够得上天外客的耳朵，晚报的叫卖声才能被他们听到？

这首诗的题目是《悠悠》，"晚报"似乎可以作为一个时间量词来理解。悠悠是时间词汇中最慢、最邈远、最不可测度的一个词，它无始无终，因为它所指涉的不是机械时间，而是心理的、文本的时间。作者在这首诗中使用了一系列零件化词汇——耳机，磁带，织布机，用以强调超声音作为物的硬品质。有趣的是，作者用来指代时间的词刚好与此相反，全是非机械性的：秋天，怀孕，晚报，夕照。它们当中只有"晚报"与现代性有直接联系，就时间界定的有效性而言，"晚报"不过一天那么长。用这一长度来度量那种前不见古人、后不见来者的"天地之悠悠"，会怅然生出一种不知今夕何夕、此地何地、此身何人的荒凉感。语音室里的女老师，和一个怀孕的女人，这两个人在诗学上是同一个人吗？如果将张枣看作是史蒂文斯式的"词语造成的人"，那么，隐身于讲汉语的张枣身上的讲英语、德语或法语的张枣，是一个重合的张枣，还是分裂成好几个人的张枣？超声音和晚报叫卖声，中国和西方，后共产主义遗产和后现代知识状况，它们在张枣身上可以聚焦吗？我这样提问题，是因为《悠悠》一诗的视角相当奇特，读者完全可以从"语音室"这个地址，从女老师这个人，从"晚报"所提供的确切的、微观的、符合日历的时间刻度，朝秋天，夕照，悠悠的过往和将来，朝无限宇宙，朝几个天外客，远远望去。不过，这可是置身于一个文本的地址，处在一个出神的时刻，手中拿着一架词语的望远镜在眺望。你是站在虚构这边的。以为这样凭空一望，世俗生活的真实影像就能汇聚到人类对起源的眺望和对乌托邦的眺望中去，这未免过于急躁。张枣本人宁可把天外客看作是杰弗里·哈特曼所说的"不受调节的视象"，宁可看到

……他们猛地泻下一匹锦绣：

虚空少于一朵花

也不愿矫情地将"不受调节的视象"升华为那喀索斯式的自我凝视。升华的时刻是一个将外部世界的景象加以内化的乌托邦时刻，但这并不意味着一定会有一个"孔雀一样的具体"在文本世界等着我们。诗性的直觉力告诉张枣，"在外面的声音/只可能在外面"（《何人斯》）。《悠悠》一诗中的女老师神游在外，聆听在外，与此相映成趣的是，张枣在另一首诗《厨师》里写了这样两行诗：

厨师极端地把

头颅伸到窗外

外面在这儿是加了括号的。张枣写《悠悠》一诗，关心的并不是语音室本身，而是在此一文本环境中，词和声音的聚集，那种使物进入其内但仍保持敞开性的聚集。显然，他想把隐匿在超声音内部的那个"孔雀一样的具体"的零件世界与外部世界联系起来。但"外面"究竟是在指涉什么呢？张枣旅居德国时期所写的诗作曾多次提及这个外面。在《空白练习曲》中他说"我呀我呀，总站在某个外面"，在《跟茨维塔伊娃的对话》中他写道："外面啊外面，总在别处"。如果我们把写作看作是一种划界行为，那么，这个外面指的是哪一个：是从身边现实望出去的广阔现实，还是与字词的具体性、精确性区分开来的无所不包的、聒噪的信息量？是某处，还是无处？是地理上的，还是心理上的？细读张枣德国时期的诗作，我的感受是，似乎有好几个外面在发生学的意义上同时起作用。外面并非浑然一片，而是欧几里得似的、可切割的、可展开的。有时，这个外面似乎只是一种闪现。但更多的时候，它像食肉动物般阴沉，庞大，无声无息，当你注视它时，它也在神秘地回看你。会不会如帕斯的一首诗所言，它看到了你，然后说：空无一人？

福柯断定，当代文学作品所提供的是一个主体在其中消失的、没有作者的文本空间。但这里的问题，似乎并不是张枣在他不在的地方写作《悠悠》，也不是他把这首诗写着写着就写没了，问题比这复杂得多，扰人得多。因为，有这样一种可能性，女老师听晚报叫卖声用的正是超声音的耳朵。我的意思是，安装在超声音内部的那个袖珍型工具理性系统，与女老师听见的日常生活之间，存在着一种互文性。其实，超声音本身就是一系列互文关系的产物：零件系统和人体器官，语音和辞义，中文和外语，词和物，文学语境和社会语境。或许本雅明"任何诗意的倾听都是从对现实生活的倾听借来的"这一观点，有助于我们理解，为什么"晚报，晚报"这样的市井嘈杂之声，会在女老师屏息捕捉的那些远在天边的、近乎无限透明的"离迷声音的/吉光片羽"之上浮现出来。暧昧的是，张枣诗作中那种强烈的虚构性质，与他对真实生活的借用，常常是缠结在一起的。我隐约感觉到，暧昧不仅是由个人气质和行文风格决定的，就《悠悠》言，暧昧更多是个关于词的秘密的诗学原理问题。历史的秘密，物的秘密，对思想的汲取、珍藏和表达的秘密，其深处若无词的秘密在支撑，充其量只是对常识的说明。这意味着，当代诗人只在道德选择和世俗政治方面成为持异议者是不够的，应该在词的意义上也成为持异议者，这才是决定性的。

从《悠悠》与消极现实构成的转译关系看，"怀孕的女老师"似乎预示了词的异议者这一形象：它是匿名的，难以辨认的，自我分离的，暗含了某个尚未诞生的他者身体，和某种尚未说出的别的声音。由于当代诗人是置身于体制话语和个人话语的对照语域从事写作的，自我中的他者话语在这里应该被看作是一种将现实与非现实、诗与非诗之间存在的大量中间过渡层次包括进来的书写策略，它加深了对原创意义上的"写"的深度追问。对张枣来说，写，既不是物质现实的直接仿写，也不是书写符号之间的自由滑移，而是词与物的相互折叠，以及由此形成的命名与解命名之层叠的渐次打开。写，就是物在词中的涌现，持留，消失。写，在某处写着它自己根深蒂固的空白和无迹可寻，它擦去的刚好是它正在呈现的，"它要做的全部事情仅仅是在自己存在的光芒中闪烁不定"。在《悠悠》中，写经历了从文本到磁带、从书写到讲述的更替，"好的故事"想要发出持久的声音，但磁带的定义是：既能发音又能消音。写在这里不过是一个信号，一旦它被句法散居般织入诗的本文，形成纹理，迹象，秩序，我们就会发现，不仅词是站在虚构一边的，物似乎也在虚构这边。

但是，真有这回事吗，真的现实在它不在的地方，是它不是的样子？真的现实和写一起显现出来，又和写一起被擦去了，不在了？真的当物被减轻到"不"的程度，词就能获得物原有的"是"的重量吗？读者有权持这样的疑问。不过，张枣在《悠悠》的写作过程中，通篇对现实不加预设，不做说明，不予界定，他只是审慎地将"站在虚构这边"与"不用思想而用物来说话"这两个相互背离的诗学方案加以合并，仿佛它们是一枚分币的两面。实际上，整个 20 世纪的诗歌写作都是由上述两个诗学方案支配的。第一个方案把诗的语言与意指物区别开来，它向自身折叠起来并获得了纯属自己的厚度，按照福柯《词与物》一书的观点，在这种情况下它"越来越有别于观念话语，并把自己封闭在一种根本的非及物性之中……它要讲的全部东西仅仅是它自身"。在第二个方案中，词失去了透明性，它把自己投射到物体之中并听任物象把自己通体穿透，词与现实成了对等物。前面的讨论已经注意到了《悠悠》在处理声音和时间这两个基本主题时，使用了两组质地完全不同的语码，它们分属上述两个诗学方案。其中声音词是从关于物的状况的技术语码借入的，而时间词则是虚化的，不及物的，只有"晚报"一词是个例外。"晚报"实际上是两个诗学方案的汇合词，既指涉时间，又传出了声音。此词的混用对紧接着出现的"磁带"一词造成了明显的干扰：

"晚报，晚报，"磁带绕地球呼啸快进。

磁带是作为超声音载体进入一个"转"的机器世界的，但只有按照预先设定的转速它才发出声音，如果"呼啸快进"的话，它将是无声的。我感兴趣的是，一个失去声音的声音词，会不会转移到别的语义层，作为一个时间语码起作用？磁带的转，形成了圆形语轨。熟悉西方现代诗学理论中"诗歌仿型手法"的读者，会立刻把这一圆形与时间形态联系起来。在《姊妹艺术：从屈莱顿到格雷以来的文学绘画主义和英国诗歌传统》一书中，让·海格斯特鲁姆从词源学角度将仿型定义为"赋予无声艺术客体以声音和语言的那种特殊性质"。该书以《伊里昂纪》第十八卷赫斐斯塔斯为阿喀琉斯铸造的盾为例，论及荷马史诗对仿型手法的运用。作者认为，阿喀琉斯的盾既是作为物，又是作为诗学上的仿型客体在起作用，它不仅使某些非绘画性的东西，比如声响、动作以及诸多社会学的细节在其表面"出现"，而且将时间的流逝凝结其中。在柯林思·布鲁克斯的专著《精制的瓮：诗的结构研究》中，在列奥·施皮策《〈希腊古瓮颂〉或内容与元语法》一文以及莫瑞·克里格的两篇精彩文章《诗的仿型原则及静止运动》《〈易脆的中国坛子〉和混沌的粗手》中，从渔王的圣杯到济慈的希腊古瓮，到布莱克的轮子，从蒲柏的中国坛子和艾略特的中国花瓶，到史蒂文斯的田纳西花瓶，全都染上了与阿喀琉斯的盾相似的、乡愁般的诗歌仿型倾向。这种倾向因专家式的精读而被大大拓宽了，按照克里格的说法，"在其他情况下仿型手法不再指一种狭义的、由它模仿的对象所界定的诗，而是扩大为诗学的一般原则了。"

《悠悠》一诗对时间的塑形，表明诗的仿型手法在风格上极具伸缩性。时间之圆在磁带中的现身，与它在盾、杯、古瓮、坛子、花瓶中的现身是不一样的。因为磁带本身并没有预设圆形性，相反，磁带是线形的。换句话说，时间的圆形性作为诗的仿型维度在磁带上并不是自动呈现出来的，得要借助机械之转动磁带才是圆的。我想，《悠悠》意在说明，时间没有结构也得依赖结构。问题是，为什么作者在处理古老的圆形时间意象与现代性之奇遇时，对钟表构造不予考虑，而宁可将奇遇安排在超声音的结构世界中？原因或许在于，奇遇在张枣身上所唤起的乃是词的事件，也就是说，奇遇实际上是零件和词的相遇，亦即两个诗学方案的相遇。此一奇遇较之非线性时间观与现代性的奇遇，更贴近《悠悠》一诗的本义。值得注意的是，上述两种奇遇被张枣不加区分地置入了"转"的状态。转，可进可退，可快可慢，可有声可无声，也可以在那儿空转。这种状态被歌德称之为变化的持久（DAUER IM WECHSEL）。当磁带转动时，无论进退快慢，时间的圆形性本身是静止的。我们看到的，是由元时间、元写作和元语法结构共同构成的同心圆，以及从中产生出来的离心力。

如果没有这种离心力的介入，"磁带绕地球呼啸快进"这行诗就会让人感到迷惑。想想看，一盒磁带围绕地球在转，一个小一些的、微观领域的圆，围绕一个近乎无限大的圆在转。这是万物的晕眩全都参与进来的转，我们却在其中感觉到了词的晕眩。在物的转动中，是词在转：地球的自转公转，磁带的呼啸快进，晚报，超声音，女老师，天外客和天边夕照，写和读，说和听，好的故事，乡音乡愁，汉语英语德语，希腊古瓮中国花瓶大不列颠轮子，阿喀琉斯的盾，荷马济慈布莱克艾略特史蒂文斯，一切一切，都在转，如叶芝在《再度降临》一诗中所写：

旋转又旋转着更大的圈子

叶芝的诗句描绘了第一次世界大战后整个欧洲的精神风景：一切都四散了，保不住中心。溃散之虹跨越帝国的天空，西方文明似乎成熟得过了头，被荒凉和更大的虚无给笼罩着。那些个美学上的老牌帝国主义者，日薄西山，已无中心可言，他们

如几个天外客站定在某边缘，

拨弄着夕照……

从某种意义上讲，《悠悠》与《再度降临》一样，意在描述某种"意指中心"的空缺和溃散。这就是为什么张枣用"喷泉"这一意象来指涉"紧张的单词"，因为就模拟溃散状而言，没什么能如"喷泉"般直观：水（自然的元素）被非自然的管道力量推送到高处后四散落下。这里，我们能感觉到有好几种力量在汇合，在较量：地心引力，工业和技术的马力，时间的离心力，词

的构造力及其解构力。所有这些力量相互作用，不仅能使磁带倒过来转，也能使句子倒过来读，并产生断裂。比如，"虚空少于一朵花"可以拆解成三个语段，除去中间的"少于一"（这是布罗茨基一本文集的书名，作为一个专用名它不至于被颠倒了读），另两个语段都能倒过来读，前者读作"空虚"，后者读作"花朵"。这种读法使词的上下文关系不再是单向度的，它暗示了词在反词中出现、在时间中逆行的可能性。逆行迹象在诗中藏得如油画底色那么深，以致丧失了词和反词的对比，只剩下差异的大致轮廓。比如，"悠悠"一词本身就可任意颠倒和逆行。要是将"虚空少于一朵花"中的"少"换成其反义字"多"的话，你会发现，这句诗的含义丝毫没起变化。在这样一个特定语境中，少也就是多，它们可以互换和彼此逆行，反义词的直线在这里变成了同义词的圆弧。这符合《悠悠》的精神氛围，因为《悠悠》所讲述的"好的故事"不是线性的，作者给了它一些直观的圆（夕照，磁带，地球），和一些语象的圆（团结如玉，喷泉，虚空）。引人注目的是，在这些圆中出现了一个半圆：

> 怀孕的女老师也在听。……

"怀孕"使言说和倾听弯曲了，使历史的某些硬事实弯曲了。"呼啸快进"的机器步伐，在被"怀孕"内部的生命步伐减速之后，进步发生了弯曲，时间也发生了弯曲。并且，时间之圆的缺欠，在"怀孕"这一意象中耐人寻味地与父亲的缺席联系在一起，两者都指向悠悠生命的传递。因传递而失去的不只是"迷离声音的/吉光片羽"，不只是女老师在体制中的位置，以及她的片刻出神。传递过来的也不只是世俗幸福的絮叨，排场，具体性，沿街叫卖的晚报，天外客的消息。"好的故事"夹杂其间传递了过来。或许，张枣想要借便捎带神的秘密口信？那独自出神的女老师能回过神吗？我以为，诗歌时间的全部含义，都包含在"怀孕的女老师"从出神到回过神来这么一段时间里了。在出神的片刻，女老师对"迷离声音"的听转换成了对天外景象的看，当她回过神来，又重新看到了眼前的现实：

她看了看四周的

新格局，每个人嘴里都有一台织布机，

正喃喃讲述同一个

好的故事。

每个人都沉浸在倾听中，

每个人都裸着器官，工作着，

全不察觉。

女老师在听觉上是个持异议者，当她回头观看，她似乎又成了一个旁观者。一切如故，一切又都变了。诗是发生。被诗写过的现实与从没被写的现实肯定有所不同。狄兰·托马斯说过，一首好诗写出来之后，世界就发生了某种变化。当然，站在虚构这边才能看到这种变化。变化形成的"新格局"对每个人的说、听、工作都产生了影响，在女老师看来，"新格局"是透明的，"裸着器官的"，让人"全不察觉"。问题在于，是零件体系的"新格局"，还是诗的语言整理过的"新格局"在起作用？要是词的"日日新"能把物的状况也包括进来，那该多好，因为"好的故事"即使是站在虚构这边讲，它也是讲给生活听的。问题是，无论我们用古老乡愁的耳朵还是现代消费的耳朵在听，"好的故事"都已失去了真人的嗓子。在语音室里，它被超声音讲述着，被每个人嘴里的"织布机"讲述着。超声音是"交往"的产物，它从我们身上分离出一种没人在说的、但却到处都被人听到的声音。要是让女老师来讲"好的故事"，她恐怕也只能借助超声音讲。张枣本人呢，他会用什么声音为我们讲述"好的故事"？是否他会把声音深埋在"怀孕"这一意象的深处，以此提醒世界，诗的声音是尚未发出的、正在形成的声音？我相信，那个声音有它自己的自然，它自己的身体，呼吸，骨骼和心电图。实际上每个人身上都有这样的诗的声音，遗憾的是，它几乎没被听到过。听到了又能怎样？对于众多倾听者，"好的故事"听着听着就变成了别的什么。诗的真意，恐无以深问。

词的现身：翟永明的土拨鼠*

    阅读的粗疏、匆忙和低质量是我们这个时代的一个共同特征。这是一个小品文和专栏文章的时代，硬要人们阅读现代诗有时简直就是一种惩罚。最近这几年的趋势表明，无论将诗歌写作理解为词的缩削还是词的扩张，诗人所使用的都是少数人的语言，这种语言在定义上就包括了对公众阅读和消费性阅读的断然抵制。所以诗人不必指望自己的作品拥有成千上万的读者。问题是同时代的诗人相互之间阅读作品，大抵也同样是粗疏、匆忙和低质量的，往往是初读之后凭印象（我们都知道诗人的印象是由他自己的写作积习产生的）表明一下喜欢或不喜欢，绝少加以深究。在这样一种阅读风尚中，福楼拜所神往的"词的奇境"要想得以现身，可能性极小。

    现身正是翟永明《土拨鼠》这首诗着力处理的一个关于"词的奇境"的主题。我和翟永明交情甚笃，所以打算在阅读之前先引用一些私人性质的背景材料，意在把这首诗的前写作过程也划入阅读的括弧之内。《土拨鼠》发表在 1992 年第 1 期《今天》上，不过我早在 1989 年冬天就读到了这首诗的手稿。我几乎是未加思索地立即喜欢上了这首诗，但阅读似乎也就到喜欢为止——在正常情况下，喜欢一首诗就意味着取得了不必重读的合法权利。直到今年 4 月我阅读装帧精美的翟永明个人诗集时，才又想起了《土拨鼠》。原因很简单：我在这本篇幅达 267 页的诗集里找不到这首诗。这让我纳闷，因为我知道翟永明本人也很偏爱这首诗。不久我收到她的一封信，她在信中谈到《土拨鼠》是怎样写出来的："说到'诗外'起因，那是我和何多苓刚结婚不久时写的，那段日子他经常唱一首歌，即海涅的一首诗：'为了生活我到处流浪，把土拨鼠带在身旁。'我非常喜欢，……土拨鼠给了我写作冲动，可以说我是一挥而就写出了这首诗。"

我通常信赖的是那种强调距离的、有节制的、不透明的阅读，亦即作者不在场的零度阅读。我在这里引用私人性质的诗外材料，无疑会对我所信赖的阅读行为造成一定程度的干扰。但我认为这种干扰对于阅读《土拨鼠》这首诗也许是必要的。并不是每一首诗都适合零度阅读。

一首诗加另一首诗是我的伎俩

一个人加一个动物

将造就一片快速的流浪

起首第一段就出现了两次"一加一"，仿佛是在暗示，作者没有采取零度立场来写作这首诗。那么，存在着一个里奇（Adrienne Rich）式的女性主义写作立场吗？里奇曾经说过，她自身"分裂成写诗的女孩，一个界定自己在写诗的女孩，和一个经由她与男性的关系而界定的女孩。"[①] 理查德·罗蒂（Richard Rorty）将里奇的这种分裂性质的个人处境解释为更广泛的女性写作处境，解释为一个历史寓言，这就是：在女性主义成熟之前，女人的写作"没有能力停止借由她们与男性的关系来界定自己的这种处境"[②]。我们在早前艾米莉·狄金森（Emily Dickinson）以及西尔维亚·普拉斯（Sylvia Plath）的写作生涯中都可以清晰地辨认出上述处境：女性诗人的自我描述越是逼真、越是强烈、越是感人至深，就越是被整体的分裂力量所拆解和撕碎。女人的自我描述无法在人性的完整光辉中单独结蒂，因为语言游戏是由男性控制的，生活中男性的状况（男性的多余或欠缺）是语言游戏中的自变数，而女性的描述则被迫成为因变数。也许正是这种自变数与因变数的相互重叠，形成了新历史主义者称之为"厚描"（thick description）的"无法忘却的语言"，作为对女性自我描述中那深渊般的"无言"的一种补偿。女性分离主义的立场正是由

---

① Rich，*On Lies，Secrets，and Silence：Selected Prose* 1966—1978，P40.

② R. Rorty，《女性主义与实用主义》，转引自台湾《中外文学》第 22 卷第 7 期，第 75 页。

此发展出来的，麦金伦（Catharine Mackinnon）站在这一立场上说："我想为女人提出一个尚待实践的角色，我所根据的是一个未被抑止的声音所可能诉说的，未曾被听过的话语。"[①]

我之所以在这里就女性写作立场做出一番回顾，一方面是由于我强烈地感受到了女性身份确认问题所包含的角色焦虑（role anxiety）和角色反抗（role resistance），我的意思是，假如我读到的诗是一个女人写的，我恐怕就不得不首先澄清某些东西，而这种澄清在我阅读一个男性诗人的作品时是压根儿不会碰到的。对此，法国当代女作家埃莱娜·奚克苏（Hélène Cixous）的感受相当沉痛："当有人向你谈起女人，你总得有所回答而且就像在对一项指控做出回答一样。"[②] 另一方面，翟永明在写作《土拨鼠》之前写过不少影响极其广泛的女性诗作（例如组诗《女人》），这种情况我们在阅读《土拨鼠》之前必须加以考虑。

但这并不意味着《土拨鼠》这首诗里面存在一个确切无疑的、不妥协的女性主义写作立场。相反，我认为《土拨鼠》表明翟永明的写作正在经历从历史场景到个人潜意识场景的微妙变化（这与奚克苏近年来所经历的变化恰好形成反向对照）。从表面上看，《土拨鼠》所处理的素材与流行的女性诗歌并无多大差

---

① R. Rorty，《女性主义与实用主义》，转引自台湾《中外文学》第 22 卷第 7 期，第 62 页。
② H. Cixous，《从无意识场景到历史的场景》，引自《文学理论的未来》，中国社会科学出版社，第 34 页。

别，诗中充斥着奔突的激情、流浪、情人的痉挛、梦境、寂寞、受伤、诀别这样的日常用语。但我注意到，这些流行的、日常的词既没有被导向高度神经质的自我描述，也没有费力地去辨认伍尔夫（V. Woolf）式的"主要叙述者"的女性特定身份。换句话说，日常的词即使是在非日常的气氛中也没有采取圣词（The Word）的立场，这是由于作者审慎地将叙述声音处理为他者语言，并在他者中现身，从而回避了女性诗人特有的角色焦虑。

一 首 诗 加 另 一 首 诗 是 我 的 伎 俩

"一首诗"可以理解为正在书写的某一首诗（在此处是《土拨鼠》），写作从一开始就带有自相指涉的性质。"另一首诗"显然是指海涅的那首有关土拨鼠的诗，翟永明在写给我的信中提到了它（看来私人材料有时确实能派上用场，但我必须赶紧申明：我对这些材料的引用到此为止）。我认为海涅的诗在这里其实是不纯的和变化的，因为对于翟永明来说，词在触及她时不仅是变成了歌曲的词，而且是那种变成了中文的德文。这里或许发生了某种意味深长的文本颠覆，如果我们将"加"字所起的作用考虑进来，并对用法突兀的"伎俩"一词稍加留意的话。当然，我所说的文本颠覆仅限于词的范围，不涉及身份识别问题。埃莱娜·奚克苏在阅读另一位女作家的出色作品时曾说："我发现了一个卡夫卡，这个卡夫卡是女人。"① 但我以为翟永明被海涅触动时未必想在海涅身上认出一个女海涅来。考虑到海涅是个德国诗人，我还要加上一句，翟永明也不会因为海涅的触动而产生种族认同危机。角色焦虑在《土拨鼠》一诗中并不存在。读者所看到的只是一个诗人触及另一个诗人，一首诗加另一首诗。不是女人借由与男人的关系现身，也不是中国人在异国幻象中现身，而是词的现身。

词的现身是一个令人神往的诗歌梦想。史蒂文斯（Wallace Stevens）将词的现身视为最高虚构真实，叶芝将其看作宇宙的舞蹈，济慈（John Keats）则把它理解为美与真的完全融合。但是词的现身是并无实体的现身，所以必须给词一个身体或一个物，使词的现身可以被指出、被辨识、被印证。于是，我们在史蒂文斯的作品中读到了田纳西州的一只坛子，从济慈的颂歌中读到了夜莺和希腊古瓮，并且从叶芝的诗作读到了他对舞蹈与舞中人做出的区分。引人深思的是，叶芝对两者做出的区分是以反问方式提出来的，含有不可区分的强有力暗示。② 保罗·德曼（Paul de Man）敏锐地嗅到了其中纯形式的、方法论的意蕴，他

---

① H. Cixous，《从无意识场景到历史的场景》，引自《文学理论的未来》，中国社会科学出版社，第34页。
② 见叶芝的诗《在学童中间》最后一节。

进而把词的现身理解为阅读的基本秘密。①

　　在翟永明的《土拨鼠》中，我们所看到的词的现身是由土拨鼠代现的。撇开美学风格方面的种种差异不论，仅就符号的替代功能而言，翟永明笔下的土拨鼠与叶芝《在学童中间》最后一小节的舞中人颇为相似：两者所代现的都是生命中难以显现的非存有（non-being）。但我认为指出两者之间深刻的相异之处也许更能说明问题。叶芝刻意将舞中人处理为面具化的、几乎没有细节的"纯身体"，用以承受宇宙的神秘律动。而翟永明借由土拨鼠所代现的那种生命中难以呈现的境况，则是关于个人生活和个人写作的。这意味着，土拨鼠同时指涉词的现身与爱的现身。而且，土拨鼠来自另一首诗，也可以说来自一支歌（来自何多苓的优雅嗓子），属于叙述声音中的他者声音，其现身使作者的自我描述声音一下子变得无名无姓、面目全非，难以被单独辨认和倾听。这也许正是作者（即诗中的主要叙述者）想要面对的一种局面：主要叙述者可以用"他者语言"来叙述，也可以将自我中隐而不显的部分交给这个"他者"代现，从而完成自我形塑。使人迷惑的是，土拨鼠并非一个意象、一个象征物、一个隐喻或一个寓言，它仅仅是现身（准确地说是代为现身）。它来了，但无人

───────────────

① Paul de Man，《符号学与修辞学》，引自《后现代主义文化与美学》，北京大学出版社，第 314 页。

知道它想把主要叙述者带到何处去。

　　一个人加一个动物

　　将造就一片快速的流浪

"加"在这首诗中所起的反常作用一波三折，值得细细琢磨。不妨使阅读停下来，对此做出一番外科手术式的拆解分析。首先，"加"的逻辑含义被取消了。这里的"一个人加一个动物"，其结果很可能会少于独处状态中的一个人或一个动物，因为存在着人性与动物性相互替换、相互剥夺的可能性。这是否在暗示，两者相加是一个减少过程？词减少了土拨鼠，而土拨鼠的现身也并没有使一个人或一个词变得更多。也许我们经由对"加"的反向解码已经触及了《土拨鼠》这首诗的根本秘密：作者在词与感官、形式与经验、自我与他者的相加过程中得到的并非各方之"和"，而是一种难以解释的"差"。显而易见，土拨鼠所代现的正是生命本身的某种深度欠缺，各方相加得出的"差"。土拨鼠在翟永明的笔下处于无可栖居的流浪和逃亡状态，大地上没有它的居所。而我们都知道，人类对生命的确认总是联系着对居住形式的关怀，城市、村庄和家庭无一不是因为这种关怀才得以形成的。海德格尔引用诗人荷尔德林（Friedrich Hölderlin）的思想，指出语言是人在大地上的居所。换言之，即使是在言说和书写行为中，人的生存也不是无场所的，"而是被双重镶进本文作为一个具体的境遇"①。可以说，没有居所的生存状态是"非存有"。

重新回到对"加"的分析，我们也许会相当自然地将这个词与"家"谐音这一点考虑进来。这也许是巧合，也许是刻意为之，我想作者大概潜意识中一直惦记着土拨鼠无处栖居这一伤感的事实。无论如何，现在"一个人加一个动物"这句诗可以被读成：一个人，家，一个动物。只要我们愿意停顿，土拨鼠就有一个能被读出和听到的声音的"家"。尽管作者在第二节中指出：

这首诗写我们的逃亡

但作者真正关切的事情是土拨鼠于何处栖居。寻找栖身之地这一隐秘主题被条分缕析地暗中织入了整首诗的布局。在第一小节中，我们发现土拨鼠的栖身之地是通过一个词的谐音（加/家）来暗示的。在第二节诗中，栖身之地似乎与一幅画有关（不要忘了何多苓是画家）：

<hr>

① Fredric Jameson, *Marxism and Historicism*，转引自张京媛主编的《新历史主义与文学批评》，北京大学出版社，第 35 页。

午夜的脚掌

迎风跑过的线条

第三节出现了梦境：

秋冬的环境　梦里有土拨鼠

在第四节，即全诗的最后一节中，土拨鼠在"月光下"现身，
"整个身体变白"。作者的结尾两行诗点明土拨鼠的真正栖身之地
是"平原"。

它来自平原

胜过一切虚构的语言

随着寻找栖身之地这一主题的层层递进，土拨鼠的流浪生涯也经
历了从词的现身到爱的现身、从接近人类到独自离去的变迁
过程。

我和它如此接近

它满怀的黑夜　满载忧患

冲破我一次次的手稿

作者深知土拨鼠无论作为词之代现，自我中的他者之代现，还是作为生命中的非存有之代现，都是同样珍贵的。因此作者想要用声音、画面、文本和梦境来挽留它。但土拨鼠是留不住的，"它来自平原"。它作为一个迷人的代现寄居在词的奇境里，但最终却从读音、线条和文本逃了出来，从纯形式、从虚构的语言逃回到它自己的真实身体。

　　　　这首诗叙述它蜂拥的毛
　　　　　向远方发出脉脉的真情

"蜂拥的毛"显然是一种修辞用法上的故意夸张，意在强调身体的纯生理特性。看来代替词语现身已经衍变为身体本身的显现。应该如何对待这个身体呢？词曾经描述了这个身体，但词不能变成这个身体。作者告诉我们：这是身体世界向词的世界诀别的时刻。

　　　　这些是无价的：
　　　　它枯干的眼睛记住我
　　　　它瘦小的嘴在诀别时
　　　　发出忠实的号叫

"枯干的眼睛"避开了泪水和墨水。"号叫"当然是土拨鼠自己的声音，但身体的声音在从词的声音中分离出来后，是否如作者所说仍然"忠实"于词的世界，这个问题有其复杂的一面。借由词的现身，我们看到了各种各样的身体：布莱克的老虎，济慈的夜莺，华兹华斯（William Wordsworth）的"绿色的朱顶雀"，杰弗斯（Robinson Jeffers）的鹰，以及我们在《土拨鼠》这首诗中读到的翟永明的土拨鼠。诗人们为自己所创造的异类身体发明了一种语言，但这些身体却拒绝说这种语言。因为身体的世界"现在构成了一种真正的自然，这个自然在说着话，在发展着一种将作家排除在外的活生生的语言"①。

阅读行为同样有可能将作者完全排除在外。当翟永明试着用土拨鼠的"他者语言"来叙述自我时，她感觉到这个作者正在"离我而去"，如果没有完全剥夺自我描述的声音的话，也肯定会使之减少。写作就是减少自我，即使整个世界与这个自我相加也是徒劳的。如果容我把前面提到的关于"加"的外科手术式拆解分析推向极端的话，"加"甚至不是一个词或一种读音，而是一个数学符号：＋。但前面的讨论已经表明这一符号难以执行正常的数学功能（它不表示一个增多过程），所以我们不得不从宗

---

① Roland Barthes，《写作的零度》（李幼蒸译本），《符号学原理》，三联书店，第107页。

111

教喻指的角度去看待它：一个十字架。这与土拨鼠所代现的生命中的非存有构成了"可怕的对称"：重与轻，死与爱，定在与流散。

在极端的意义上，上述拆解分析似乎还可以进行下去。十字架可以分解成"一"和"丨"。这一"越来越少"的拆解分析过程如果想要达到"少到不能再少"的程度，就必须逼出一个"〇"来。土拨鼠从广义上讲属于穴居动物，因此，考察这首诗中的"洞穴意象"或许是合情合理的——洞穴也就是"〇"。我们很快就在词的世界中发现了它：

> 它满怀的黑夜　满载忧患
>
> 冲破我一次次的手稿

但要在身体世界中找到洞穴意象则不那么容易，除非我们将阅读和讨论引向性别政治的领域，并且武断地认定土拨鼠有一个女性身体，然后再在普拉斯的一句诗"你的身体伤害我就像世界伤害着上帝"的引领下去读《土拨鼠》中的两行诗：

> 小小的可人的东西
>
> 在爱情中容易受伤

伤口在这里有可能被当作一种性别政治的特权，将身体世界的洞穴意义呼唤出来。但是下面两行诗对这种读法则提出了一个反证：

我指的是骨头里奔突的激情

能否把它全身隆起？

这两行诗所呈现出的凸起，可以很方便与德里达的"阳物理体中心论"（phallogocentrism）联系起来，发展出男性身体的视域。我们甚至可以将上述两类相互否定的读法"加"起来，断言土拨鼠有一个男女同体的变性身体。

够了！尽管我已经提到这里的阅读和讨论是完全排除了作者的，但仍然太过分了，显得像是在缺席谋害作者。当然，我可以为上述读法（我称之为外科手术式拆解分析法）找出足够的理论依据。例如，我可以引用史皮瓦克（G. C. Spivak）的一段话来说明我为什么要从拆解一个词入手，建构起某一种阅读立场（从某种意义上讲，它正是我本人回避的立场）。史皮瓦克的这段话是：

……如果遇到一个词，似乎包含了不能解决的矛盾，而且由于是一个词，有时被用来起这种作用，有时被用来起那种作用，从而表明缺乏一种统一的意义，这时我们就要琢磨这个词。……我们要追寻它深入文本中，发现文本不再作为一个隐蔽的结构，而是在揭示其自我超越性、其不可决定性。①

我不过是盯住了"加"这个词进行琢磨。无论当代理论多么富于启示性，它仍然含有暴力的成分。常常是理论想把作品读成什么，作品就似乎是什么。比方说，我想从《土拨鼠》这首诗中读出世俗政治的影子世界，我就找出诗中的"逃亡"一词施行外科手术；假如我想读到多角恋的隐私故事，只需从"情人的痉挛"或"儿子"下手。

也许这就是阅读的疯狂。从中我看到的是词语世界的分裂，而且是阅读和写作共同参与的分裂。前面提到过女性作家在借由与男性的关系界定自我时感受到自我描述的分裂。翟永明避开了这种分裂，但她在土拨鼠代现的"词的奇境"中经历了更真实的分裂。我能充分理解她的处境，她的深刻的无力感：在土拨鼠的世界里，她的自我叙述纵然避开了性别政治的分裂，但必须承受词的分裂。我想我们大家都会深感无力。词现身之后归于分

---

① G. C. Spivak，《关于语法学》英译本所写的序言，转引自《后哲学文化》，上海译文出版社，第122页。

裂，人性的完整光辉则被"别的声音"和"别的身体"带到了"词的他方世界"。我很庆幸在那里种族、阶级、性别和国籍等方面的划界行为不起作用。说到底，我们不过是一群词的朝圣者，迷途者。

我乐于看到翟永明的土拨鼠在词的他方世界再度现身。正如我乐于看到威廉·布莱克的老虎在博尔赫斯的诗篇中现身。

*土拨鼠

一首诗加另一首诗是我的伎俩

一个人加一个动物

将造就一片快速的流浪

我指的是骨头里奔突的激情

能否把它全身隆起？

午夜的脚掌

迎风跑过的线条

这首诗写我们的逃亡

如同一笔旧账

这首诗写一个小小的传说

意味着情人的痉挛

小小的可人的东西

把眼光放得很远

写一个儿子在布置

秋冬的环境　梦里有土拨鼠

一个清贫者

和它双手操持的寂寞

我和它如此接近

它满怀的黑夜满载忧患

冲破我一次次的手稿

小小的可人的东西

在爱情中容易受伤

它跟着我在月光下

整个身体变白

这首诗叙述它蜂拥的毛

向远方发出脉脉的真情

这些是无价的：

它枯干的眼睛记住我

它瘦小的嘴在诀别时

发出忠实的号叫

这是一首行吟的诗

关于土拨鼠

它来自平原

胜过一切虚构的语言

命名的分裂：商禽的散文诗《鸡》

我想世界上大致只有两类诗吧，一类是专为第一次阅读而写的，这类诗中写得好的会让人在重新阅读时仍然有一种初次读到的感觉，似乎它是在证明人不可能两次读到同一首诗。另一类诗则是为多层次的深度阅读、歧义阅读，甚至反阅读而写的，在这类诗作中读者几乎找不到初读的痕迹——就像在博尔赫斯的《沙之书》中读者翻不到第一页。台湾当代诗人商禽享有盛誉的散文诗作显然属于后者。我在初读商禽的散文诗时，不仅隐约有一种似乎已不是第一次在读的感受，而且有几个彼此不同的自我共同在阅读的奇特感觉。对此我的理解是，商禽的这类作品具有某种非即兴的、复调写作的性质。说得明确一点，作者在这些作品中所写的很可能只是对某些事先写下的东西的改写或重新书写。至于什么是事先写下的，我以为这不仅是读者在阅读过程中，恐怕也正是作者本人在写作过程中努力想要加以辨认和追问的吧。批评家们曾用种种术语来指称这个事先写下的东西，例如匿名书写，前写作，先于个人写作的一般书写形式，集体原型，文本互涉，等等。问题是，对于得失寸心知的具体写作过程而言，所谓事先写下的东西即有可能是被带有典范性或权威性的正常话语加以定型的，亦即某种风格化的东西，但更多的时候则呈现为难以描述的失语症状，仅仅是词与词、词与物之间飘忽不定的变量联系，或是那种"什么都不是"的欠缺、空白。这意味着，写作在辨认和追问什么是先于写作的东西时，很可能自身也反过来被辨认和追问着。我在商禽的一首散文诗中看到了这种双向指涉的辨认和追问。这首诗的题目是《鸡》，原诗如下：

星期天，我坐在公园中静僻的一角一张缺腿的铁凳上，享用从速食店买来的午餐。啃着啃着，忽然想起我已经好几十年没有听过鸡叫了。

我试图用那些骨骼拼成一只能够呼唤太阳的禽鸟。我找不到声带。因为它们已经无须啼叫。

工作就是不断进食，而它们生产它们自己。

在人类制造的日光下

既没有梦

也没有黎明

不少熟悉商禽作品的读者都注意到了"小说企图"作为一种修辞策略在商禽的散文诗中所起的特殊作用。商禽本人也曾对写作和阅读过程中视、听、嗅、触、想诸感受同时"全官能的开放"予以强调，他认为这样的开放状态"为那诗中的意象在心中准备了舞台，那些意象才能次第地，重叠地在那里上演。"很难说《鸡》这首散文诗中的"小说企图"到底是什么，但诗行中那时而闪烁时而隐忍的小说笔法及舞台氛围却是清晰可辨的。作者在诗的第一段层次分明地交代了时间、地点、人物、事件，这些都是传统意义上的小说、戏剧写作不可或缺的构成性要素，但通常却为诗的写作所回避。我们不必由此断言商禽是持"非诗"的立场来写诗，不过他的散文诗与德里达所设想的那种开放性写作——即在一个作品中同时说几种语言写几种本文——确有相似之处。我的意思是，在商禽的散文诗作中，小说笔法、舞台情境、诗意内核，所有这些全都彼此敞开，相互渗透，由此产生出某种既是直观的、又是经过折射的文字秩序。商禽散文诗的语言是移动的，具有明显的陈述性质，但妙的是事物一经商禽的陈述就会获得不可陈述的语言品质。这正是商禽的写作秘密之所在。

星期天，我坐在公园中静僻的一角一张缺腿的铁凳上，享用从速食店买来的午餐。啃着啃着，忽然想起我已经好几十年没有听过鸡叫了。

上述诗句显得像是对一个典型的小说句子的直接仿写，但在仿写后面却已暗含了诗的修辞意图。试想"铁凳"何其牢固，作者却别有用心地用具有反讽意味的"缺腿"去修饰它、限定它。缺腿的铁凳，这一逆喻是否暗指物质文明基础的某种欠缺呢？无论如何，缺腿的铁凳与现代人的日常行为"坐"构成了某种有可能产生动摇的不确定关系，其中含有一个常识性的悬疑：能坐得稳吗？这当然是个从小说阅读法派生出来的悬疑，如果我们从诗的立场对此加以追问，"坐得稳吗"这一关于人的状况的悬疑就会变形为"铁凳站得稳吗"这样的关于物的状况的悬疑。更值得注意的是，此一悬疑同时也是针对词的状况的。"铁凳"是全诗最重、最坚硬的一个词，也是整首诗作中唯一站立的词。但这是那种跛脚的站立。就修辞策略而言，"缺腿"一语双关地同时指出了物与词的欠缺。诗人置身于这双重的欠缺之中：坐在缺腿的铁凳上，用跛脚的词写作。还有更深刻的、也许只有敏感的诗人才能发现的欠缺：诗人因食用"从速食店买来的午餐"（我猜这是炸鸡之类的食品）而怅然联想到"已经好几十年没有听过鸡叫"。这一诗性联想别具深意，直接带出了一个根本性的追问。

　　我试图用那些骨骼拼成一只能够呼唤太阳的禽鸟。我找
　不到声带。

"骨骼"是一份午餐中吃剩的、不能被消化掉的东西，普通的人将其视为垃圾，诗人则神经兮兮地试图用这些垃圾骨头拼出"一只能够呼唤太阳的禽鸟"。化腐朽为神奇正是诗人的本性之所在。读者也许注意到了，作者在这里试图使词语站立起来。"骨骼"与"铁凳"一样，是具有硬品质的词。铁凳缺腿，骨骼则缺少一副声带。即使诗人能够用这些骨骼拼成一只呼唤太阳的禽鸟，那也只能是徒具其形，不闻其声。换句话说，诗人能够从骨骼之中创造出一个身体，却不能从这个身体创造出诗的语言。这是诗的最根本的痛苦：诗所诉说的正是诗自身的无以言说。

前面已经提到过，商禽的散文诗写作在某种程度上可以看作是对事先写下的东西的重新书写。这是一个将个人写作与集体前写作资源同时包括进来的相互辨认过程。《鸡》在这方面是个很能说明问题的例子。读者不难看到，作者竭力想要从午餐享用的速食之鸡身上辨认出那只能够啼叫的鸡。鸡的啼叫声在这里意味着什么是一目了然的。但是作者"找不到声带"——

因为它们已经无须啼叫。

作者发现，在他用来当午餐吃的鸡与"呼唤太阳的禽鸟"之间是没有共同性的。这是两个相互排斥的命名，在命名的后面汇聚着两种完全不同的价值判断、生存方式、历史含义。诗人在一个命名中对另一个命名的辨认和追问，最终变得难以辨认和不可追问。不过，这一辨认和追问过程不仅唤起了对立词的交替使用，而且导致两种命名方式以及潜藏其中的两种思维逻辑的直接对质。在这里，讲求实际效率的现代工业社会对鸡的命名可以表述为：鸡不是用来啼叫而是用来吃的。这一命名在观念上和事实上把鸡变成了食品工业的一部分。

　　　　工作就是不断进食，而它们生产它们自己。

　　鸡的存在价值，鸡的生长过程，鸡与人类生存、与自然环境发生关系的方式——所有这一切似乎都成了现代食品工业的乏味的技术性环节。在这样的鸡身上去寻找呼唤太阳的声音显然是徒劳的，因为像"声带"这类多余无用的东西，正是鸡在"进化"成为现代工业产品的历史过程中必须扬弃的农业文明之残留物。进化之后，鸡的身上只剩下孤零零的实用性和操作性，没有想象的余地，没有任何神秘感。我想，工业社会之所以从失语的角度去命名鸡，是基于这样一个工具理性的认识论逻辑：没有鸡叫太阳不也照样升起吗？但是我们的祖先并不这么看。他们在千百年前就已经用"呼唤太阳的禽鸟"来对鸡做出了命名。这一东方式的命名后面潜藏着一个诗性的神话思维逻辑：有了鸡的啼叫，然后太阳才被呼唤出来。诗人商禽在对此一神话逻辑加以辨认和追问时，一定会被洋溢其中的那种诗意地生活在大地上的生存态度所深深地触动，因为诗人在工业社会的理性逻辑中已经找不到这样的诗意生活态度了。谁也否认不了工业文明逻辑的正确性，但是，排除了诗意和神话，仅仅依据工具理性的正确性去命名事物，结果也许并不那么美妙。

在人类制造的日光下

既没有梦

也没有黎明

人类究竟丧失了什么呢？既没有丧失鸡，也没有丧失太阳。但是鸡却丧失了声带，它们现在一声不吭，成了生产出来的产品。太阳照旧升起，但丧失了序曲般的鸡啼声。人、鸡、太阳，三者都孤立地存在着，彼此之间的联系已经丧失了往昔那种梦幻性质。

如果仅仅将作者对这种联系的丧失之思考，理解为作者是在抒发怀古之思和质疑后工业文化的快餐品质，这当然不会错，但对《鸡》这首诗的解读仅限于此的话，则我们的阅读行为仍未超出正常话语的范围。实际情况是，作者在此诗中同时说几种语言写几个本文：第一段是用叙述性文字写出的，第二段的文字带有超现实隐喻和命题判断的混合性质，第三段则被赋予了分行排列的简短格言样式。作者显然审慎地考虑到了反常话语对写作意图的干扰作用，考虑到了在正常与反常之间出现替代性话语的可能性，以及由此带来的另一种修辞上的可能性，亦即在同一个所指中唤起对立词的交替使用。例如，第一段出现的"速食鸡"与第二段出现的"能够呼唤太阳的禽鸟"，这两个命名所针对的是同一个主体、同一个所指，但却毫无共同性，只能被视为对立词的交替使用。如果前一项命名在现代文明的历史语境中属于正常话语，那么后者的命名显而易见是反常的——这是一种过时的、失语的、受到遮蔽的命名。作者对此一命名的追问意在招魂。但是此魂为谁而招？为只剩几根骨头的传奇物种吗？还是为丧失了传奇性的庸碌人生？

也许那只剩几根骨头，丧失了声带的"呼唤太阳的禽鸟"是诗人自己的自画像？两种相互抵制的命名行为有可能将命名者以匿名方式嵌入写作之中。一种替代性的话语出现了：由于写作"找不到声带"，诗人所说出的只是诗本身的不可言说，要说出这不可言说，只能使用替代性话语。这意味着，商禽在《鸡》这首诗中对所谓"事先写下的东西"的追问和辨认，实际上是在追问和辨认自我，那个幽灵般隐而不显的自我。对鸡的命名只不过是为匿名的自我找到一种替代形式。也就是说，写作相当于在自我的匿名状态中打开或者关掉那命名的开关。正如法国超现实主义诗人艾吕雅（Paul Eluard）在一首诗中所写：

我轻轻触碰一个开关……

也许触碰这一开关会有助于我们理解《鸡》这首诗的隐秘主题：我们这个时代的诗歌写作所面临的深刻危机并非命名的危机，而是联系的危机。命名在经历了不可回避的分裂和变形之后，诗人从这命名已经找不到自我与宇宙的诗意联系。在这首诗中，对"鸡"的命名，分裂为"速食鸡"和"能够呼唤太阳的禽鸟"，这不仅唤起了词的对立，而且直接导致了词与物联系方式的对立。现在命名的分裂发生在"鸡"这个词项上，一个词分裂为两个相互不能识读的对立项，因为赋予这两个对立词以确切含义的历史文化语境是相互割裂的。"鸡"这个词在速食文化的当代语境中，已成为一种处理身边琐事（诸如填饱肚皮、选择不同口味之类的琐事）的方式，它在用法上，与"铁凳""速食店""生产""制造"和"工作"大体相似，都是关于社会认可的习惯性表达，其涵义和属性是由使用时的日常生活之社会学环境、而不是美学环境决定的，因此我们看不到这个词与世界的精神性联系。但同样是"鸡"这个词，一旦置于诗性神话思维的历史语境，情况就完全不一样了。古代中国文人对"鸡"的命名是典型东方式的，此一命名所揭示的并非一个确定的主体，而是某种精神状态。简而言之，不是鸡，而是鸡啼声。这一点可以从李贺的一句诗"雄鸡一声天下白"和成语"闻鸡起舞"得到印证。"鸡"

126

在上述两个语段中都并无实体，而只是一种暗中升起、四处传开的声音。这种声音是无止境的，它一经命名就会内化为精神音乐。而诗人需要这样的声音作为中介，以便和宇宙对话，以便翩然起舞。理解了古人对鸡的命名后，再回过头来读商禽所写的诗句"我找不到声带"，我们的感触可能会更深一些。"声带"在古人对鸡的命名中是一个被放大了的词，比鸡还大，这里存在着博尔赫斯所说的"局部大于整体"的奇异可能性。并且，"声带"一词是起"转义"作用的开关，丧失了声带，"鸡"这一命名就无法完成从肉体性存在到精神性存在的转义。

《鸡》这首诗在风格上是成熟的、节制的。商禽的高明之处在于，他并不因为洞悉了种种分裂和丧失，而将写作等同于粗疏的价值批判。我不认为《鸡》这首诗是在简单地以过往时代对鸡的命名来否定现代生活中的"速食鸡"。商禽真正关心的是我们这个时代的写作的状况：写作与前写作、词与反词、命名与匿名、个人与宇宙，这些对应项彼此之间的联系是怎样的；社会语境的历史变迁对写作行为的影响又是怎样的；以及，什么是写作过程中被追问的、被记住的、被重新书写的，什么是丧失了的，什么是剩下的。我之所以用成熟、节制这样的字眼来表达我对商禽写作风格的看法，是因为商禽在写作中既不带怀旧病，也没有沾染怀旧病的反面，即德里达称作"海德格尔式的希望"的东西。

这篇短文对《鸡》这首诗的讨论基本上是封闭式的，没有与商禽的其他诗作联系起来，也没有涉及诗学理论界对商禽的种种研究和评介。实际上，把这首诗放在商禽的其他诗作以及诗学界对他的评论中去阅读，效果会更好一些。商禽对自己的写作持一种近乎苛刻的严谨态度，所以作品不多，写作逾40年仅出版了两本诗集，其中第一本诗集的书名是《梦或者黎明》。读者不妨将这一书名，以及将奚密在一篇讨论五六十年代台湾现代主义的重要文章中提出的"梦和黑夜是（商禽第一本）诗集中最重要的象征"这一见解，与《鸡》这首近作的最后一小节"在人类制造的日光下/既没有梦/也没有黎明"联系起来考察。奚密的文章同时还特别论及商禽诗中两层语意（比喻性的和字面性的）不着痕迹地连接甚至混淆在一起，以及字义逻辑与日常生活逻辑的叠加所造成的那种"奇妙的"（marvelous）超现实效果。这种效果，我们在阅读《鸡》一诗时同样能够强烈地感受到。有理论癖的读者甚至可以从更为广阔、更为复杂的文化批判视野去解读这首诗。例如，将作者在啃"速食鸡"时对"能够呼唤太阳的禽鸟"的追问，与当下后殖民主义思潮对文化身份的深度追问联系起来——就文化符号的识读而言，前者属于舶来品，后者则是乡土中国的产物。又如，"找不到声带"是否与李欧梵在讨论中国现代文学中的"颓废"现象时提到的"阉割象征"有关？鸡"无须啼叫"是否与人类再也无须起舞的现代生活方式有关？读者或许可在类似的联想中将"命名的分裂"解读为"现代性自身的分裂",亦即李欧梵在《漫谈中国现代文学中的"颓废"》一文中援引 M. Calinescu 的说法指出的"两种现代性"的分裂:其一是启蒙主义经过工业革命后造成的"布尔乔亚的现代性",它相信技术进步,并带有中产阶级的庸俗和市侩气;另一种现代性则是经后期浪漫主义而逐渐演变出来的艺术上的现代性,它崇尚精神世界的内在真谛,反对庸俗的中产阶级生活方式。无疑,两种现代性都在商禽笔下经历了命名分裂的"鸡"的身上投下了影子,尽管两者都已变形了。《鸡》所描绘的并非一个典型的中产阶级生活场景,"速食鸡"所喻指的那种平庸无趣的生存状态也不是中产阶级独有的,它已波及社会的每个阶层。我想,每个人都买得起一份速食鸡吧。因此商禽用"啃着啃着"来暗示一种普遍的生活节奏真是妙不可言:它单调麻木,毫无趣味,同时触及了现代性的肉体和骨骸。很少有人会像商禽那样试图从骨骸去辨认和追问现代性的另一面。我想奚密之所以认为商禽是一个现代主义者,正是基于商禽对现代性另一面的固执追问。即使是在只剩几根骨头并且找不到声带的情况下,他仍然没有中止这一追问。

北岛诗的三种读法

（一）

作为一个当代诗人，北岛在中国大陆、港台地区和西方世界都有着相当高的知名度。考虑到这种知名度所具有的象征性质，我认为读者要想不带任何先入之见去阅读北岛的作品并非易事。因为与北岛的名字连在一起的种种事件、传闻、消息、舆论、真相或假象，所有这些相互作用，形成了批评家称之为"前阅读"的公共心理症候和不知不觉的成见。无疑，它们对阅读北岛诗作造成了某种程度的干扰。这对北岛本人来说也许是不公正的，因为他首先是一个诗人，通过自己的作品与读者和世界对话，而读者由于先入之见的干扰很可能听不到作为诗人的北岛的声音，因为这声音被凌驾其上的许多别的声音给遮蔽了。例如，一些西方读者主要是从世俗政治的角度去解读北岛诗作的，这或许有助于政治上的划界行为，但却无助于人们理解什么是诗。我想，也许西方读者将他们对"诗"的倾听和细读留给了西方诗歌史上的经典诗人，这种性质的阅读意味着一种文化阐释特权，西方人的诗学准则和主流文化身份在很大程度上正是依赖这一特权得以确立的。说到底，人只能听到他事先想要听到的那个声音，西方读者在西方经典诗人的作品中听到"诗"是因为他们想要听到诗（如果谁听不到就证明谁的耳朵和心灵出了问题），正如他们在第三世界诗人的作品中读出了"政治"是因为他们只想在其中读到政治。由此可见，北岛在西方世界被当作一个政治性诗人来阅读并非偶然。我认为这是一种有意识的集体误读。西方式的多元文化景观在很大程度上正是由一系列误读构成的。

尽管对北岛诗作的政治读法使北岛在 20 世纪 80 年代的中国和整个西方世界迅速成名，但我还是坚持认为，仅仅将北岛视为一个政治诗人是不公正的。我不是说北岛的诗作中没有政治——在同时代的中国诗人中，北岛向来是以深具现实感而著称的——我只是想指出，用现实政治的立场去剥夺北岛作为一个诗人的立场是不公正的。我以为，西方读者阅读北岛带有显而易见的消费成分，他们需要通过对北岛诗作的政治性阅读将他们心目中的那个"中国幻象"消费掉。换句话说，他们是带着头脑中固有的"中国幻象"进入北岛作品的，而这个"中国幻象"乃是"前阅读"的产物。我之所以认为西方对北岛的误读是不公正的，正是基于对这种消费性质的"前阅读"的质疑，因为它有可能取消真正意义上的个人阅读。尤其使人感到不安的是，北岛诗作中的个人性也会被连带着过滤掉，用以喂养具有公众性质的"中国幻象"。在正常情况下，读者是以自己的观点和感触去对待一个诗人的，看这个诗人作品中的形象和声音与别的什么东西连在一起，如果用读者自己的替代性话语来描述会是什么样子。问题是，读者的替代性话语并不像看上去那样是一种纯属个人的话语，它完全有可能被行政用语、大众传媒行话、广告推销术和流行见解之类的东西加以变形和重塑。"有一千个读者就会有一千个哈姆雷特"这一说法当然没错，但如果每个读者的替代性话语都经历了共同的变形和重塑的话，"一千个哈姆雷特"看上去将会惊人的相似。因此，众多西方读者在北岛的作品中读出了大致相同的"中国幻象"就显得不足为奇了，因为他们用以描述一个中国诗人与西方世界之联系的个人话语实际上是受到了文化上的优越感、权力和时尚共同塑造的集体话语。这是专门为西方读者阅读非西方国家的作家和诗人所准备的一种"准政治话语"，其基本定义是：如果一个文本中没有西方所理解的政治的话，那就什么都没有。

平心而论，西方世界对北岛的政治读法并非没有依据。自1978年以来，中国大陆年轻一代的读者也主要是以政治读法来解读北岛的。对于一个像北岛这样的中国诗人来说，政治是想回避都回避不了的事情，它是整整一代人的记忆、良心、号召、经验、词和梦想的一种含混而扰人的综合，是诗歌写作中的个人语境必须面对的公共语境。如果将读者对北岛的政治读法理解为一种历史行为，我想没有人会对此一读法的合理性和有效性提出异议。不过，从阐释学的角度看，政治读法有着人世的急迫性，其受到格外强调的语音速度和形象切换速度都带有某种强制性，往往将文本意义展示为一个连续被听到的而非停下来细细察看的过程。也就是说，这种读法有赖于雄辩的、省略的耳朵，它倾向于保留世俗政治的自我，去掉精神自传意义上的自我。我想北岛本人肯定会对这种读法持保留态度，因为他实际上并非一个"响派"诗人，诗的声音在他的大多数作品中是审慎的、敏感的、分析性的和个人化的。倾听这样的声音需要有俄语诗人曼德尔施塔姆所说的"分离的技巧"，以便从现象的和功利性的声音中分离出诗意的隐秘声音。艾略特（T. S. Eliot）在《四个四重奏》中写道："很深的声音是听不见的"，而对听不见的声音的倾听与言说，正是北岛诗歌写作的一个基本主题。这一主题与北岛的另一个重要主题，亦即观看的主题又是密切相关的。倾听与观看镶嵌在一起，构成了词与物、词与词之间的种种对比和变化，其幽微精妙之处政治读法往往难以读出。原因很简单，政治读法主要是从语言世界与非语言世界的关系去理解诗歌的，而对语言世界内部的复杂关系甚少加以探究。

（二）

进入 90 年代后，北岛在香港和台湾连续出版了三本个人诗集，诗集所收作品大多系流亡西方时期所写的新作。将这三本诗集与北岛在这以前写于中国大陆的旧作加以比较，我们既可以看到北岛的早期作品与他的近作在诗歌精神上的一致性，也可以看到风格方面所起的某些微妙变化。我指的是，北岛的近期作品中出现了我称之为"中年风格"的东西，其音调和意象是内敛的、略显压抑的、对话性质的，早期作品中常见的那种预言和宣告口吻、那种青春期的急迫形象已经甚少见到。我们不妨使用系谱读法，将北岛的近作放到早期作品和中期作品所形成的多重视境中去看待，使阅读行为获得连续性和纵深感。一个当代诗人在种族进化和社会历史转型时期扮演什么角色，是通过写作成为同时代人的代言人和见证者，还是相反，成为公众政治的旁观者和隐身人，这一问题贯穿北岛的几乎所有作品。是否不同角色可以并存于一身呢？仔细阅读这三本诗集的话，不难发现北岛在近期作品中加以描述的实际上是一个"最低限度的自我"，亦即当代理论所谓"自我的他者"——我注意到北岛近作中的人称变化，他常常使用第二人称来指涉自我的真实处境和切身感受。如果将"最低限度自我"置于北岛的写作系谱中，可以看出这个自我与北岛早期作品所呈现的那个高亢昂扬的自我明显不同，但两者又并不矛盾，经验自我与理想自我、匿名自我与公共自我完全能够并存于同一个文本化身之中。北岛在《蓝墙》一诗中写道：

> 道路追问天空
>
> 一只轮子
>
> 寻找另一只轮子作证

这是相互作证的两只分离的轮子，它们又各自为两个相互追问的自我作证：一个是在大地上流亡的自我，另一个是经历内心天路历程的自我。两者加在一起就是作者本人的自画像。

轮子在另外一首诗《为了》的结尾处是作为喻体出现的："激情，正如轮子/因闲置而完美"。尽管这里的轮子与某种赋闲的、静止的状态密不可分，但我们仍能感觉到对某种推动力的强烈暗示。也许正是这种推动力导致北岛流亡时期的写作发生了深刻的变化，但对推动力本身的确切含义我们却难以断言——是不安定和变动中的个人信仰（诗人对词语形式的关注强化到一定程度就是信仰），还是寓于更大变动和不安定中的集体潜意识？是流亡期间建立起来的个人生活，还是记忆中的中国？无论如何，北岛近作中所发生的变化是引人注目的，它为强调阅读深度的系谱读法提供了风格的历史与真实历史、词语状况与生活状况之间的对比。上述两者在北岛近期写作中越来越微妙地混合在一起，这加强了一种相当奇特的印象：不是发生了什么就写下什么，而是写下什么，什么才真正发生。换句话说，生活状况必须在词语状况中得到印证，已经在现实中发生过的必须在写作中再发生一次。当然，这种第二次发生所证实的很可能是已经改变了的含义。请看北岛《下一棵树》中的几句诗：

大雪散布着

某一气流的谎言

邮筒醒来

信已改变含义

道路通向历史以外

"变化"是流亡时期北岛诗歌写作的一个重要母题，它赋予北岛的近作一种物是人非的沧桑感。值得注意的是，北岛身上的两个人——从事写作的自我和置身生活的自我，其混合既不是后现代主义"分裂分析"的产物，也不是现代主义的自我中心（自恋或自渎）的产物。我认为，这种混合实际上意味着北岛将词的问题与人的问题、风格的历史与真实历史合并在一起加以考虑，而且这一合并过程指向缩削的而非扩张的修辞策略，指向那种要求得到澄清的"词的奇境",因此,合并所强化的不是暴风雨般的强烈印象,而是处于暴风雨中心的奇异的宁静感。

　　　　这棋艺平凡的天空

　　　　看海水变色

　　　　楼梯深入镜子

　　　　盲人学校里的手指

　　　　触摸鸟的消亡

上述诗句引自《另一个》。可以说,其中的每一行诗都是对变化这一主题的言说,但却处处充斥着不可言说的、以"无语"为主导的历史所特有的静谧。这种"无语"为主导的历史有如盲人弈棋,"棋艺平凡的天空"让人联想到德里达的一个妙喻"无底的棋盘","鸟的消亡"亦可读作对棋子的消亡之改写,而"楼梯深入镜子"这句诗使棋局成为一件束之高阁、悬而未决的事情。棋局所影射的历史由此获得了被抽空的、寂静而盲目的高度,"盲人"在这里是"最低限度自我"的化身,他把无语的、无影像的生存状态转化为神秘的触摸。就言说方式而言,盲人的触觉语言融身体和心灵于一炉,它肯定是最低限度的人类语言。超出这一限度,就只能说一种匿名的、亡灵的语言,正如北岛所写:

某些人早已经匿名

或被我们阻拦在

地平线以下

这里的地平线首先是语言上的地平线。如果把它的出现理解为一种划界行为，我们将会看到，北岛近作所描述的"最低限度自我"比我们所想象的更低，这个自我有可能潜入到地平线以下，作为对升华仪式的抵制。对比近期北岛与早期北岛，我们发现他越来越多地关注那个向下的、低调处理的自我，而回避向上攀升的自我。显然，他已厌倦了处于公众视野的上升过程，厌倦了权力。在《创造》一诗中我们读到如下诗句：

电梯下降，却没有地狱

一个被国家辞退的人

穿过昏热的午睡

来到海滩，潜入水底

这些诗句从表面上看是对日常生活状态的描述，但在深处却指涉某种特定的精神状态，其措辞基本上是写实的，但唤起了一种恍若隔世的超现实氛围。我注意到，北岛近期作品所呈现的超现实主义特征较早期作品更为明显。不过，超现实主义风格问题对北岛而言并非一般意义上的"写法"问题，它与作为诗人的北岛考察人类事物时所持有的独特诗学立场有关。深入讨论北岛的超现实主义倾向不是本文能够胜任的，在此我只想指出一点，这种倾向并没有削弱北岛诗作中的现实感。相反，超现实主义为他处理错综复杂的语言现实提供了某些新的、更为客观的视点。按照拉康（Jacques Lacan）的说法，现实既不是真的也不是假的，而是词语上的。

（三）

对现代诗怀有持久兴趣的读者，似乎没有理由不运用专注于文本内在关联的"修辞性读法"去解读北岛的诗。这是那种整体效果会在细节和片段中闪现出来、亦即当代著名诗人布罗茨基所说的"让部分说话"的读法，它特别适合北岛的某些诗作。因为北岛和他所喜爱的德语诗人保罗·策兰（Paul Celan）一样，对修辞行为持一种甚为矜持的、近乎精神洁癖的态度，常常将心理空间的展开以及对时间的查看压缩在精心考虑过的句法和少到不能再少的措辞之中。这种写作态度与当代绘画中的极少主义和当代建筑中"少就是多"的原则在精神气质上有相通之处。"少"在写作中所涉及的并非数量问题，而是出于对写作质地的考虑，以及对"词的奇境"的逼近。北岛在去年写了一首题为《关键词》的诗，全诗如下：

> 我的影子很危险
>
> 这受雇于太阳的艺人
>
> 带来的最后的知识
>
> 是空的
>
> 那是蛀虫工作的
>
> 黑暗属性
>
> 暴力的最小的孩子
>
> 空中的足音
>
> 关键词，我的影子
>
> 锤打着梦中之铁
>
> 踏着那节奏
>
> 一只孤狼走进
>
> 无人失败的黄昏
>
> 鹭鸶在水上书写
>
> 一生一天一个句子

这首诗的结尾让人想到叶芝的晚期作品《长腿蚊》中的著名诗句："像水面上的一只长腿蚊，/他的思想在寂静上移动"。鹭鸶和长腿蚊，两者留在水上的都是纤细的、轻掠而过的痕迹，一种没有痕迹的痕迹。叶芝借此追溯恺撒头脑里的战争、米开朗琪罗的创作、海伦的童年与特洛伊劫难的形而上关系，北岛则用它来暗示诗人孤独的影子写作。北岛深知写作所面临的危险：终极知识的空洞无物，写作的黑暗属性，以及词语所含的暴力成分。他在这首诗中加以强调的"关键词"，实际上不是任何具体的词，而仅仅是一个切入点，以"梦中之铁"受到锤打的坚硬质地楔入写作的无所不在的空虚——从"空中的足音"到"水上书写"，从梦境到影子现实。这样的"关键词"显然不会提供任何价值判断的尺度，与其说它是在"最后的知识"与不留痕迹的"水上书写"之间起分界作用，不如说是在起转折作用。就此而言，它与《在歧路》一诗中提到的"虚词"性质相同。北岛这样写道："没有任何准备/在某次会议的陈述中/我走得更远/沿着一个虚词拐弯/和鬼魂们一起/在歧路迎接日落"。在这里，由一个虚词所证实的转折，介于纷扰的世事与个人逃避之间。而转折则证实了歧路和日落，证实了亡灵世界的存在。

从某种意义上讲，这个亡灵世界乃是一个可以珍藏的微观形式世界。北岛《完整》这首诗中的一个句子"琥珀里完整的火焰"为其提供了有分寸感的、相当精致的关照客体。这句诗中的

"火焰"是被禁锢的、冷的、硬的、死的火焰，既没有肉体，也不是纯粹精神，它主要是一种美学上的奇观，一种修辞学的袖珍风景。我们不妨将这句诗与接下来的两句诗合并起来阅读。

　　琥珀里完整的火焰

　　战争的客人们

　　围着它取暖

第一句诗与后面两句的关系，类似于史蒂文斯《坛子的轶事》一诗中的坛子与周围自然景色的关系。尽管琥珀里的火焰是冷却的，"战争的客人们"仍然围着它取暖，朝向它涌起，由此获得了一种仪式化的诗学秩序。读者在这首诗中感觉到的冷暖之对比，文本时间与现象时间之对比，战争的广阔人文景观与琥珀内部的微缩景观之对比，一经作者本人的心灵和修辞态度的折射，就染上了一种扰人的沧桑感。在北岛的一首无题诗中，我们读到这样一些诗句：

　　一个早晨触及

　　核桃隐秘的思想

　　水的激情之上

　　是云初醒时的孤独

核桃这一意象值得深究。它的向内收敛，它的曲折扭结，它的不透明，所有这些特征都是在暗示"思想"的原初结构。但要想界定此一意象，必须考量的是它与所暗示事物的相异之处，而非相似之处。也就是说，当作者用核桃这一意象来喻指思想的隐秘结构时，我们必须考虑的是"核桃"作为"反词"，而不是作为一个词所起的作用。"反词"若是使用恰当，往往能将"词的奇境"呼唤出来。试想，如果不是"核桃"在反词立场上起抵制和刻画作用，"水的激情之上/是云初醒时的孤独"这两行诗所呈现的那种不知身在何处、不知谁去谁留的沧桑感，就会有矫情之嫌。我注意到，核桃这一意象是透过反词的奇妙效能来运作的，它赋予水、云、激情、孤独以形式方面的分寸感和局限性，但并不试图改变它们各自的寓意。无论这些寓意相互之间有多矛盾，它们都能保持方法论或修辞学的接触。在这种情况下，每一寓意或多或少也同时是别的寓意。例如，核桃的意象暗示某种神秘的开放性，水和云涉及深深刻画过的身体语言，而"初醒时的孤独"所证实的则是犹在梦中的感受。

　　能否发现特定语境中某些词语所产生的语义移位和偏差，能否指出种种变化的方向、特征和影响，这正是修辞读法深为关注的。前面已经提到过《创造》这首诗，以下是其中的三行：

船在短波中航行

被我忘记了的灯塔

如同拔掉的牙不再疼痛

对疼痛的遗忘无论发生在身体世界或词语世界、公众生活或个人生活的哪一方，被作者导入暗喻之后，都是对尼采所说的"历史健忘症"的深度追问。船航行的过程，也就是历史记忆发生移位的过程。灯塔在这一过程中被忘记了。而"拔掉的牙"与历史健忘症的相似之处在于，两者都意味着某种缺失——最重要的是，疼痛不复存在。拔掉的牙留出向下的空洞，灯塔向上耸立，船在水平线上前行，这三个不同方向都指向历史的失忆。读者应该留意"短波"一词所包含的语义张力。这个词说小可以小到只是手中的半导体收音机，要大则能大到整个媒体，大到四处弥漫的消息和舆论。在这里，"短波"成了影响航行方向的导航词，也就是说，成了"灯塔"的替代词。短波的后面存在着一个没有面孔的消息发布人，而"拔掉的牙"后面存在着一个医生，两者都在现代社会中扮演举足轻重的历史角色。夹在这两个角色中间的是作为诗人的"我"，与此形成对照的是，固定不动的灯塔夹在船与牙齿的移位之间。在现实领域中，像灯塔这类孤寂而具精神特质的事物业已被遗忘。"我"对灯塔的遗忘应该被理解为"反词"意义上的遗忘，它旨在提示而不是抹

杀历史记忆。当然，这不过是在修辞领域发生的一桩暗喻事件
而已。

（四）

采取哪一种读法去阅读当代诗人的作品，这恐怕是个难有定
论的问题。本文扼要地讨论了对北岛诗作的三种读法，目的在于
为读者阅读北岛近期诗作提供多重诠释的可能性。必须指出，尽
管我在讨论政治读法时提出了种种质疑，但我并不认为另外两种
读法就一定比政治读法更优越、更有效。当代诗歌有其隐秘难解
之处，有时不同的读法很难单独奏效，而一种综合了各种读法的
读法至今没有被发明出来。唯一的共识似乎是"诗无达诂"。

读法问题从来就不是一个纯粹的技术问题，它包含了相当复
杂的阅读期待、审美趣味和价值取向。著名的意大利符号学家艾
柯早期曾对经验读者、隐含读者、标准读者做出理论上的区
分，1990 年他主持剑桥大学的"丹纳讲座"（Tanner Lectures）
时，又从上述区分出发，进一步对读者意图、作者意图、作品意
图做出了阐释学的区分。他的结论非常明确：文学文本被创造出
来的目的是产生其"标准读者"。根据艾柯的界定，标准读者指
的是那种按照文本要求、以文本应该被阅读的方式去阅读的读

者。我注意到，艾柯在界定标准读者这一概念时，也同时在"合法阐释"与"过度阐释"之间划出了界线。艾柯提出的有意义的阅读是受到一定限制的阅读这一观点是有道理的，但我认为，将这种限制视为"作品意图"本身所含的内在限制，与将其视为外在于个人阅读的共同禁忌一样，两者都是武断的。写作是一种个人行为，阅读又何尝不是。就我自己来说，我历来推崇那些乐于对文本进行多重阐释的读者——我所理解的多重阐释包括艾柯加以反对的过度阐释。

最后，我想就北岛写作中的"汉语特性"问题谈谈自己的看法。这个问题有两个要点，其一是，我们应该如何对"汉语性"做出理论界定？是将其界定为主要从某种历史处境的独特性和局限性得到解释的一系列标准、特质、局面呢，还是相反，赋予当代写作中的"汉语性"以一个超历史的本体立场？是将"汉语性"界定为历史进程中的一个变项，还是一个超验所指？也许真正值得关心的是上述界定对当代诗的写作将会产生怎样的实际影响。其二，这个问题涉及如何理解北岛诗歌写作的资源。前面已经讨论过西方世界对北岛的政治性阅读，他们解读北岛的作品，援引的主要是社会现实和对抗性政治的资源。中国大陆的年轻一代读者在阅读北岛诗作时，也更多的是在援引反传统的、现代主义的、从某种意义上讲是外来的文化资源。然而，北岛的写作是否可以与更为广泛、更为隐秘、更为精神化的人文资源联系起来加以考察呢？北岛是一个关注心灵的诗人，但同时他对写作进程中的形式问题和资源问题也有所关注。仔细阅读 20 世纪 90 年代以来的北岛诗作，我们就会发现这种关注是无所不在的、敏锐的、探究性质的——不必轻率地断定这是否就是现代诗的形式革命本身，但有一点是确切无疑的，即北岛对形式和资源问题的关注有助于在真正的诗与伪诗之间做出区分。我感兴趣的是，"汉语性"在何种程度上是一个经验的、内省的、个人写作和个人精神自传的问题？在这里，词的问题与心灵问题又一次混而不分。有理由相信，北岛在人性层面的审慎洞察力，肯定会通过对语言形式的精微省思以及对写作资源的追溯而得到加强。而这一切将会表明，如何界定"汉语性"，不仅是工具理性问题，操作问题，表达或传播问题，同时也是一个心灵问题。

读北岛《旧地》*

死亡总是从反面
观察一幅画

这是北岛《旧地》一诗的起首两句。我承认我初读这两句诗时难以抗拒这样的诱惑：把画从反面翻过来，到正面去观看它。这么一来，我就从诗句的字面陈述性含义进入了其引申性含义，使观看成了介于生死之间、正反之间、有无之间的宿命行为。并且，我给这一观看行为引入了对比性的距离：当诗人近距离地观看一幅画作之时，他肯定感到了死亡和虚无从远处投来的目光。换句话说，诗人感到自己察看一幅画的目光处于某种逆向察看的、反面察看的他者目光之中。这有可能只是两种时间品质的对照，或是索绪尔（Ferdinand de Saussure）所说的"差别的表演"，但也有可能转化为一个伤感的、擦去痕迹的消逝过程：因为很明显，死亡所看到的是画的反面，亦即一个空白。作者在接下来的段落中刻意让自传性因素渗透进来：

　　　　此刻我从窗口

　　　　看见我年轻时的落日

在这里，读者显然不能确定诗中的"我"是在何时何地从窗口观
看落日。因为这里出现了两个空间及两种时间，使诗中的"我"
可以两次观看同一个落日。第一次观看是在现实世界中，看到的
是此时此地的落日；第二次观看是在画作上面，看到的是"年轻
时的落日"。两次观看的吊诡重叠把我们的视力引向超现实主义
画家达利（Salvador Dali）式的"偏执批判"视境：人们看着某
物，却看到另一种真相。问题不在诗中的"我"究竟是置身于现
实还是隐匿于一幅画作里观看落日，也不在"我"看着此刻的落
日时是否真的能看到另一个落日（年轻时的落日），问题在于作
者所暗示的真相是可以互换的。

　　　　旧地重游

　　　　我急于说出真相

这是那种带有急迫性的真相。意味深长的是这一急迫性立即被
"可在天黑前/又能说出什么"这样的内心质疑消解了。真相在从

观看状态转到言说状态的互换过程中，涉及更微妙的互换的可能性：在一幅画中看落日与在现实生活中看落日，这两个不同场景可以互换；从窗口看到的此刻的落日（视觉时间）与年轻时的落日（记忆时间）也可以互换。在互换的过程中，被消除的不仅是言说真相的急迫性，那种柏拉图式的单一视境也同时被消除掉了。其结果是，作者所看到的既是但又不是年轻时的落日，因为他既在但也不在年轻时到达过的旧地。

以上北岛《旧地》一诗的阅读大致上是依据字面意思进行的，印象、分析兼而有之。按照德里达的解构原则，我的读法在一开始就是被禁止的。德里达在《人文科学语言中的结构、符号及游戏》一文中明确指出："论述必须避免那种暴行：给一个描写无中心的语言赋予中心"①。而我在上述读法中一开始就试图把诗作中提到的画从反面翻过来，试图赋予它一个正面，这显然就是德里达所说的暴行。并且，由于我不能确定画翻过来之后是否一定就有画面，我的阅读暴行似乎还含有"用左手去试右手的运气"这样一种赌徒的味道。这里很可能已经涉及了解构理论的一个重要课题：中心和起源的欠缺，所指的欠缺。"画的反面"在诗中出现了两次，但其"正面"始终没有出现。也许根本就不

---

① 德里达，《人文科学语言中的结构、符号及游戏》，引自英国批评家洛奇（D. J. Lodge）所编《二十世纪文学评论》的中译本（下册），上海译文出版社，第 549 页。

存在一个正面，只存在欠缺正面的反面。

对于观看来说，"落日"是作为替换的、额外的、补充的、浮动的东西出现的，按照德里达的说法，这是用以"执行一个替代的功能，来补充所指的欠缺"[①]。有趣的是，"落日"与"画的反面"一样在诗中出现了两次，而且两次都恰在其后，两者仅有一两行诗之隔。

　　税收的天使们

　　从画的反面归来

　　从那些镀金的头颅

　　一直清点到落日

这是《旧地》这首诗的最后一小节。我感兴趣的是，落日作为浮动的、后设的能指，其补充作用是仅限于画的反面这一特定的所指欠缺呢，还是有可能波及更多也更为隐秘的欠缺？诗中出现的窗口、旧地、词语之杯及空山等字眼，或多或少都可以看作是对欠缺的指涉，它们均与落日这一核心意象有关。更使我感兴趣的是，落日在语义设计方面所执行的替代功能是否也指向落日自

① 德里达，《人文科学语言中的结构、符号及游戏》，引自英国批评家洛奇（D. J. Lodge）所编《二十世纪文学评论》的中译本（下册），上海译文出版社，第 554 页。

身？我的意思是，很可能在落日所起的补充作用后面潜伏着某种深不可测的语义欠缺。

欠缺在《旧地》一诗中是观看、言说、倾听这三种行为方式的汇合点。欠缺的呈现与回顾有关，但它却体现出一种引人注目的抵制力量，不是把读者引向泛滥无度的虚无主义幻灭视境，而是审慎地引向对微观形式、对限量表达，以及对中介物的特殊关注。

> 饮过词语之杯
>
> 更让人干渴
>
> 与河水一起援引大地

很明显，欠缺的并不是水，欠缺的只是盛在"词语之杯"里的水：一种少数化的、限量的、被赋予了固定形状和象征性品质的形式之水。词语之杯这一坚硬的意象不仅暗示了干渴、空缺、下陷，也暗示了词自身的器皿质地。我们固然可以坚信器皿为精神所萦绕，但我们否认不了器皿主要是一个物，一个沉默的、可以粉碎的物。正如沃尔夫拉姆·封·埃申巴赫在小说《帕西法尔》

中为圣杯所下的定义：圣杯这个"物"，也可以称它为一个"非物".[1] 一位当代日耳曼语言教授在质疑圣杯的本质时有一个古怪的说法：它是天翻过来而形成的一个杯子，翻过去又变成了天。[2] 杯子这一意象出现在《旧地》一诗中，尽管并不带来关于圣杯消息的任何暗示，但它作为一个物与干渴的深度联系，显然加深了作者对词的质疑。词语之杯是个别、整体、盲目、洞见、事态以及种种消息混合而成的中介物。如果说对圣杯消息的质疑不是把人们带到圣杯之前，而是直接导致对伪经书的重新发现，那么，作者对词的质疑是否如保罗·德曼所期望的，把我们引向对人类事物的虚无的重新发现？

这是一首关于观看的诗。说与倾听，不过是观看过程的延伸和变形。

> 我在空山倾听
>
> 吹笛人内心的呜咽

倾听在这里变成了只在冥冥之中发生的心灵的事情。被倾听的为什么是吹笛人？是否因为从笛子发出的声音起源于洞穴？这一起

---

[1]　引自阿道夫·穆施格（Adolf Muschg）《圣杯质疑》一文，见国际哲学与人文科学理事会主编的刊物 *Diogenes* 中文版，1989 年第 2 期，第 110 页。
[2]　同上。

源难以辨认。心灵的声音超出了耳朵，倾听又回到了观看。

如果观看直接针对一幅画，那么观看只能是借助死亡目光的反观看。但作者实际上看到的是落日。窗口的介入使作者观看落日这一场景看上去像是在模拟一幅画，窗口作为中介物，其形状和功能与画框相似，两者都将作者所看到的景物限定在一个预设了尺寸的框架之内。显然，窗口限定了落日的空间位置：从窗口望出去，此时此刻看到的落日与年轻时看到的大体上重合。但落日在时间上发生了移位。使人伤感的事情是，诗人在年轻时就过早地看到了许多年后才应该看到的落日；但尤其使人伤感的是过去落日的现在观看。

我在前面已经提到，"落日"和"画的反面"都出现了两次。从两次出现的同一个意象去看待诗歌写作的进程，会有助于我们理解德曼所强调的修辞转义现象。但是，且让我换一种读法，用罗蒂（Richard Rorty）在《评艾柯》一文中提出的激发式（inspired）阅读法去理解相同意象在不同上下文关系中呈现出来的差异性：在先前说过的故事加上一个新转折的场合①。

　　税收的天使们

　　从画的反面归来

---

① 罗蒂，《评艾柯》，转引自台湾《中外文学》第22卷，第145—146页。

从那些镀金的头颅

一直清点到落日

北岛在这首诗中避而不提画的正面，却两次提到画的反面，这里面含有怎样的"作者用意"呢？也许，是想创造一个米歇尔·福柯所说的"可供书写主体永远消失的空间"①？是的，有一幅画，但我们始终看不到它。起先我们感到死亡遥远的目光（是否如福柯的断言，作者"必须在书写的游戏中扮演一个死者的角色"）。观看朝向画的反面。接着，罗蒂所说的转折发生了：同是画的反面，却指涉完全不同的外在世界。当"画的反面"和"落日"第二次出现时，已经没有了观看（"清点"是对观看行为的替代），也没有了距离（"归来"一词取消了原有的观看距离）。"画的反面"第一次出现时，表明一幅画介于生死之间，暗暗指向死与创造的共有空间。第二次出现时则加上了一个新转折的场合，表明这幅画介于艺术品与商品之间，变得与观看过程毫无关系：无论是借助死者目力的神秘观看，还是年轻时代天真无邪的观看，或是一个人日渐衰老的伤感观看。这甚至变得连"反观看"都不是，仅仅是清点。

---

① 福柯，《什么是作者》，转引自《后现代主义文化与美学》，北京大学出版社，第288页。

清点什么呢？税收所得？为什么要"从那些镀金的头颅/一直清点到落日"？头颅倒是不少，人头税恐怕永远难以清点，但落日只此一个，用不着谁去清点。也许天使们想要清点落日的坠落与头颅坠落之间的修正比？我注意到第一次出现的落日与这里的被清点的落日是有差异的：前者是"不落的"（窗口像画框一样把它固定在那里）落日，自传性的和陈述性的落日；后者则是非陈述性、非个人化的落日，指向一个下坠的方向。天使这一指称与飞翔和善有关。但既然一幅画有反面，是否飞翔、善也有一个反面？我想知道，天使们一旦被限定在税收一词的修饰关系之内，是否意味着金钱的反面飞翔？

　　"镀金"一词的作用也值得琢磨。我们应该从技术的角度去理解它呢，还是把它当作一种视觉方面的借喻现象来对待？镀金是一个工艺流程，作为一个词，它是《旧地》一诗出现的唯一行业专用术语。不过，在中国大陆生活过的人都能领会到"镀金"一词的社会学含义，这意味着它是被改写过的、能指与所指相互游离的特殊词汇。无论是从专业技术的还是社会学的角度，镀金一词都对它所修饰的头颅造成了明显的干扰，使头颅面具化。我猜这是一些印在钞票表面的头颅：多半是些伟大的政治人物，但人们却是用税收的，商品交易的目光去看待他们，清点他们。不过，我的猜测可能是一种误读。

　　《旧地》是一首既简单又复杂的诗，清晰明快的陈述线索中暗藏了某些异质的、不可缩减的潜能，为读者提供了阅读的多种可能性：按字面义阅读，修辞性阅读，完全不涉及释义的纯形式阅读，解构阅读，激发式阅读，传记式阅读，或不求甚解的阅读。怎么都行。不过，阅读的过程并非以一个具体文本为舞台的自由表演过程。阅读与写作一样，存在着某种限制。问题在于如何理解这一限制。不存在先于阅读的对阅读的限制：无论它是文本自身的特定用意，文本所固有的内在连贯性，还是各种当代理论所提供的阅读理论、阅读模式以及阅读禁忌、阅读仪轨。也不必从语言世界与非语言世界（亦即词与物）的制约关系去理解阅读的限制，因为并不存在一个"超验所指"可以证实词与物的制约，我们看到的只是词与词之间迷宫般的、百科全书式的指涉关系。对阅读的限制也并非米勒所提出的"不可阅读律"，即每一次阅读都发现"不能阅读的情况不可避免地要发生于文本本身中"[①]。意大利符号学家艾柯在写作长篇小说《傅科摆》期间曾写过一篇文章《读者用意》，用学院派特有的"交错格"（chiasmus）讨论读者用意、作者用意与作品用意的差异性及相互关涉，这是否能够为我们指出限制之所在呢？艾柯所说的作品用意，是指读者用意与作者用意的相遇和交涉。当然，这里的读者是艾柯意义上的"标准读者"（a Model Reader），即"一个有

---

① 米勒，《阅读伦理学》，纽约，1987 年，第 11 页。

资格尝试无数臆测的标准读者"①。

我不知道对于当代汉语诗来说，是否存在这样的标准读者。我只知道读者与作者在一首诗中既有可能迎头碰上，也可能擦肩而过，甚至背道而驰。我还记得叶芝的一句诗：

猎鹰听不到放鹰者的呼唤

诗在被阅读时像鹰一样飞走了。留在阅读行为中的只有孤独的阅读者。

1995 年 6 月 6 日

* 旧　地

死亡总是从反面

观察一幅画

此刻我从窗口

看见我年轻时的落日

———————

① 　罗蒂，《评艾柯》，转引自台湾《中外文学》第 22 卷，第 138 页。

旧地重游

我急于说出真相

可在天黑前

又能说出什么

饮过词语之杯

更让人干渴

与河水一起援引大地

我在空山倾听

吹笛人内心的呜咽

税收的天使们

从画的反面归来

从那些镀金的头颅

一直清点到落日

柏桦诗歌中的道德承诺

柏桦的诗歌中弥漫着一种显而易见的道德承诺。我们当中的许多人已经厌倦了道德，但这并不妨碍这些人像迷恋福音和启示一样地迷恋柏桦式的道德承诺。这似乎是个谜。当然，这不是那种荷尔德林式的发源于清凌凌源头的不可解之谜，柏桦的诗歌并非追根溯源的文化返祖图像；这也不是一种学说、理想或一个时代的终结之谜，更非终结之前的某一特定阶段的历史环节之谜。指明这个谜比解开这个谜更加重要，因为它涉及了隐含于写作深处的道德歧义。很难判定它属于美学的范畴还是属于心理学的范畴，是一个形而上的玄想还是一个语义分析的命题。我们的灵魂通过柏桦诗歌中的道德承诺之谜，无异于文明通过消失点：往后的一切要么是终端，要么还没有开始。在这里，作为谜中之谜，柏桦的道德承诺既非巴尔特式的纯粹形式之确立，亦非萨特式的目的之区分、责任之担负；既不带走可能被肢解的词的空间，也不留下曾在其间停留和经过的技艺上的痕迹。在虚拟式和命令式这一对极关系中，柏桦的道德承诺保持了一种语义上的锋芒和超语速，正是这种速度和锋芒把柏桦的写作引向了可怕的深处，并且把伤害变成了对极乐和忧郁的双重体验。但伤害首先是针对写作者本人的，这直接导致了柏桦诗歌写作的减速。同样的换挡和减速现象也曾在茨威塔耶娃的写作生涯中出现过。所不同的是，茨威塔耶娃的减速是通过从诗歌写作到散文写作这一引人注目的转换完成的，其代价是放弃诗歌写作；而柏桦的减速则是在诗歌写作的特定范围内完成的，减速不过是对他的语言速度的一种限制和缓冲。

如果按照巴尔特对写作的划分，柏桦的写作属不洁之列。巴尔特坚持认为只有一种写作是纯洁的：即零度的、中性的、"不在"的、毫不动心的、拒绝介入的写作，它消除了语言的社会性和个人神话性，并通过信赖一种既远离真实语言、也远离文学语言的"碳性"语言得以从文学本身超脱出来。以这种巴尔特式的写作乌托邦标准来衡量，柏桦的诗歌写作显然是不洁的：他的写作是文学化的，其基本美学特征是倾斜、激动人心、白热化、有着眼点和有趋向性、充斥着个人神话、充满着对美的冒险之渴望、对权力的模棱两可的刺探和影射。换句话说，柏桦诗歌中的道德承诺是具有某种实质性的，它一点没有因为其诗歌对象的幻象化或行文语气的虚拟性而被稀释掉。这种实质性，有时候体现为对某些残忍的超道德事态（往往是政治化的）做出抒情反应和美学处理的能力，有时候又混合着对权力的奇特渴望及对权力所带来的灾难的近距离审视、作证，还有的时候仅仅是从人生的极端事件向美的组织、美的单元的一种过渡，例如《琼斯敦》《美人》。柏桦诗歌中的正义感绝非普遍意义上的正义感。他的道德承诺不仅仅是一种号召和命令，而且是一种分享和告慰，它赋予那些看上去异常简单的事物以回肠荡气的、感人至深的力量。柏桦在写作方式上是不洁的，他所处理的题材和情感（如权力、愤世嫉俗、怀乡病和怀古之思、世纪末情绪）也是不洁的，但柏桦却如得神助般地成了纯洁的象征。这是柏桦的又一个谜。柏桦的正义感、柏桦的道德承诺、柏桦的纯洁是这样一种火焰：熔沧桑之感和初涉人世的天真于一炉；是这样一种黑暗：如果它同时是光的伟大借用者的话，它拥有光的轮廓但其大质量的内涵又显然不是光所能吸取和透过的；是这样一种告慰：它为人的理想所带来的深度忧愁提供了一种可长久珍藏的遗忘的对称形式。置身于这样的道德承诺之中，我想，柏桦本人一定看到了某种悲天悯人、高不可问的天意。

我注意到，道德歧义从写作的深处给柏桦的诗歌带来了出人意料的语言格局。名词由于词性、音位和读速的改变而暗中注入了动词的能量；动词往往无迹可寻或悬而未决，落不到实处，也就是说，与虚词混而不分；而限制词所限制的对象则比未经限制的对象拥有更大的动态范围。这种词法的转换造成了近乎失语症的词的瞬间晕眩，它根源于句法的转换。句法转换的两个特殊形象曾被沃尔夫冈·凯塞尔表述为"脱落"和"省略"。前者涉及从一种思想到另一种思想、从一种状态到另一种状态的转换，它依赖于相同的句法构成；后者则为转换不偏离要害和终点提供了细节上的保证。对于柏桦来说，转换是至关重要的，因为柏桦的写作中的确存在巴尔特所指出的双层空间和不等时的两种时间制。所谓两种时间制是指历史本身的时间制和史书中的时间制，巴尔特曾举马基雅弗利的《佛罗伦萨史》为例说明两种时间制的差异：同样的文字内容、同样的页数所覆盖的历史时间不可等量齐观，或者二十年，或者几世纪，或者几天。这两种时间制的差异不同于柏格森的主观时间（心理时间）与客观时间的差异，它像适合于历史写作那样适合于诗歌写作，因为它暗示了诗歌写作中"双关语式"的可能性。"双关语式"源于对索绪尔"换音选词法"的研究，它表明写作是在两个不同层次上进行的。这种写作方式保持着作者的某一具体作品的文本与作者的其他作品的文本之间、与作者的全部作品（包括尚未写出的作品）之间、甚至与整个文学史之间的对话关系。这种"双关语式"的写作类似于音乐史上的复调音乐，转换在其中不仅仅是一个词性和词法、句法问题，而且是一个与速度、深度、凝聚力和扩散力有关的语言形象问题。鬼斧神工般的转换意味着柏桦的语言不是线性的，而是不同传递系统、不同语言形象的穿插、交错、替换、吻合。形象对于柏桦而言，是一种权力上的要求，是比寓言更为迫切的道德承诺的具体呈现，是语言的恋父情结，"年轻人由于形象走上斗争"（柏桦《美人》）。形象属于不同的时间和空间，属于不同的速度、不同的局面，是承诺和转换、伤害和恢复的奇特产物，但终得以统一。在正常情况下，柏桦的形象转换提供了对写作深处的道德歧义的一种观看和理解；在极端的事态中，他的形象转换则将危险和灾难强加给灵魂，无论我们的灵魂是否准备承受、是否有能力承受这些危险和灾难。在两种情况下，柏桦的诗歌都使我们对美的感受和对词的理解发生了倾斜。这使我想起晚年的阿赫玛托娃所津津乐道的布罗茨基献给她的一句诗：你将把我们的事情写成斜行。她认为这句诗注意到了她的书写格局，即每一行诗都向上倾斜，这与她内在的灵视有某种说不清楚的关系。柏桦式的倾斜则是另一种倾斜，其基本的书写格局是：每一行诗都是平行的，但其中的每一个字都有些倾斜。

1990 年元月 14 日于成都

倾听保尔·霍夫曼

（一）

1995 年夏天，我应邀前往德国著名的大学城图宾根市，参加荷尔德林学会主办的荷尔德林逝世 150 周年纪念活动。荷尔德林这些年来一直是我极为崇敬的一位诗人。不过，他的诗作译成中文的并不多，而且译文大都相当蹩脚……用任教于图宾根大学汉学系的中国诗人张枣的话来说，那些译文几乎全是用流行的"新华社文体"译出的。我只能透过翻译去空想出一个荷尔德林来，至于那是否就是原初的、真正的荷尔德林，我并无多少把握。好在精通德文的张枣了解荷尔德林原作的神髓之所在。抵达图宾根的第一夜，我和张枣一块散步去图宾根大学古老的哲学系，黑格尔、谢林、荷尔德林当年都曾在这里学习过。我们坐在石头椅子上，谈论荷尔德林直到深夜 12 点。那是一个幸福的时刻。我们谈到了荷尔德林的《面包和酒》。张枣坚持要立即回家

165

找到原作，即兴译成中文给我听。我们这样做了。张枣当时状态极好，奇迹般地在荷尔德林深奥艰涩的德文世界中打开了一个中文的开关，使我第一次感到荷尔德林的诗篇是多么神圣，多么美，多么天才横溢。遗憾的是那天夜里的"中文开关"很快就消失了。张枣本人次日想要重新翻译《面包和酒》这首诗，但他找不到那个神秘的开关了。以后又多次试过，但仍然找不到。现在我想，那天夜里的荷尔德林是否在中文世界已成绝响？

（二）

我完全不懂德文。但此刻，我在静静地倾听保尔·霍夫曼教授用德文朗诵荷尔德林的《面包和酒》。这是 1996 年 2 月，在美国东部。不久前，张枣来美国参加迈阿密国际书展的"今日中国作家"活动，我特意去电话，请张枣将保尔·霍夫曼教授为他录下的一盒朗诵荷尔德林诗作的磁带随身带上。我在德国时听过这盒磁带，当时感受到的那种直达内心的深深震动真是无以言说。我想，也许应该追问这种震动的起源。我历来有收藏我所崇敬的诗人的声音录制品的偏好。我珍藏着庞德、叶芝、艾略特、史蒂文斯和迪兰·托马斯等英语诗人朗诵自己诗作的录音磁带。在某些日子里，尤其是在冬天，倾听这些诗人的声音比阅读他们的作品带来的震撼更具有某种"人类情感的急迫性"。此刻，我在倾听保尔·霍夫曼教授的声音时，我又感觉到了这种深不可测的急迫性。毫无疑问，这是最高精神音乐。记得第一次在荷尔德林学会听到保尔教授的即席演讲时，我恐怕是在座数十位听众中唯一不懂德语的人，当时我想，要是我能向荷尔德林本人借两小时的德语耳朵该多好。这曾经在诗的王国深深倾听过的耳朵就在楼上，在一间开了两个窗户、可以看见风景的房间里。在保尔教授演讲之前，我和张枣一起在那个房间里静静待了几分钟。窗外是内卡河，荷尔德林曾在诗篇里歌颂过它。后来，我又在图宾根大学德语系的一个阶梯教室听了保尔教授的一次正式演讲。不懂德语使我意外获得了一个极为特殊的、为倾听而倾听的角度。我们当中有谁能真正懂得鸟类的语言，但我们总是怀着感恩的心情去倾听鸟类的歌唱：这是上天的声音。

（三）

我认为，在词语世界中，人只能听到他早已听到过的声音。那个声音是不加限定语的，但却具有相当迷人的陌生性质，仿佛你在听到它时也显得像是没有在听。艾略特在其重要诗作《四个四重奏》中处理了倾听"那个声音"的主题，他写道："很深的声音是听不见的，但只要你在听，你就是音乐。"多年来我始终难以确切指出我的精神故乡之所在，我也难以确定是否真的有一个圣洁之境（一个但丁式的天堂）在旅途尽头等着一个诗人，假如诗人的一生可以看作是穿越书本、词语、人群、时间的一次漫长旅行的话。但是，当我倾听保尔教授时——无论是他在演讲，在交谈，还是在朗诵荷尔德林、里尔克以及保罗·策兰等德语诗人的动人诗篇时——我感到"那个声音"在我身上撩起了精神性质的乡愁。我不知道，即使我能借来一对德语的耳朵，我是否就一定能听懂保尔教授的"那个声音"所蕴含的深意。但我的确听到了"那个声音"。如果追溯它的起源，是否会在荷尔德林的身上？考虑到保尔·霍夫曼教授是一个翻译过法语诗人马拉美、英语诗人史蒂文斯的世界性文化巨匠，我想，上述起源或许还可以追溯到马拉美、史蒂文斯这样的诗人身上。此刻，在美国，在冬天的一个午后，我静静地听着保尔教授朗诵的《面包和酒》。"那个声音"无从追问，它是保尔·霍夫曼与荷尔德林或马拉美或史蒂文斯的一种美妙混合，是德文或法文或英文或中文或某种尚未发明出来的语言的混合，是录制下来与被抹去的"人类状况"在耳朵与心灵之间的混合。尽管它带给我的深深震动由于对纯粹形式的精微考究而有所减缓，有所抑制，但那仍属原初状态的心灵震动，拒绝转向释义、知性陈述、学院话语的领域。那个声音带来的震动甚至不能称之为感情反应，因为它的起点若能在经验世界中找到，其加速度就肯定会受到时间推移的某种削弱，而实际情况是，时间在这里似乎不起作用。我每一次倾听"那个声音"时所感受到的震动与初次倾听时并无区别。这种情况恐怕只能以苏姗·桑塔格所说的"达到了某个限度"来加以解释。但我前面已经指出过，那个声音是不加限定语的。除非我从未听到过它，那是另一种性质的幸福。也许我并不知道，"那个声音"究竟是谁的？谁在倾听它？未必是我。很可能只是一些别的耳朵在我身上倾听。但那是亡灵的耳朵，还是一个从未诞生过的人的耳朵呢？对此我茫无所知。但愿不是我在听。德国著名指挥家布鲁诺·瓦尔特生前说过，要是有人能让他回到从未听过贝多芬第三交响曲的日子，他愿意用整个生命去交换。我想，这位指挥（马勒唯一的弟子）肯定是在贝多芬第三交响曲中听到了"那个声音"。

（四）

保尔·霍夫曼属于 20 世纪最后几位文艺复兴式的欧洲知识分子，他对我们大家来说都是一位宗师。他对诗的理解沉浸在某种由来已久的内在寂静之中，当他所表达的思想涉及种种具体问题时，我可以"听到"其深处所含的寂静无言。这使他的思想超然于一般诗学论争之外，高于一般诗学理论对已知事物的分析、对未知事物的测度和眺望。如果我能将 1995 年夏天的一个下午保尔教授的精彩谈话不加修饰地忠实记录下来，我可以确定，那对每一个热爱诗歌的人都是一份极为珍贵的礼物。遗憾的是这超出了我的能力。我能够回忆起来的只是当时的气氛，一种从真实细节上升到时间的整体轮廓、但事后回想又似乎只剩细节的独特气氛。但也许连这气氛我也难以传达出来。记得那个下午，我和张枣、商戈令（一位研究尼采和施宾格勒的学者）去保尔家拜访。保尔的夫人端来了茶，咖啡，点心。我注意到了器皿的精美考究。交谈是用英文进行的。尽管我已在美国居住了两年半，但仍然没有学会英语，所以交谈的速度和精确性受到了双向翻译的局限。这未必不是一件好事。我可以先将保尔的思想单独"听"上一遍，然后再通过张枣的精彩翻译细细体会其深奥含义。在保尔面前，像我这样的晚辈诗人岂敢妄谈诗歌。我当时只是提出了两三个令我感到迷惑的问题，我想听听保尔的见解。张枣当时提出了"词不是物"这一命题，我援引阿根廷作家博尔赫斯的一个看法——历史地理解文学是一个错误，但对任何人来说，除了历史地去理解文学又别无他法——来引出了另一个问题。我谈到词语对当代诗人所显示出来的合成性质：诗的写作似乎已经混合了词对事物的命名冲动，以及命名行为在事物表面留下的种种痕迹（我指的是 signifiant surplus）。换句话说，词已经部分地成了历史硬事实本身。我请教保尔教授，如果一个当代诗人借助文艺复兴时期的神秘人物雅可布·波姆的寻迹法（signatura rerum）来把握词与物的关系，那么，应该将诗歌写作理解为对命名痕迹的一种厚描呢，还是理解为德里达所说的"擦去"？保尔教授在回答我提出的问题时，谈到了马拉美、叶芝、史蒂文斯的诗歌写作与其诗学观念的关系，他认为，这几个诗人有一个共同特点，即证明诗有时能摆脱诗学理论的支配，直接呈现心灵和人类生活的真实状况，直接呈现词语之美。保尔认为马拉美为了追求词的"纯音乐"之美而放弃词所包含的大量群众性信息在诗学上或许是个错误，但这个诗学错误并未成为马拉美诗歌写作的支配性力量。保尔在转而谈论史蒂文斯时将我提出的一般诗学问题引申为诗与诗学的"关联域"问题。他指出，史蒂文斯的诗歌写作开始于大部分其他诗歌的完结之处，所以他的诗作有一种双向延伸的冥思气质，既能随处触及外部事物，又朝向词的内部世界收敛，其核心是"写作本身就构成了诗歌文本的主题"。保尔进一步指出，史蒂文斯的作品贯穿了一种简洁陈述性文法与极富暗示性的文体风格相混合而产生的奇特艰涩，由于这种艰涩是内在的而不是学究性质的，所以能在超出诗学讨论的广泛领域中吸引知识分子的注意力。在通常情况下，注意的中心，可以看作是从文本转向了关联域，因为当代知识分子总是含蓄地倾向于把人类生存的真实境况纳入话语和文本世界，而不大理会生存现实本身所具有的种种具体的、个别的特点。由此，保尔教授提出了一个在我看来是非常重要的诗学命题，即"反词"问题。不过，精确地复述他的思想对我来说是太困难了，而且要想就"反词"这一命题展开论述恐怕得另写一篇文章。事实上我真的这样做了。当我参加1995年9月在荷兰莱顿大学召开的一个有关当代汉语诗歌写作的国际性讨论会时，我写了一篇题为《当代诗的升华及其限度》的发言稿。在该文中，我以保尔教授提出的反词立场为出发点，讨论了当代汉语诗歌的写作现状及诗学研究状况。保尔的思想，即使在我无法透彻理解的情况下，也能指出一个方向。

（五）

从某种意义上讲，保尔·霍夫曼的学问，他对诗和生活的理解，对我来说已经成了一部福音。但这是那种受到严格的心灵和词的限制、没有丝毫说教成分的福音，它涉及我的信念，我对已知世界的分析、理解、判断，以及我对未知世界的敬畏。那天下午，保尔谈起纳粹统治时期流亡爱尔兰乡村的往事，他一边挤牛奶一边背诵诗歌，就这样度过了好些年，可以说是靠诗歌活了下来。诗对他而言是时间、记忆、空气、生命本身。然而，我们这一代年轻诗人、学者、艺术家，往往是靠对形式的极端理解、靠波兰诗人米沃什所说的"灾变的幻象"养育自己，以此回避真实经历的考验。这样做的直接后果是导致词的立场与生存立场的脱节甚至对立，从中看不到"反词立场"的折射。保尔教授则在对词的理解与对生活的理解之间保持了至关重要的精神平衡，并且从中发展出了对"反词"的理解。他是一位宗师。倾听他的声音是我一生余下的岁月里最重要的精神事件之一。他的声音里有着一切：时间，风景，天空，大地，词，寂静，这一切的消失和重现。我找出了那天下午我和他一起在他到处是书的客厅里拍下的照片。这是真的，视觉经验有时可以突然转化为听觉经验。我几乎能听到午后光线转暗的声音。冬日的天空直接在房间里呈现，也不知道是谁的天空。推开美国客厅的门，直接就是德国的街道、中国的街道。不远处的波多马克河索性与内卡河、黄河汇集到一处，直接在纸上闪烁、流淌。

蝴蝶　钢琴　书写　时间

一片美丽的异国风景的后面是些什么呢？书写、倾听、消闲、厌倦？抑或仅仅是关于迷醉的国际象棋布局，其中的各种变化与语言学专家们对虚词的理解和使用有神秘的联系？为此纳博科夫声称自己在写作中最有趣的发明是关于"白子后撤"的命题。显然，他被生命的模拟之谜吸引住了，因为这一现象"展现出通常与人造事物联系在一起的一种艺术的完美"。纳博科夫本人有收集蝴蝶的癖好，他认为当一只蝴蝶不得不像一片树叶时，树叶的所有细部都被美丽地呈现出来，这当中甚至包括模拟"蛆虫所钻的洞孔的斑点"（见杨青译《说吧，记忆》）。纳博科夫将其称之为"超出食肉动物鉴赏力"的防卫器官的升华，它已超出了所谓"自然选择"的过程——这是迷醉。至于迷醉背后是别的什么，难以解释，他说。

我对模拟之谜的理解与我的听觉经验有关。就蝴蝶而言，我想它们遗传特征的正常传递靠的是对周围风景的细心甄别后的仿造。这种仿造天赋像声音在空气中的颤动一样是反光的，尽管我们实际看到的蝴蝶对于任何发光体的反光本身是一个假象，但时间曾经有过，或以后会有真相吗？我想纳博科夫手持蝴蝶网去追逐一只赤蛱蝴蝶时肯定漏掉了时间。音乐是依靠对时间的忘却来推动的，而蝴蝶是精神音乐的高级形式。一方面，蝴蝶是云状物，是由粉末形成的苍白火焰，透过人类的错视得以使空气片片闪亮。另一方面，蝴蝶的多次蜕变虽然已经达到了"白子后撤"各种着法的变易深度，但单独依靠蝴蝶自身的蜕变行为是难以穷尽主题变化的全部可能性的。主题可以是任何性质的，崇高、平庸、渺小、造作，什么样的都行，这并不重要，重要的是穷尽一个主题的变化的可能性。贝多芬晚期的《迪亚贝里变奏曲》是真正经得起推敲的音乐形式方面的最高成就，妙就妙在其全部形式成就都是建立在一个叫作迪亚贝里的音乐出版商所写的极其平庸的主题上面的。

如果蝴蝶的本质与书写行为有关，那么，其笔迹如何保存呢？插图中那些精心描绘出来的翅膀，出于对鳞翅目学科特有的精神洁癖的考虑而将笔触一一藏起。舒曼年轻时所作的钢琴曲《蝴蝶》将无法辨认的书写拟人化了，一个真实的故事，在手指与非手指之间又有多少真实性可言呢？格里格的抒情钢琴小品《蝴蝶》曲尽委婉起伏之妙，他可能倾向于认为蝴蝶不需要肉体、器官和本能就可以发出声音：那没有起源的，去向不明的波动颗粒。我听过的此曲最佳演绎当推吉利尔斯（Emil Gilels），他把高度敏感的触键过程与金属的寒冷反映重叠在一起，时间的消逝在其中像刀片一闪，但什么都没有碰到。

诗歌中的蝴蝶并不比绘画和音乐中的蝴蝶有更为确切的存在证据。要是纳博科夫还活在世上——这是有可能的，因为他不信仰时间——并且正在写他承诺过的第二本自传《活下去，记忆》，我将建议他引用一位日本诗人的俳句：

呵，一只蝴蝶

我猜不透

你是谁家的灵魂

但这一引用本身是假的：那个日本诗人是杜撰出来的，上述诗句也是张枣杜撰的，这是他在纽约告诉我的。假托是蝴蝶式书写行为的一个重要特征，当诗人想要贴近史蒂文斯所说的"最高虚构真实"时，并不需要借助文献和档案材料作为旁证。我自己在与另一位诗人孟猛闲谈时曾引用过米沃什的一行诗："蝴蝶落进了海"，当时我们的谈话涉及格伦·古尔德 1955 年和 1981 年（即古尔德病逝的那一年）两次录制巴赫的《哥德堡变奏曲》，涉及这两个版本之间的差异：那既不是时间造成的差异（古尔德像纳博科夫一样不信仰时间，他认为衰老是女人的主题，而男人的主题是忘却——人们真正能记住的只是"忘却"这一主题的变奏形式），也不是关于听觉的差异（古尔德的传记表明他在弹奏艰深作品时常常塞住两耳，不受听觉的干扰）。那究竟是什么性质的差异呢？过了几天孟猛来电话说，他的后花园来了两只一模一样的蝴蝶。哦，白子后撤问题，这里的差异性，的确是纳博科夫式的迷醉：两只蝴蝶彼此是对方的拷贝，谁是谁的底片或母本呢？这不仅是含金量的交换，也是初夜权的交换。有人目睹过蝴蝶的流血事件吗？那一点血什么也证明不了。至于蝴蝶的身体，它以黏土的质地被手工艺匠人捏成像树叶那么随意的样子。天空和海洋在镜框后面，四围镶有巴洛克风格的复杂花边，这假饰过的、橱窗里的自然。

我想知道在美丽风景的后面是否存在着一个公众舆论、科学方法、普遍真理无法透过的私人性质的内在领域。要不要闭上眼睛呢？当一只蝴蝶被强加给另一只蝴蝶时，我想知道，视觉与听觉的切换过程是否像两个经过句的衔接，需要借助调性的转换，需要一个分析哲学所强调的可公度的场所？肯定有一条边界在限制白子后撤能够抵达的理智深度。向后撤退到蝴蝶的重量时，还有什么是可以减轻的呢？这个世界上轻于蝴蝶的恐怕只有忘却，后者的重量被时间和知识分担了。蝴蝶有两种语调，一种是对忘却的过分热烈的赞美，一种是对忘却的清晰记录。这是一个即兴思绪与长久萦怀的事物相互对照的伤感过程，风景变成图案之后，蝴蝶像盖在上面的玺印一样表示别的意思：不仅仅是结束，如德里达所理解的那种封闭性终止。

信仰变奏精神的人坚信存在一个可公度领域，作为不同话语方式、不同知识形态的借喻基础。我曾看到过加州大学柏克莱分校建筑系几位建筑家的一个方案模型《芬尼根守灵夜》，其中的每一个纯视觉细节都是对乔伊斯同名小说的借喻性质的影射。古尔德晚年迷上了录音，原因很简单：录音系统是声音的可公度场所。当一个人两次听到的是同一次演奏时，要不要捂住耳朵呢？对我来说，我从古尔德弹奏的巴赫作品所听到的清晰的左手已转化为视觉体验，这不仅因为他天生是个左撇子，尤其因为他有时把左手与右手分开来单独录制后加以重叠的过程呈现出对"第一时间"的精确算度——在这里，风景与图案的重合是一个奇迹。我注意到古尔德从不弹奏肖邦（唯一的例外是肖邦的《第三奏鸣曲》）、舒曼等浪漫主义作曲家的作品，他喜欢演奏具有练习曲性质的东西。我承认我一直在努力寻找一个弹错的和弦，寻找海底怪兽般耸动的快速密集的经过句中隐约浮现的第十一根手指。一个高贵的和弦错误可以方便地转化为观看和书写，因为那是显得孤立的声音，有冷和痛的边缘，它逆耳而行。

我在汉语中找不到这样的和弦错误。使用汉语写作的人所犯的错误，大抵是"词不达意"性质的，那是关于一个单独消逝的时间过程的错误，我在其中看不到与之平行发展的另一个过程的状况，看不到感官与器皿的对照，看不到真空。这类错误会很快得到纠正，直到意义与词语完全吻合。但是意义能为汉语操作者提供什么呢？人需要话语，然而蝴蝶不需要。我所感兴趣的差异性是在可公度话语与不可公度话语之间形成的，我在这一差异后面看到的不是人对蝴蝶，而是意义对沉默。不存在人和蝴蝶共同使用的"统一话语"之类的东西，也没有一种将被用作"表达一切有效说明假设的永久中性模式"的零度语言。语言的可公度性是在纯私人的变奏运作中确立起来的。我们的写作除了是抵达所谓意义的一个过程外，还能够同时抵达声音和风景吧？意义即共识，声音和风景则是纯私人的。古尔德退出舞台演奏的理由是他与听众的关系不公正，其听觉上的等式是一对零。书写和弹奏是一道乘法，在等号后面，是飞来飞去的慢动作蝴蝶。

深度时间：通过倒置的望远镜

　　事件将我们无辜地卷入其中。我们各自的处境、态度、学识和形象，在事件中如刀刃一般卷了起来。公众的事件形成时尚和标志，个人的事件（包括那些只在内心深处发生，实际上并未发生的准事件）则往往导致隐讳和偏执，两者都对我们的心灵产生了影响。对此，我所关注的是：我们的修辞态度，以及包含在此态度中的、我们所理解和并不理解的、我们在其间消失或显现的词语，是否也在事件中无一幸免地呈卷曲状？说得再明确一些：词在事件的影响下是变得更强有力还是更软弱？词将成为对肉体的激情、灵魂的隐秘之深刻洞悉，还是相反，成为任何可能的洞悉之障目法？词能否从事件的影响中分离出公众和个人？能否消解事件本身？

　　这些问题显然不是一篇短文能够回答的。我只能从所有这些问题偏离到一个较为简单的问题：从事写作的文人在时间上被事件和词语各自吸入了多少，也就是说，文人更多地属于以事件为要素的具体历史，还是更多地属于由想象、洞见和措辞构成的文本历史？然而连这个看似简单的问题也难以回答，因为时间是个无穷无尽的谜，它不仅可以消除一个正在被陈述的命题，而且可以消除陈述者、消除陈述本身。迄今为止，一切真正的文人所做出的努力无非就是抵抗时间的消除性，像吸树叶的蚜虫那样吸取必朽的肉体世界的词和主题，捕捉时间对肉体世界和文本世界的双重消除。如果这种捕捉再深入一些，推进到时间的深度透视之中，我们就能看到时间的形象，其特征是松弛，弯曲，环绕，与词在事件的压力下所呈的卷曲状相吻合，与血液在肉体中循环的过程相吻合，与光消逝的痕迹、与物质深处的波浪相吻合。时间的形象依赖这样一个真理的支撑：一事物不可能直接到达另一事物。因为任何到达都穿经了时间，而时间的进程是弯曲的。弯曲是时间在形象上的一个词根。

你那多变的形体落在我掌心。时间

使我们两个都弯下了腰，……

这里，我已经避开了事件的时间与文本的时间，而试图捕捉一种只与时间自身有关的深度时间。其实我不过是在重复西班牙超现实主义画家达利在其早期名作《记忆的持续性》中对时间的观看。人们在这幅画中所看到的一切（光滑如金属的海滩，耷拉下来的软钟表，以及一堆生物形态的东西）都退到某种极为久远的视境和陈述之中。这幅绘画所带给我们的遥远感难以去掉，无论观看者与绘画本身靠得多近，还是能强烈地感受到一种不寻常的距离，不是存在于绘画与观众之间，而是存在于绘画作品内部的距离，肉体世界和文本世界的距离。这种不寻常的距离是由于观看者和被观看的时间形象之间放置了一架被倒置的望远镜而造成的。奇怪的是被推向深处的时间比近在眼前更为清晰可见。我将其称之为绝对时间、深度透视的时间、肉体时间或文本时间的袖珍版本。它持久的陈述魔力源于陈述本身与被陈述的真实世界在时间上的距离，正是这种距离使陈述免于被时间消除。为此所必须付出的代价是使时间以及对时间的陈述同时丧失直线性和挺直性，成为对卷曲、松弛、轮回的暗示：这种暗示在达利的绘画中是面团似的、融化的软钟表；在济慈的诗行里是古希腊圆瓮；在叶芝的整体幻象中是月亮、是轮子、是塔（塔的挺直性被其内部的旋梯消解了）；在博尔赫斯笔下是圆形废墟，交叉小径的花园，沙之书。所有这些奇特的意象合成一体，就是人类通过倒置的望远镜所看到的时间的终极形态。

通过倒置的望远镜，我们能看到的时间究竟是什么？是宙斯为占有丽达变形而成的那只强暴天鹅，还是柯尔庄园那五十九只忧伤的天鹅？是但丁九岁时见到并爱上的贝雅特里齐，还是《神曲》中引导但丁走向天堂的贝雅特里齐？是诱惑亚当和夏娃偷尝禁果的蛇，还是咬死克里奥佩特拉的蛇？是李尔王头上的狂怒的暴风雨，还是迦太基庭院的一场小雨？是俄狄浦斯剜出的双目，还是梵高割下的耳朵？是这一切，又什么都不是。时间的终极性和绝对性直接根源于事物的短暂性和偶然性，它推开近在眼前的事物，改变其命名、形态和寓意，并强加给它们一种相互抵消的多重理解。这种曾被达利称之为"偏执批判"的多重理解，其基本含义是，人们看着一事物却看到另一事物，就像我们在迷宫中推开一扇通往客厅的门，却走进了一间藏书室。"阿莱夫"就是博尔赫斯为这种多重理解找到的一个深刻隐喻：它是希伯来文的第一个字母，是数字集合论中数字转化的标志（在其中，全部并不比部分来得大），是炼金术士和犹太神秘教的微型宇宙。阿莱夫不仅是多重理解，而且是多重理解得以形成和陈述的那种东西：词。阿莱夫还有更广泛的含义。如果说肉体世界包含了无穷无尽的时间之谜，那么，文本形式的阿莱夫就是时间的谜底。从前者到后者，倒置的望远镜是必经之路。在谜底当中，人无法反身向谜本身靠拢，无法像智利诗人聂鲁达在《理性》一诗中所表达的那样：

如果你靠近一点儿，留意

水如何涌向花瓣，

便会听见月亮

在根的黑夜里唱歌。

之所以无法通过谜底靠近时间之谜，是因为谜底在实质上既不可证实，也不可记住，否则聂鲁达在另一首凄凉的诗歌中所预言的事情就会成为真实的："竟没有地方可以遗失/钥匙、真话或者谎话"。显然，倒置的望远镜将谜和谜底隔开了。一些人的一生将成为对时间谜底的持续揭示，另一些人的一生则将被时间之谜吸入。后一类人永远生活在确切、具体的时间、地址和事件之中，他们构成了世界的肉体部分，由于人数众多，几乎可以说是人类的全部。前一类人的生存，则往往从生存的现在时态退后到深透视的时间之中，也就是说，生存于人类曾经生存过的任何时代——比如庞德，他满脑子都是中世纪的幻象；又如叶芝，他的一生像是在拜占庭王朝度过的；还有圣琼·佩斯，他只从《圣经》中学习诗歌写作，而且他的全部诗篇都像是为远古一位不知名的人物所唱的颂歌——这一类人构成时间的真髓、世界的词语部分，他们代表人类中的个别。或许应该记住阿莱夫的数学内涵：全部并不比部分来得大。这是否意味着，一个个别的人对于世界也许太多了，于是众多的人来到这个世界上，作为对个别人的减少、限制和混同。如同阿莱夫使我们从对事物的一种理解中看到了多重理解，如果我们将一个杰出的个人放到倒置的望远镜后面，就能看到整个人类，甚至比这还要多。

倒置的望远镜将个别的人和集体的人，将时间之谜和谜底隔开了。人要么属于肉体的时间，要么属于文本的时间。扔掉望远镜或将颠倒的望远镜再颠倒过来都是无济于事的。人们只能认命。

但显然有一些人并不打算认命。他们以不同的方式偏离或背弃时间的类分法，试图将肉体时间和文本时间融为一体。斯特拉文斯基，这位20世纪最重要、最富创造力的音乐家，他早期所作的独幕芭蕾舞剧《普尔钦奈拉》，其音乐旋律几乎原封未动地摘取18世纪一无名氏（一度曾被认为是佩尔戈莱西）的手稿片断，但却别有用心地以20世纪的先锋写作手法对伴奏部分进行了处理。他想通过这种被一些评论家斥之为"对18世纪的音乐之歪曲"、"在古代版画上栽假胡须"的花样翻新的创作手法，来弥合相去甚远的文本时间（在这部音乐作品中表现为18世纪的音乐手稿）与事件时间（表现为20世纪的先锋配器手法），从而完成对多重理解在听觉上的独特设计：听着18世纪的古典音乐，却听到20世纪喧闹的现代音乐。像斯特拉文斯基这样得益于对时间和事物的多重理解的现代艺术家和文人为数甚多。精力过人、善于在经典之作中掺假的毕加索是其中引人注目的一位，他对于无署名作者、无具体创作时间的非洲土著艺术的剽窃是举世皆知的，其用心在于使自己的创作变成一个不依赖真实时间、脱离命名的纯粹客体。在这样的客体中，肉体时间和文本时间是同一回事，毕加索与众多无名非洲艺术家也是同一回事。

能在一事物中包藏众多事物，能使一个瞬间演变成无穷瞬间的多重理解，的确是了解 20 世纪思潮的一个关键。我们从中不仅可以梳理出 20 世纪文学艺术的基本纹理，而且可以洞察科学进程的部分真相。改写了科学史的相对论、测不准原理以及哥德尔数学原理，无一不是与这种对时间和事物的多重理解有关的谨严的科学陈述。时间并没有在陈述中被消除，也没有反过来消除陈述本身。我们看到，在这些纯科学的可靠陈述中，呈现了一种以往只能从异教徒身上看到的神秘思想：时间既是关于事物、关于肉体世界之进程的真实时间，也是关于时间的时间，亦即关于时间的一种想象。两种并行不悖的时间同时贯穿于 20 世纪的科学革命，为背离陈旧的时间类分法、为从根本上综合有差异的时间提供了一种展望和可能。

然而我们没有理由夸大多重理解的作用，因为它说到底毕竟属于方法论的范畴。把不同日期的报纸所登载的消息和广告剪下来拼贴在一起，这一行为与另一行为，即法国里昂附近一位叫谢瓦尔的乡村邮差从 1879 年的某一天（那一天他在投递信件的路上拾到一块异常的卵石，他后来称这块改变他后半生的石头为"救命石"）开始建造的庞大的"理想宫殿"——其中包含了他关于古希腊、亚述、埃及建筑的"真正的原物"的想象，也包含了对泰姬陵、阿尔及尔的卡累尔神庙、开罗的清真寺的参照——相比较。就可以发现两种行为在对时间的处理上并无重大的方法论的差异。把两者截然划分开来的不是方法而是它们各自的内涵：前者根源于个人的爱好、习惯或某种实际用途，后者则显然表达了一种信仰和梦想。两者的差异就像档案和例行公文用语同经典诗歌的语言之间的差异那么大。没有任何消息和广告剪贴能自动获得一种创造价值，而邮差谢瓦尔花了一万个工作日（93000 小时）于 1912 年建成的理想官殿则理所当然地成了时间的乌托邦，成了当时的法国超现实主义运动的圣地之一（布勒东为此专门写了一首关于谢瓦尔的诗作）。

既然我们将多重理解限定在方法论的领域内，我们就必须考虑它转化为一种技艺的可能。实际上我们已经从邮差谢瓦尔的官殿、从达利《记忆的持续性》、从斯特拉文斯基《普尔钦奈拉》中看到了多重理解从思维方法向艺术技法过度的明显痕迹，亦即主观动机在客观时间中逆行的痕迹。海德格尔"先行到死亡中去"这一命题，圣琼·佩斯的诗句"沿着事物的消逝前行"，以及贝多芬晚年所作的六部弦乐四重奏，都是对动机在时间中逆行的揭示和强调。由此获得的时间深度与文学史上被人谈论最多的一个梦，即柯尔律治关于忽必烈汗的那一个梦所获得的时间深度是相等的。梦是时间的遁辞。博尔赫斯曾在一篇随笔中将忽必烈本人在 13 世纪做的一个梦与柯尔律治在距其五个世纪后所做的另一个梦放在一起做了精彩的比较，发现两个梦基本相同，都与宫殿有关。两个梦之间的时间跨度构成了一篇短短的随笔。使人惊诧的是，从邮差谢瓦尔的宫殿的装饰平面上也可以读到这样一段铭文："幻想宫殿的内部：一位微贱的英雄的伟人祠。一个梦的结束，在这里幻想成了真实。"尤其使人诧异的是，这位邮差建成这座宫殿后立即着手建造了一座自己的坟墓，它与宫殿仅有咫尺之隔，我甚至不知道这一点点可怜的间隔是否够得上放置一架望远镜。奇怪的宫殿，奇怪的梦和做梦人。

上文有一个关于报纸剪贴的信手拈来的比喻，这使我想到乔伊斯为写作里程碑似的著作《尤利西斯》，曾广为收集 1904 年 6 月 16 日这一天在都柏林发行的所有报纸。《尤利西斯》从都柏林人的庸常生活事件以及关于这些事件的冗赘报道中，从大的街头俚语、流言蜚语和闲言碎语中，吸取了词语的活力和神髓。柯尔律治从梦中、叶芝从人类的大记忆中、博尔赫斯从阿莱夫身上所获得的时间，正是乔伊斯从世俗人生中获得的时间。在世俗性中追求真理的不朽和崇高，这不仅是乔伊斯，也是莎士比亚的一个写作理想。它旨在恢复文本世界的肉体力量，无论人的肉体世界被倒置的望远镜推到多么久远的视境之中，变得多么不可靠近和难以看见。

也许并不是难以看见，而是拒绝看见。通过倒置的望远镜，我们究竟能看到些什么？荷马瞎了，弥尔顿瞎了，博尔赫斯也瞎了。三个瞎了的诗人各自代表一种黑暗：荷马代表历史和英雄的黑暗，弥尔顿代表原罪的黑暗，博尔赫斯代表知识和想象的黑暗。三种黑暗加在一起就是时间的全部光亮，就是对我们生活在其间的"弄错了而且失去了贝雅特里齐的容貌"的现代天堂的全部断言。十年前我曾阅读过尤奈斯库的剧本《椅子》，还记得其主要情节：一位老人准备向世人宣布终其一生所发现的真理，搬来许多椅子等待来客，并把他的真理告诉了一个代言人，然后携妻投海。但那位老人所发现的真理注定要归于时间的沉寂，因为他的代言人是个哑巴。

1990 年 4 月 7 日于成都

共识语境与词的用法

　　如何理解 20 世纪 90 年代国内诗歌写作所发生的种种变化？首先，应该追问导致这些变化的原动力是什么：不安定和变动中的"个人信仰"（诗人对形式和精神的关注强化到一定程度就是信仰），还是寓于更大的变动和不安定中的"集体无意识"力量？其次，应该追问这些变化对诗人意味着什么——例如，现实中的自我与精神自传的自我在某些诗人的近期作品中越来越微妙地混合在一起，值得注意的是，这一具有重合性质的自我形象既非现代主义的"自我中心"（自恋或自渎）的产物，亦非后现代主义的"分裂分析"的产物，它甚至不是修辞策略的产物。诗人们并不想为这一重合的自我发明一个本质，然后从它出发去重新命名现象世界。我以为，如上所说的自我的重合，实际上意味着某些较为敏锐的诗人将词的问题与物质世界的问题、风格的历史与真实历史合并在一起加以考虑，这一合并指向创意和写作相互交织的、要求得到澄清但最终并不透明的和个人化的诗学境界，因此重合过程加以强调的不是个别印象，而是印象之间复杂的变化的联系。换句话说，关联域的问题从来没有像现在这样被诗人和批评家们广泛地谈论。我在这里所说的关联域问题，不仅涉及词与物、个人与世界、风格与历史的关系，尤其重要的是它以一种极为隐秘的方式涉及了词的内部关联问题：显然，如何理解一个词与如何使用一个词，两者是有差异的。我正是在这种差异的提醒下提出了"反词"命题，它所关注的是同一个词作为圣词和作为寻常词语，对我们的写作和阅读有着怎样的影响。

20世纪90年代的诗歌写作对如何使用一个词的强调甚至对如何理解一个词的强调，是一个非常重要的诗学特征。维特根斯坦说过，一个词的意义是由如何使用这个词决定的。我的理解是，词的意义是不确定的，因为每个词都有多种用法，可以这样用，也可以那样用。将用法问题提到如此之高的位置上予以强调，存在着陷入相对主义的危险，所以我要特别指出个人写作的语境问题：词的任何个别用法必须接受共识语境的过滤。我所说的共识语境，一是指表明我们共同处境的历史语境，二是指从历史语境分离出来的诗学语境。了解20世纪90年代诗歌写作的一个关键是了解个人话语是如何被导入上述两种语境的对质之中的。

作为20世纪90年代"知识分子诗歌"的倡导者之一，我坚持认为当代诗歌是一门关于词的状况和心灵状况的特殊知识。使人遗憾的是，即使是在产生过当代最优秀的诗人和诗学理论家海子、西川、臧棣、骆一禾的北京大学，诗歌也不得不置身于来自初级常识的种种诘难之中。在这篇匆匆写出的短文结束之前，我要说：当代诗歌肯定是对初级常识的一种冒犯。一年前去世的诗人布罗茨基曾在一封公开信中分析了捷克文人总统哈威尔《后共产主义噩梦》一文中频繁使用的一个词：方便。我要加上一句：当代诗是不方便的。这种不方便恰如英国诗人威廉·布洛克在《耶路撒冷》一诗中所写的：没有轮子的轮子发明出来，为了让年轻人外出时感到困惑。

20世纪90年代的诗歌写作：认同什么？

现时，在文化艺术领域中，跨语际学术交流、理论对话及大都会主义颇为盛行。这种风气对诗人的写作、对批评家的诗学阐释行为产生了微妙的影响。如果我们不是从运动的准社会学角度、而是从文本形成的角度去理解这种影响，那么，刚好在八九十年代之交，中国年轻一代诗人们变得全然不知如何是好的时候，跨语际交流及大都会主义的影响适时（也可能是不合时宜地）到来了。然而，这并不表示国家民族的分野已分崩离析，就对文学语境的影响而言，以国为本的文化身份认同意识正经历重大的蜕变，并需要重新厘定。无论诗人们基于何种因素对国家认同采取保留态度（事实上，更多的诗人采取的是相反的态度），总不能漠视或否定其存在。放眼世界政治圈，冷战国际阵形的崩溃重燃国家主义的灰烬，并使之广泛蔓延。文明冲突论和原教旨主义之类的对抗性声音不绝于耳。

在上述两种影响——我指的是跨语际交流及国家主义——的

双重作用下，20世纪90年代的汉语诗歌写作是变得更为敏感和兴奋，还是更为迟钝，更多无力感了呢？王家新提出了历史写作与非历史写作的问题，孙文波提出了"中国话语场"的问题，程光炜则注意到了20世纪90年代的叙述策略问题。我感觉到，他们在讨论这些问题时，都是将对个人写作的认同与某种历史认同、国家认同及风格认同合并起来考虑的。我也许会另写一篇文章表达我的看法，本文限于篇幅，只能一般性地谈谈认同意识是怎样产生及如何成形的。

我认为，写作的认同意识可建构于一组特定的条件上——正如科学哲学家库恩所说，这些特定的条件可以称之为"衍化式的认同"。例如有的诗人乐于在某种探究规模之内创作，有意识地把自己置于一个已被界定的风格中，而此种风格掩盖他们任何个别的分歧或私人的矛盾。这恰恰是文学史上流派衍生的公式，其中尤以得风气之先的前卫流派为典型。然而，在处理风格的出现及随之而来的策略问题上，首先要知道这种认同意识与地域上的本土化特质有着种种联系。其次，还应该知道，当诗人在必然是群体的历史中确定自己的立足点时，总会自然地倾向于认同某一风格流派，尤其在年轻一代诗人的成长期，发现一种能够与他配合的认同意识，必定会雀跃地取而用之，这正是国家本土文化最基本的传播公式。经岁月流逝，这种认同意识较之"短暂地风靡一时"的潮流能发挥更大的耐力。20世纪90年代的中国诗坛现状及发展趋势证明了这一点。

不过，要想精确地描述影响认同意识形成的某些深层因素是相当困难的，因为这涉及诗人原生地的整个地理及语言的背景。长久以来，风格流派的影响与地域特质的影响不离不弃，交相辉映，使诗人们所神往的"个人写作"实际上成了那种"不可能的可能"。尽管相对而言，自由空间的延展，人们对新的时间观、新的生存节奏及新环境的逐渐适应，以及迁移的普及化，削弱了地域特质对诗人写作的影响，诗人不再局限于某时某地进行创作，诗人可以基于词的立场——发明或虚构的立场——去制作、评论及命名自己的作品，并且，文本的意义可以衍生自写作本身，而不必在"预设的现实"中去寻找资源。

但这种诗学原理及写作方法，不一定是相互协调的。因为诗人不大可能逃避地方性的特有阳光、空间、地貌及节奏，以及口音、民俗、隐性宗教及教育交融累积的历史因素，还有地域经济的特色，种种因素构成那些难以界定却有迹可寻的国家认同意识。而且，众所周知，中国诗歌历来欠缺"物质性"。即使是直接描述生活状况的及物写作也不大可能唤起这种物质性，如何能奢望在写作过程中持虚构的立场呢？

那么，这是否意味着，20 世纪 90 年代的中国诗人只有顺应国家认同意识这样一条路可走？只有中性叙述这样一种语言策略可以选择？我担心的是，在这样一个了解异地时尚变异早已成为诗人写作经验中不可或缺的部分、任何可能性均可同时存在的开放时代，那种大体一致的写作方向——无论这一方向是如何正当、合理、适时——有可能会使诗人们的思想视野变得逼仄、局促，注意力染上不必要的报道色彩。为了抓住身边的现象，我们这一代诗人付出的代价是不是太大了？我想没有人愿意看到"写什么"将又一次战胜"怎么写"。在我看来，在宣言和常识的意义上认同历史、认同现实是一回事，通过写作获得历史感和现实感是另一回事，现实感是个诗学品质问题，它既涉及了写作材料和媒质，也与诗歌的伟大梦想、诗歌的发明精神及虚构能力有关。我的意思是，现实感的获得不仅是策略问题，也是智力问题。

《谁去谁留》自序

　　细心的读者可能会注意到，这本诗文选集里的每一首诗，每一篇文章，都标明了大致确切的写作时间和地点。对一本书来说，这里收集的诗作和文章在时间和空间跨度上都是够大的了：从 1983 年到 1997 年，从中国到美国，到欧洲。老实讲，我在写这些诗和文章时从未想到它们会被放在同一本书里出版，彼此之间的距离仅有 300 页。一个读者完全可以采用跳读的方法，把一本 300 页的诗集在一两个小时内给翻过去。但对于一个诗人，300 页的篇幅怎么说都是相当浩繁的，读者匆匆翻过去的很可能是诗人的一生。300 页这样的篇幅通常是给那些盖棺论定的诗人的，而我才不过四十出头，以后的东西恐怕还够的写。就出版方式而言，我相信，每个从事严肃写作的诗人都愿意每隔几年出版一本规模不那么大的诗集，而将篇幅较大的选集或总集的出版推迟到将来。因为在这种情况下，诗的写作是围绕一本预想中的诗集进行的，其特定的思想氛围和措辞特征、其辞色和声音、其风格的含义，不仅从单独一首诗作中散发出来，而且会在一首诗与其他诗作的间隔与差异之间折射、回响。这种精心考虑过的间隔和差异，通常作为隐秘的、过渡性的风格因素起作用，对一本诗集极为珍贵。

考虑到每一个诗人对时间的消逝格外敏感，以及从对时间的敏感发展出来的对于写作的阶段性特征的敏感，我想进一步说，任何出版形式实际上都或多或少是对敏感的一种削减、限制，如果不是完全擦去的话。敏感本身被一本公开出版的书充分吸收后，很难说还有多少纯属诗人自己的主观感受成分，因为敏感与其他那些在诗人看来是迟钝的、建制化的技术性细节混在一起，成了"出版物"的一部分，朝向传播环节和公共阅读领域敞开。也许，敏感在其中并不比纸张质地或版式设计来得更重要。这未尝不是一件好事。因为当个人自传意义上的敏感被减少到可有可无的程度时，剩下来的就是风格。而我们通常所说的风格，其精确含义指的是在风格的持续性与可变性之间得出的某种修正比。我以为，这里所说的修正比与前面提到的写作的阶段性特征是一回事。没有什么比一本诗集能够更集中、更直接、更客观地体现出这种修正比，亦即一个诗人的阶段性写作特征。因为要想对风格的含义有所领悟，仅仅在几首诗之间做出比较是不够的——这时起作用的很可能只是诗人的敏感，而不是其风格。实际上，风格的精确含义通常是在一个诗人不同时期出版的几本诗集的相互对照中确立起来的。

当然，我这样说有一个前提，即一个诗人不同时期的作品能以个人诗集的形式正常出版。但这一前提显然是不现实的。对我们这代诗人来说，写作与出版之间的联系从一开始就具有某种空想性质。这种脱节，无疑对诗歌写作产生了不易觉察、但却不容忽视的影响。在相当长一段时期内，不少年轻诗人是在"为杂志写作"这样一种焦虑气氛的笼罩下、这样一种拼盘式的格局中考虑自己的写作的——这里所说的杂志，包括正式出版的杂志和非正式出版的民间杂志、社团杂志。从文学史的角度看，为杂志写作和为个人诗集写作，两者有着值得注意的差别。其中之一是两者的时间差。任何杂志都是时效性的产物，严格地讲，它只对从这期杂志到下期杂志之间这一短促时期内的写作现状和阅读期待感兴趣。如果诗人置身此一固定时段内写作，肯定会感受到一种停不下来的速度在从中催促—— 一种定时炸弹般的、倒计数的时间：它体现了杂志对时间的定义，置写作和阅读于定期出版的既定步伐之下。这是否会助长那种与身边现实同步并行的幻觉的产生呢？似乎诗人正在写的、读者正在读的与当下现实处在同一时间刻度上。这样做当然不缺现场感和参与感，但对于诗的写作至关重要的时间距离则有可能被取消了。

杂志与时间有关的另一个定义是时过境迁。不像一本够格的诗集，读者可以从中领略到诗人对时间的种种复杂感受：优雅的、幻想的、迟疑的、缓慢的、自相矛盾的。这些东西加在一起使一本诗集的时间内涵变得难以测度，仿佛这本诗集刚一出版就已经没有当下现实所要求的那种时效性，但多年之后似乎仍然不会过时。也许，人们在一本诗集里接触到的时间是一种被过滤了的时间？我无意在此对杂志与诗集的差别详加讨论。实际上，就每个诗人的具体写作而言，上述两种性质的写作常常是交相辉映、难以区分的。我自己的这本诗文选集就是如此。读者不难看出，书中的一些诗作夹杂着"为杂志写作"所特有的那种时间上的急迫性。但也许不应该在这种急迫性与"为杂志写作"之间寻求一对一的简化关系。不仅因为急迫性本身有可能被融合到某种写作风格（例如我某些作品中的雄辩风格）中去，尤其因为，在急迫性的背后似乎还闪烁着某些诗学意图：比如，它是否包含了在词与物之间建立直接联系这样一种诗学要求？无疑，这样的要求带有现场写作的片面性。我意识到了这一点，所以在另一个方向上思考过缺席写作的可能性。这本书里的不少诗作对此有所体现。随着时间的推移，我越来越倾向于认为，诗歌更多是对"关于痕迹的知识"说话，并且，只在这些话上建立它的耳朵、视野和思想领域，建立它的秩序，它的现实，以及它的空白。我将"关于痕迹的知识"理解为马拉美意义上的"绝对知识"，它显示了人类的理性知识无法抵达的某种深不可测的空白。这不是那种可以由其他写作方式加以补充、加以纠正的空白。它也不可能被别的空白——比如，生活本身的空白——所替换。

在我看来，诗歌对"关于痕迹的知识"的倾听，并不阻碍它对现实世界和世俗生活的倾听。因为现代诗学的一个基本出发点是：任何诗意的倾听都是从对外部现实的倾听借来的。但必须看到，现代诗歌包含了一种永远不能综合的内在歧异，它特别予以强调的是词与物的异质性，而不是一致性。换句话说，它强调词不可能直接变成物，词所触及的只是作为知识痕迹的物。有时现代诗看上去似乎是在考量物质生活的状况，但它实际考量的是人的基本境遇以及词的状况。就我们所处的这个时代而言，由于现代诗对词的状况的考量被推到了极端，这就对公众的理解力和想象力提出了挑战。的确，现代诗在很多情况下都显得像是一种冒犯。我想，这是由于现代诗的写作性质和质量没有在同时代人的阅读行为中得到充分说明。这种情况在任何时代都会碰到，对诗人来说，没什么好抱怨的。

我有意在这篇自序中回避对收入这本书里的诗作和文章做出说明。因为我很难分辨，假如我做出说明的话，那是"作者意图"还是"作品意图"在说话？而且，我做出的任何说明都不可能将"读者意图"包括进来，所以它注定只能是单方面的说明。不过，在结束这篇自序之前，我还是想对我的写作趋向做出某种说明。进入 20 世纪 90 年代后，我的诗歌写作越来越具有一种异质混成的扭结性质：我在诗歌文本中所树立起来的视野和语境、所处理的经验和事实大致上是公共的，但在思想起源和写作技法上则是个人化的；我以诗的方式在言说，但言说所指涉的又很可能是"非诗"的。对现代诗有兴趣的读者应该从这之间的差异以及诗学上弥合这种差异的努力，来理解我以及同时代其他一些现代诗人的基本境遇，或许，这会有助于对现代诗的写作理由和写作性质做出说明。

1997 年 3 月 29 日于斯图加特

有感于《今天》创刊 15 周年

《今天》编辑部主任、旅美作家王渝上周从纽约打来电话，约我为《今天》创刊 15 周年写篇短文，随便谈点什么。《今天》在当代中国文学史上的重要地位及其对一代人的精神生活的深刻影响是公认的，就我个人而言，尽管我迟至 1992 年夏天才开始向《今天》投稿，但自 15 年前《今天》创刊之初起我就从未停止阅读《今天》。现在看来，我对早期《今天》的阅读作为一种历史行为是相当单纯的，我当时基本上是把《今天》当作启示录、写作范本来阅读的。经验证明，历史发展的某些特定时刻往往需要某种新的话语方式（如果不是某种事件的话）来使某一年龄阶段的人确信自己的不满是至关重要的，并进而表明某种事后被证明是意义重大的、开拓性质的决裂。早期《今天》为我们这一代人提供的正是这样一种话语方式。那时的《今天》作者们经历了自身感情与某种理想色彩相当浓厚的人文倾向的结合，其作品（主要是诗歌）是激进、兴奋、激动人心的，深具感召力量。我个人认为，食指、北岛、芒克、江河、杨炼、多多等早期《今天》诗人在当时扮演了带来启示、带来异端思想和带来怀疑精神的青年宗师这样一种历史角色，尽管他们在本质上是诗人而不是哲人，尽管他们除了作为先驱性诗人所处理的主题别无其他主题——但当时他们的主题在思想感情和操作技术两方面都代表了我们共同的话语命运，因而获得了现实感和丰富性。早期《今天》诗人之间的差异是以后才在诗学理论和不同的写作方向这两个层面上变得引人注目的，《今天》创刊之初起决定性作用的是作者们的一致性——我指的是他们对写作和阅读的公认方式的偏离、反对、颠覆，这恐怕是早期《今天》的活力的主要来源。

不少人已经注意到在本土出版的早期《今天》与在海外出版的近期《今天》的不同之处，有人对此持批评态度。这个问题有其复杂的一面。我倾向于认为《今天》整体风格的变化是明智的，因为这一变化不过是从更为广阔的历史视野去看待汉语写作的进程，并且印证近年来发生在中国知识阶层的种种深刻变化而已。很难想象按照15年前的原貌来编辑出版《今天》会是什么样子：怀旧吗？染上浓厚的意识形态乡愁吗？坚持青春期写作的浪漫立场吗？我想，《今天》难以回到过去有两个基本的原因。其一是外部的，早期《今天》的真实感、崇高性及号召力所赖以产生的真实世界与文学语言之间的类比关系正在消失。其二是《今天》自身的原因，早期《今天》首先是一个先锋文学团体，其次才是一份杂志：一份非正式出版的（这在当时为其增添了传奇色彩和挑战性）同人性质的杂志；而现在的《今天》则主要是一份杂志，一份自身的风格特征和同人倾向既得以保留又受到削弱的、持肯定差异性的开放态度的、置于个人语境与公众语境的双重语言背景之中的广义的文学杂志。这也许不无遗憾，但无论是对于早期的还是新的《今天》作者，也无论是对于宽容的还是挑剔的读者、批评家，为《今天》的变化所付出的代价是值得的。一切有待于时间的证明。

在一个连作家、诗人，以及知识界的专家们都只想通过定期出版的杂志来把握事态本质的时代，一份像《今天》这样的纯文学杂志是如何处理诸如时间深度、异质声音、地域特征等问题，就显得格外重要。公正地、负责地办好一份杂志是一件困难的事情。因为一份够格的文学杂志在本质上只能是话语差别的表演，它由两个隐秘的过滤阶段构成：首先它是排除事件、现象、财政状况、人际关系等外在因素的影响之后的一个编辑过程、技术操作过程；其次，它进而还应该是排除了编辑和操作过程之后所剩下来的孤零零的差别——它们是原质的，通常是不透明的、不可读的。但实际情况是，上述两个过程不大可能被排除。几乎所有在当代读书界产生过重要影响的人文杂志，其品质在很大程度上是由上述两个过程决定的。《今天》也不例外。早期传奇色彩逐渐消失后，《今天》的声望和影响力主要是建立在编辑素质与写作界、知识界的良性联系上的。至于《今天》的编者能否在作者与读者之间建立起保罗·德曼曾经说过的"可怕的对称"，能否使编辑运作过程成为对写作和阅读的既吸取又抵制的重叠过程，这恐怕不仅仅是个技术性的策略问题。假如抵制本身被证明是不可避免的、合理的、深思熟虑的，作为《今天》的作者和读者，我所关心的是这种行为能否将《今天》纳入这样一种历史情境：写作处于文学性、精神性、微观政治领域等多种观照之中，处于指涉物和意义衍生被置换的症候之中，从而赋予话语的历史成长以摆脱指涉限制（权力的或是出于功利和伪事件考虑的种种指涉限制）的可贵自由，并使话语的运用不再为二元对立的简单化的价值判断标准所支配。换句话说，一份纯文学杂志在编辑的具体过程中确立起来的视野和活力，较其明确表达的趣味和见解更为重要。

据此，我想对以后的《今天》提几点具体的仅供参考的建议。《今天》在1993年第3期推出的"当代汉语诗"创作和评论专辑，以及此前推出的"小说专辑"、"当代华语电影现象专辑"，都是积极的、有魄力的。我个人认为这种出专辑的编辑构想是相当有效的，可以集中讨论某些问题，并在较为开阔的视野集中展示某一文学体裁的创作实绩。我的建议是今后在推出此类专辑时可考虑确定一个相对具体的注意点，目的在于赋予专辑本身以潜在的整体思路、讨论的聚焦点、可能的深度。例如刚才提到的"当代诗专辑",其编后语所体现出来的那种坦然、宽容、敏感但又保持清醒判断力的编辑风度,给人留下深刻印象。其中涉及当代诗写作中的"精神性"、"后现代主义倾向"等相当重要的问题,编者并对此表明了自己的看法,我想如果该专辑能够围绕上述问题展示不同倾向的作品、发表观点相异的讨论文章,恐怕效果会更为集中、更切近现实。另外,在形式方面,也可再活泼些,综述、对话、座谈纪要、随笔、书信往来皆可刊登,只要是有助于将注意力引向幽邃之处。我的第二个建议是针对《今天》理论部分的(包括诗评)。《今天》的评论有相当高的学术水平,这是有目共睹的。我只是建议今后的评论编辑工作能否兼顾微观研究领域,重视具体文本的分析和批评。提这个建议一方面是考虑到批评界的批评行为越来越远离当前的写作,远离具体文本,而仅仅面对自相指涉的理论进程这一普遍趋势,另一方面是考虑到《今天》目前的历史处境。《今天》改为海外出版后,面临与本土出版的早期《今天》大不相同的母语语境。这肯定会带来新的挑战,因为《今天》是同时向海外和本土这两个不同语言格局敞开的。微观批评所关切的文学性问题说到底是个语言问题,"词的流亡"也首先是一个语言命运问题。对身居海外的作家、诗人、批评家来说,"词的流亡"也许只是针对母语变形这一更为复杂的历史变化过程提出的一个见证,而母语变形问题对于本土和港台文学界同样存在,作为某种深刻的冲突它主要是在官方语言、民间语言、行业语言、方言及外来语等多种语境的对比中发生的集体现象。但是，我仍然想强调，应该将对混杂在集体母语变形中的个人声音的倾听视为有价值的批评行为，因为我们可以从中分辨出两种基本的取向：一方面它意味着某种内心挣扎，某种保存乡音、保存过去的感情上的要求，意味着社会的和历史的自我完善；另一方面，它意味着激进文学倾向所要求的非人格化的一以贯之，标志着母语国际化的一个过渡阶段。而上述两种取向，以及包含在其中的保守的或革命的声音、理论的或经验的声音、权力的或个人的声音，其历史分野并不明确，这正是挑战之所在。此外，我建议重视微观批评还有一层用意，即确立一个较为落实的话语分析出发点，使批评切合实际、言之及物，避免成为行话性质的描述。我的第三个建议是，希望《今天》能在更为广阔的文学领域中发挥多方面的作用，尤其应该在出版文学作品及评论著作方面做些真正有眼光、有魄力的事情，还应该与关心中国文学现状和前景的学术机构共同开展某些活动——如学术讨论会之类。当然，这些都需要钱。现在整个世界都在谈论中国有可能出现的经济奇迹，并对与此相关的政治局面备加关注。而汉语文学的状况如何则始终只是少数人的事。几年前，一位西方学者在谈到经济成长时期的某些日本人时说了这样一句尖刻的话："他们穷得只有钱。"如果我们不愿看到类似的情况发生在未来中国人身上，我们就不应该放弃文学的事业，尽管这一事业将会面临多方面的压力：政治的，经济的，流行文化的。

无论如何，我祝愿《今天》能有一个明亮开阔的未来。

1993 年 1 月 10 日

成都的雨，到了威尼斯还在下

1993 年 3 月的一个早晨，我独自一人在双流机场登机，经深圳、香港转机去美国西岸，参加亚洲研究年会在洛杉矶召开的年度学术会议。我手头的机票是一年内有效的往返双程机票，我以为我很快就会返回成都，没想到在美国一待就是三四年，接着又去德国待了半年。算起来，1993 年出国之前我在成都生活了15 年，对这座城市的一切已经习以为常：它的街头火锅和露天茶饮，它的潮湿，它的坏天气，它的自行车铃铛，它的小道消息和插科打诨，它的清谈和它的慢。出国之后，我回过好几次成都，不过身份已换成了过客，每次都是匆匆去来。但只要是回成都，我就会想起俄罗斯诗人曼德尔施塔姆的一行诗："莫斯科，我有你的电话号码"，当然，我用"成都"替换了诗行中的"莫斯科"。去年夏天我在北意大利的一座小城拉纳（LANA）参加国际诗歌节，顺道去了佛罗伦萨、维罗纳、帕多瓦、瑟耶纳和威尼斯等十来座城市，离开意大利后我写了一首题为《那么，威尼斯呢》的诗，诗中有"成都的雨，等你到了威尼斯才开始下"这样的句子，还有以下这样的片断：

> 一路上
>
> 到处是配钥匙的摊位，成都，锁着，
>
> 打开就是威尼斯：空也被打开了。

在这里，"成都"与"威尼斯"的互换，不应该仅仅被看作是符号之间的一桩编码事件或修辞事件，把它看作乡愁什么的也还不够。实际上，成都与威尼斯的互换在我身上唤起的是一种相当奇特的现实感，它并没有把我的注意力引向现实本身是什么样子，而是引向一个更隐秘的、不那么确定的领域：在那儿，我感兴趣的是，词的状况、心灵的状况与我们通常所说的现实是如何在发生学的意义上保持接触的？显而易见，潜藏于"成都"这一命名背后的是多年来我身上所积淀的中国现实、中国经验、中国特质，而"威尼斯"则是一个空壳般的能指，它说小不过是地图上一个小如针尖的地名、一张明信片而已，说大则可以是整个西方世界的代称。我当然不会像二战时期移居美国的德国文豪托马斯·曼声称"我在哪儿，德国就在哪儿"那样，说什么"我在哪儿，成都就在哪儿"，但确实有过这样的恍惚之感：当我坐在从佛罗伦萨到威尼斯的列车上时，我以为列车是开往某个不可知

211

的、并不存在的地方，而我会在成都下车。谁知道呢？也许成都和威尼斯并不像地图上标出的那么远，很可能它们同在一首诗中，彼此仅隔着一两个句子。

我的意思是，当我在西方世界居留和漫游时，我已经去过、我正在去和我将要去的地方，其对跖之地都可以说是成都。我把成都随时随处带在身上，它是华盛顿、巴黎或威尼斯换不走的，拿中国自己的北京、上海我也不换。因为对我而言，成都是那样一种尺度，它刚好能丈量出现实与虚拟现实、地理学意义上的国家与文本意义上的国家、词与物、声音与意义、一首诗中写出来的部分和未写的部分之间的距离。我从来不是一个地方主义者，但我乐于看到：在成都的时候我并不是成都人，到了国外我却到处被人们当作一个成都人。

奇怪的是，我在国外很少遇到成都人，倒是遇到了不少的北京人、上海人、香港人、台湾人。要是我待在成都哪儿也不去的话，这些人中的大部分我可能一辈子也遇不上。记得 1994 年春的一个晚上，我应邀参加了在纽约的中国文学艺术界和学术界知名人士的一次聚会。当我敲开女主人（一位在联合国任高级翻译的华人）豪华客厅的大门时，我看到一张张名人面孔像扑克牌一样混在一起，足足有两副扑克那么多。这或许称得上是一个不大不小的奇观吧，如此之多的来自中国大陆的名流们相聚在曼哈顿繁华闹市中心一个五十层楼高的地方，足以说明"中国"的国际化和抽象化。我想，这不是美国现代诗人史蒂文斯所说的那种"本地事物的抽象"，因为曼哈顿本身就是一个高度抽象的、哪儿也不在的地方（大多数美国人倾向于认为纽约不能算作美国）。这也不是什么美国梦、中产阶级梦、文学上的超现实梦或先锋派梦、社会生活中的无政府主义梦，它们当中任何一样东西的抽象。好在成都对我而言始终是具体的：我做菜总要放辣椒花椒，说普通话也夹杂着成都口音。至于中国在其中抽象到什么程度，那就像一道川菜里放了多少辣椒，是属于生活本身的秘密。

对于居留国外的中国人，下述问题是躲不开的：当中国被抽象成为一种身份识别标志时，是经由这一识别标志把自己与他人区别开来呢，还是与人群混同起来？由于我是一个用中文写作的现代诗人，因此，我主要是从语言层面看待这个问题的。现代诗的写作从来都是一个秘密，就此而言，在国内与在海外并无多大区别。但问题是，当一个诗人置身于母语的语境写作，他的个人写作秘密能与公众的日常话语构成一种即相互抵制又相互吸收的复杂关系，而当诗人远离母语的语境从事诗歌写作时，写作的秘密则有可能被孤立起来，因为它缺少与日常话语的直接联系，缺少现实感和对立面。的确，在国外写作，常常会觉得自己是在词语之外书写，在声音之外倾听，在影像之外观看。很难说这种处境会把一个成天与词语打交道的人逼成什么样子。想想看，我在美国时，身边的母语环境是多么糟。我能读到的中文报纸、我能收看到的中文电视，一律使用一种败坏了的中文，一种抽空了的、行话性质的中文。我与别的中国人交谈时，对方十有八九都会说一种夹杂着英语字眼的"美式中文"（我称之为带沙眼的中文）。要是对这种情况不加警惕，久而久之母语的感受能力和表达能力就有可能退化。我的看法也许严重了点：我认为，对生活在美国的大多数华人而言，这种退化完全是生理学意义上的。作家和诗人的情况也好不到哪儿去。我常常问自己，在美国，有没有可能用一种清洗过的中文来写作？像当年移居法国的美国作家海明威、亨利·米勒那样，生活在被陌生的外国语言所包围的环境之中，受折磨于对母语的思乡病，却能从中发展出一种对本国语言更加敏锐的感受力。

1997 年我以 SOULITUDE 文学基金获得者的身份在德国斯图加特一座古堡里居住了半年。在此期间，我应邀去北意大利一个小城拉纳参加年度国际文学节。同时邀请我的还有另一个规模更大的国际诗歌节，也是在意大利举办，但我选择了拉纳。一是因为它邻近米拉诺（诗人庞德 1957 年至 1962 年居住在该地的一座古堡里，写完了他的《诗章》），二是因为我知道拉纳文学院以编辑出版一本高水准的诗学刊物以及一些精选的诗歌读物、举办一系列国际性诗歌活动而在欧洲享有盛誉。拉纳仅有两万居民，盛产苹果，与其说是一座小城，不如说是个大村庄。去拉纳之前我想：像这样一个不起眼的小地方能够成为诗的净土，能够在苹果、风景和诗歌之间建立起一种既天真又成熟的互文关系，而且能够使这一关系不至于退化为本地旅游标志和文化消费行为，这一切似乎只能以"迷醉"来解释。去了拉纳之后我才知道，在"迷醉"的后面，是占人口百分之五的读诗者对诗歌持续不减的、昂贵的敬意。让我感慨的是，经由公众（包括不懂诗歌的人）的讨论成了市政文化生活的既定方针，经由筹措行为（主要是向行政机构和苹果商筹措）触及了金钱。美国诗人史蒂文斯晚年曾写过这样一则札记："金钱是一种诗歌。"这一定义是有道理的，如果我们不把金钱转化为一种广告形象、一种权力上的要求，而把它看作是维护诗歌的无用性的一种社会途径的话。

德国恐怕是在文学生活（尤其在诗歌方面）中花钱最多的国家。最近，德国政府又发布了新的文化政策，要求德国各大经济实体拨出更多的钱赞助文化事业。由于可以抵税，所以各大公司往往是大手笔地把钱花在文化生活上，而受到赞助的文化活动主持者和参与者不必考虑任何形式的回报。自 1995 年以来，我应邀在汉堡、斯图加特、德累斯顿、波恩、慕尼黑、鲁尔等地的大学或文学院朗诵，我从未在浓厚而严肃的诗歌艺术气息中嗅出一丝一毫的商业味。我能感觉到金钱大笔大笔在花，却不知道它们是从哪儿来的：在这里，金钱谦恭、体面和有教养地向诗歌行脱帽礼，这是一些匿名的、隐身的金钱，我称之为"不是金钱的金钱"，它们与诗歌的无用性正好构成了对称。我以为，当金钱站在无用性这边时，肯定涉及了金钱自身的某些根本秘密。说到底，金钱不过是物质流通价值的一种计算方式，而诗歌艺术的价值是难以计算的。所以金钱往诗歌上花时索性放弃计算，这样做既是出于对诗的敬意，也可以说是为金钱本身所保留的体面和自重。一个社会对待金钱的历史态度是否成熟，不仅要从人们怎么挣钱去看，更要从钱是怎么花的去考察。就此而言，我认为中国人当下的金钱意识和金钱态度还远远谈不上成熟。

在欧洲各国的诗歌节上，都是些什么样的耳朵、什么样的心灵在聆听诗歌？公众对诗歌的聆听是通向日常生活呢，还是更多地通向对现实的回避，通向对词的迷恋，通向内心的无告和深不可测的寂静？我的感觉是，所有这些实际上是混而不分的。现代诗歌趋向于费解，诗人往往把不可读和不可听视为诗的一种特权，对此欧洲的诗歌听众已习以为常。我的意思是，交流和拒绝交流像硬币的两面，共同构成了对诗歌价值的关注。听众主要来自中产阶级，他们中的大多数带着毫无准备的耳朵却自以为对诗歌有着独特的理解，诗人在朗诵自己的作品时总是试图关掉这些耳朵，重新发明这些耳朵。欧洲听众在听像我这样的东方诗人的作品时，对意义与声音的分离感到着迷，因为他们听到的是用两种语言读了两次的诗，两者的重叠在声音上没有任何相似性。有一次，我去波恩大学朗诵，由顾彬教授将我的诗作译成德文，并在我朗诵了原作后用德文再朗诵一遍。轮到听众提问时，有人问，原作的声音与译作中的声音在冷热上、速度和力度上听起来是如此不同，这是怎么回事？事后，顾彬教授也问我，为什么你诗作中的声音与你日常交谈时的声音彼此有些陌生？对此，我的回答是，我在日常生活中使用的是四川话，但写作时的那个内在说话者却说着普通话。对我来说，参加欧洲一些国家的国际诗歌节，面对不懂中文的听众读自己的诗歌作品，至少有一个好处，即透过其他语种的耳朵倾听自己诗歌中声音与意义的分离。这是一种相当奇特的经验。近年来，中国诗人出国参加国际文化交流活动的机会渐渐多了起来，我的建议是，诗人们除了带上观看欧洲的眼睛，还应该带上倾听自己诗歌的耳朵。诗歌中有些声音非常遥远，非常敏感，像反光，只在别的语言的阴影中才能被捕捉到。

"他是个中国人，他有点慢"

在我看来，文学写作也好，其他形式的写作——历史学、语言学、哲学、思想史等领域的理论写作——也好，除了是种种观念、方法和材料的相互交织，也是个人自传与社会成见、心灵拷问与话语时尚的奇特混合。就话语时尚来说，无论我们将其视为风格变迁的标记，还是更多地将其看作是践行的产物，回响其中的都是拉康的著名断言——"现实既不是真的也不是假的，而是词语的。"这是一个得风气之先，且预示了某种知识症候的断言，但它是不祥的：词的及物性如此迫切，以至我们已无法辨认词语世界与物质世界、写作与生存的真实联系。肉体存在变轻了，词却取得了重量。诡异的是，这一重量不是由"写"构成的，而是由对它的放弃构成的。在形形色色的理论思潮和话语时尚中，我们越来越看不到"写"。也许对于一个生活在词的世界的人来说，这一切发生得太快了。是不是生活本身变快了？

全球化步伐中的亚洲速度是近年来世人谈论甚多的一个热门话题。尤其是东亚，建设开发之快，经济增长之快，花样翻新之快，令人神迷目眩。人们把这种快称之为发展。其潜台词是：往前走，千万别停下来，否则就会被时代潮流无情地抛弃。这种快对现实来说既不是客观的，也不是主观的，它只能说是对现实的一种塑造。方便面和易拉罐使我们的吃喝变快了，也使消化与排泄、饿与渴变快了。时装工业将美提前一个季度预订一空，短暂地风靡一时的美，哪来那么多的时间让人把一件衣服穿旧？影视工业使梦想的兑现变得像取消一样快。不消说信息和新闻快了，"本地报纸还没有印出来，有人已在别处读到了它。"男欢女爱当然也注定是快的，"快"乐嘛，庸俗小说把情呀爱的用流水作业的速度写了出来，刚读到一半，生活中的爱情就耗尽了：这一百来页厚的、用一个晚上就能翻过去的爱情。流行歌曲则在几分钟内把剩下不多的旧情唱没了，曲终人散，你在这儿还来不及卡拉，他者在那儿就已经 OK 了。真的，在全球化脚步的催促下，日常现实一下子变快了。金钱快得几乎可以用来杀人，美元是快的，日元是快的，港币台币无一不是快的，人民币又何尝不快？升值快，贬值快，流通快，挣得快，花得也快，似乎富日子穷日子都是快的。上哪儿都有出租车可打，"打不起夏利，还打不起一辆面的吗"？面的也打不起的话，有的是中巴公共汽车可以坐，没了座位，就站着呗，反正站着坐着，轮子都照样快。零件、石油、噪音、红绿灯、计费器、交通事故，所有这些全都汇集到了这样一种快上来。甚至死亡也不例外，车祸和空难使现代人的死亡变得猝不及防，如果车子是挂在五挡上，其速度就正好符合我们对死亡的看法，刹车是刹不住的。

我们有没有问过自己：这是要上哪儿去，有必要这么快吗？如果是去天堂，与其乘高速电梯去，不如沿着老式楼梯一步一步悠悠地往上攀登，累了，不妨停下来歇口气。本要去的地方是四十楼，但没准你会发现，天堂其实就在第十层楼上。快，会错过贝雅特里齐的美丽容颜。如果你正在去的地方是欧洲的某个城市，亚洲速度是否恰当呢？在影像中，在词的意义上，我们之中谁没去过欧洲——那个被拍成电影和照片，被写出来，被翻译成汉语的欧洲，不需要签证就能去的纸欧洲。不过，要是你拿到签证，真的飞去了欧洲，你会发现，大半个欧洲又旧又慢，就像是一盒慢速播放的录像带。阳光慢慢在那儿晒，把白天的劳作、思想、景色晒没了，夜里似乎还在反面晒。风也是慢的，四月的风五月才开始吹。"写"在欧洲从来是慢的，读也只好跟着慢下来，海德格尔说过——读，就是和写一起消失。写，就像是青草自己在生长，你不能用分钟和小时去丈量它：写下来的东西有它自己的生命，它自己的时间刻度，它会呼吸。你能在瓦格纳、布鲁克纳的音乐中听到这种缓慢舒展开来的、整个欧洲大陆的肺活量。你能从高迪的建筑作品看到老派欧洲人的那种没一根直线的时间观念，一座教堂建了上百年还没建完，恐怕还得建上一百年。

当代诗人张枣将茨维塔耶娃说过的一句话"他是个中国人，他有点慢"作为题辞，放在他的重要作品《跟茨维塔耶娃的对话》前面。这句话来自茨维塔耶娃传记中一个意味深长的片断。一次茨维塔耶娃在巴黎某商店排队购物，排在她前面的一个法国人对更前面的一个啰唆购物的华人极不耐烦，茨维塔耶娃当时用法语说：他是个中国人，他有点慢。在我看来，这话说得颇为传神。中国是一个多么古老、多么迟慢的国家，慢了这么多个世纪，到 20 世纪 90 年代突然一切都快了起来。表面上这快是由物质世界的变化带动起来的，但在物的后面其实潜藏着词的推进器。当年茨维塔耶娃为使自己的写作慢下来。曾断然放弃诗的写作，转而从事散文写作，布罗茨基称之为"换挡"。茨维塔耶娃的诗歌作品具有惊人的超语速，我想，那样的速度或许符合她对死亡的看法，但当她回过头来注视生活时，却感到了快所带来的恐惧、晕眩和深刻的无力感。也许她在巴黎排队购物时看到的那个中国人的慢，是促使她在词的世界换挡减速的一个决定性瞬间。"中国人的慢"对茨维塔耶娃是个开关，她在其中关掉了诗歌，打开了不那么快的散文写作。而在当今中国，散文、诗、小说，以及理论的写作，样样都是快的。不仅写是快的，阅读和批评又何尝不是快的。我不是指行文语气、观念和方法更新上的快，而是指词的及物性的快，思潮更迭的那种变色龙性质的快，词之权力转化为世俗权力的快。对写作而言，这种快一旦内化为某种知识品质，我们时代的精神生活中的某只轮子就会转动得极度疯狂。这恐怕是我们大家都不愿意看到的。

幸福：可口可乐的那种甜？

在我们所处的这样一个崇尚多元、重视信息的消费时代，还有什么问题是没有被公开谈论过的呢？金钱、性、暴力、权力、身体、非理性、死亡意识，所有这些问题被人们翻过来倒过去地谈论着，配上事实、表格、图像和统计数字，唇枪舌剑，众声喧哗，已经达到了让人受不了的程度。

但当记者就"幸福是一个可以公开谈论的问题吗"询问法国当代最重要的思想家福柯的看法时，福柯的回答是：不。我猜，福柯可能认为不存在与"幸福"这一概念相对应的人类共同的事实。比如吧，对非洲饥民来说，幸福简单得就好像啃方便面就能啃出来似的，假如能啃上炸鸡翅的话，那就简直幸福得可以飞起来。我相信，一听可口可乐会令他们觉得生活真是甜蜜。但非洲饥饿的儿童们肯定不会去问甜（这种可口可乐的甜）作为一种品质，对中产阶级的幸福生活究竟意味着什么？可口可乐的甜，来自一个不能公开的秘密配方（关于中产阶级生活方式的秘密？关于 20 世纪人类幸福的配方?），不像甘蔗的甜来自大地——那种有根的甜，被雨水淋过、被太阳晒过、被风吹过的甜，也不像葡萄的甜——那有点酸的、透明或半透明的、可以酿成酒的甜。20 世纪的人对幸福怀有转瞬即逝、怎么也抓不住的感受，这种时间感受在可口可乐中得到了相当贴切的表达。如果说葡萄酒体现了过往时代的时间品质——陶醉、沉溺、悠长，那么可口可乐所表达的则是另一种质地的时间—— 一种由气泡和无缘无故的亢奋感临时构成的时间，一种每分钟都在走气、两小时就会失效的时间，它的存在完全是概念化的。一听易拉罐的幸福，太轻，太短促，太多泡沫，要喝就得赶紧喝掉，趁它还在冒泡——这就是可口可乐给幸福下的时间定义。20 世纪的人对事物和思想的永恒性质不耐烦。埃兹拉·庞德写过这样两行诗：

当我倦于赞美落日和晨曦，

请不要把我列入不朽者的行列。

可口可乐，国际口味的甜，其成功秘诀在于往甜里面掺进了一些类似药味的东西，使甜不那么甜，成了一种超甜。它没忘记给虚无派用场，瞧，每听可乐里面都充满了看不见摸不着的气体。跑了气的可乐，甜还是那么甜，但全都作废了。白领阶层喝可乐，不仅得有气泡，还得是冰镇过的，容不得一点点热。但换种喝法行不行呢？比如四川大巴山一带流行的喝法是头一天打开可乐，第二天烧开了当糖开水喝。为什么要这么喝？是因为山区农村没那么多冰箱用来冰镇可乐，还是因为农民们认为可乐不够干净，一定要用古老的火来给它消消毒？不得而知。我猜想，大巴山的纯朴山民们大抵并不喜欢可乐里面的泡沫味道，只喜欢甜本身。

记得一位西方音乐史学家说过：只有在大革命前的巴黎生活过的人，才知道什么叫作生活的甜蜜。我1997年去过巴黎，我真的很喜欢这座城市。问题在于，对那些整整一生都待在巴黎的现代人来说，巴黎的甜蜜让他们腻透了。甜本身变得不甜了，或是更甜了，两种情况都让巴黎人难以忍受。我的几个巴黎朋友告诉我，他们一有假期就会抽身逃离这座甜得发了酵的城市，一分钟也不浪费。到哪儿去呢？越南或非洲。也许，该让巴黎佬与非洲饥民换个地方、换种生活方式活一活？幸福能调包吗？

真的，这真是一个全球化的时代，还有哪儿的人不在喝可口可乐。既然甜可以经由一个配方变成工业产品，那么，是否有一天幸福也可以配方化、产品化？我的意思是，幸福可以是一粒药片，一个电话号码，或一个有奖竞猜的标准答案吗？幸福可以公开比赛吗，其结果是去掉一个最高分，去掉一个最低分之后的平均得分吗？幸福就是"猪羊抵销"吗？易拉罐的幸福，两小时的甜，到处在冒泡的美国梦。对于西方人来说，"及时行乐"的人生观与清教禁欲原则交织在一起，构成了与可口可乐大致协调的生活节奏和消费景观，但是，东方人呢？是否东方人所思考的更多是关于如何对待苦难的问题，而难以胜任幸福？东方思想几乎不带甜味。幸福和甜是一种能力，不仅涉及物质状况，也涉及精神生活。现代人得到的大抵是一种每分钟都在跑气的、由金钱和泡沫构成的幸福。谁又买不起一听可乐，那就趁气泡跑光之前喝了它吧。至于可口可乐的配方，那并非什么关于生活、关于幸福的秘密，那纯属工业秘密。

我听米凯兰杰利

今年夏天，我应邀赴意大利参加一个国际诗歌节，在米兰、热那亚、博洛尼亚、皮亚琴察等城市滞留多日，与几位意大利汉学家过从甚密，其中有一位在博洛尼亚大学任教的社会学教授鲁索和我一样是格伦·古尔德迷。他告诉我："古尔德的巴赫对我来说是信仰和想象力的一部分。"我在博洛尼亚大学鲁索家里住过两天，发现他的古尔德 LP 和 CD 收藏颇为全面——从巴赫、莫扎特、贝多芬到斯克里亚宾、勋伯格、欣德米特。我注意到一大堆古尔德 CD 中夹杂着霍洛维茨、里帕蒂、里赫特、吉列尔斯、施纳贝尔、吉泽金、科尔托等钢琴家的一些 CD，但其中没有一张米凯兰杰利。我感到有些纳闷，就问鲁索，是否从来不听米凯兰杰利？他说是的，从不听他的录音。我追问道：难道你觉得他弹得不好吗？鲁索回答我：恰恰相反，我曾在 1972 年听过他的现场音乐会，当时的感觉真是妙不可言——不过从那以后，米凯兰杰利就成了绝响，因为我从任何他的录音制品中再也找不到那种现场感受了。"别的钢琴家或许能在录音里听，可米凯兰杰利不行，他属于那种你要么别听，要么亲临现场去听的钢琴家。"鲁索这么说。

但到哪儿去听米凯兰杰利的现场音乐会呢？恐怕只有到天堂去听。我猜米凯兰杰利会在天堂继续他的钢琴音乐会，但却拿不准假如上帝去听他的现场演奏，而那天又正好赶上下雨，米凯兰杰利会不会临时取消音乐会，一点不给上帝面子？米凯兰杰利生前就以不顾听众的感受，喜欢即兴取消演奏而闻名于世。我在一篇文章中读到过，有一次米凯兰杰利因试奏时感到琴声有些潮湿就独断地取消了当晚的音乐会，弄得身边的人不知所措，过了很长时间才有人想起三天前本地曾下过一场雨。难道三天的太阳还不足以晒干一场雨吗？是米凯兰杰利过于怪癖，过于我行我素，以使自己神秘化吗？对我们这些被消费时尚宠坏了的听众来说，米凯兰杰利的存在显得像是一个冒犯。在他的身上，同时活着一个艺术至上的完美主义者、一个拉丁贵族和一个现代隐士。他拒绝成为那种花上几十美元买张门票或是买几张 CD 就能一次性消费掉的表演者。

依我的看法（一个业余钢琴音乐爱好者的看法），米凯兰杰利与格伦·古尔德构成了 20 世纪钢琴演奏史上最极端的两个出发点。他们两人的身上都具有那种被推到极致的专注精神，不仅专注于钢琴演奏者与作曲家的种种关联，而且能使围绕这种专注所聚敛起来的内涵和能量抵达钢琴本身——我指的是作为一个物的钢琴。考虑并尽可能穷尽钢琴的可能性，是一件让古尔德和米凯兰杰利感兴趣的事情，但他们两个人做出的努力正好相反：古尔德以具有极少主义倾向的削减手法对待钢琴演奏，通过做出限制来增加钢琴的信息量和精神性；而米凯兰杰利却将钢琴所能发出的各种美妙声音全都释放出来，达到了柏拉图所说的"杂于一"境界。如果说古尔德是以"不"来定义钢琴的，米凯兰杰利则用"是"在定义钢琴，不过，这是那种把"不"字也包括进来的"是"。古尔德的巴赫是一个左手得到特殊强调的巴赫，一个令当代西方知识分子感到迷狂的、洋溢着发明精神的、近乎左派的巴赫，这个巴赫的确立是以限制右手、剔除巴洛克时代的宫廷情调为前提的。米凯兰杰利早年弹奏巴赫的《意大利协奏曲》时，将德奥血统的巴赫拉丁化了，尤其是第二乐章，弹得销魂之至，仿佛演奏者是置身于对托斯卡那一带的典型意大利乡村景物的印象和感受中在演奏，所以巴赫听上去像是撩起乡愁的斯卡拉蒂。二战结束后米凯兰杰利就再也没弹过这首曲子了，但他弹过另一首由布索尼改编的巴赫作品《恰空》。他将该曲的内在建筑（这种内在建筑所揭示的空间恐惧与空间信赖之间的复杂关系乃巴洛克音乐的神髓之所在）完整地呈现出来。遗憾的是古尔德从未弹过巴赫的这首《恰空》。以古尔德弹奏巴赫《创意曲》时所显示出来的对复调空间结构的想象力和精确程度来看，如若他弹奏《恰空》，必将为听者带来与米凯兰杰利的《恰空》全然不同的另一种阐释的乐趣。两种乐趣都是高级的，两个《恰空》交相辉映，两个巴赫相互证实，但又相互分离。如果古尔德当年弹奏过《恰空》就好了。

米凯兰杰利平生所弹巴赫似乎仅限于上述两首曲子。尽管科尔托在米凯兰杰利 21 岁时就惊叹他为"李斯特再世"，但他年轻时弹奏的曲目以小品为主，而且其中不乏三流作曲家的作品。看来米凯兰杰利特有的那种对演奏曲目的关注与对钢琴本身的关注混在一起的倾向早年即已存在，他对钢琴的迷恋，以及从中升华出来的由半是恋物情结、半是超然物外的精神张力所构成的对"钢琴性"的深刻领悟，使得他能将一些无足轻重的三流作品弹奏得煞有介事。我记得一位富有洞察力的评论家对此是这样评述的：手术是成功的，但病人死了。

米凯兰杰利晚年为 DG 录制的德彪西赢得了广泛而持久的赞誉。钢琴性在这里是一种触手可及的现实，如果音响器材足够好的话，我们就能听到一些奇异的、相当敏感的声音，一些经过折射的、层次分明、像午后的光线变化那么微妙的声音，钢琴作为一个物在这些声音里的存在与早年相比起了一些变化：现在，钢琴处于有无之间，它不是什么，但却也不是无。在古尔德的巴赫那里，我们感到钢琴的存在已经被抽象到纯粹键盘乐器的地步，他揭示了钢琴在何种意义上可以不是钢琴。但在米凯兰杰利弹奏的德彪西那里，我们却很难想象钢琴可以是别的什么而不是它自己。米凯兰杰利的完美主义在德彪西的印象主义作品中发出的声音，很可能是钢琴所能发出的声音中最奇妙、最不可思议的声音。我甚至认为，这些声音把钢琴重新发明了一遍。

米凯兰杰利的拉威尔也是无人能及。除了 EMI 录的拉威尔钢琴协奏曲，我还收藏了 ERMITAGE、ARKADVA、Fonè 等几家意大利、法国唱片公司录制的米凯兰杰利弹拉威尔，其中的《加斯帕之夜》被弹得玲珑剔透，充满幽灵气息，令人想到李贺的诗句"羲和敲日玻璃声"。我有他弹的《加斯帕之夜》三个不同版本，除这张 ARKADVA 版（1957 年录）外，还有美国 MUSIC & ARTS 版（1962 年录）及法国 CDM 版（1967 年在布拉格现场录音），全都弹得鬼斧神工，在阿格里奇和波格雷里奇弹奏的《加斯帕之夜》之上，尽管这两个人的《加斯帕之夜》都堪称神品。可惜的是，米凯兰杰利的《加斯帕之夜》录音太差，不知为什么他没有为 DG 录制拉威尔？我那张 ARKADVA 版 CD 上还录有他弹的拉威尔《镜子》《高贵而伤感的圆舞曲》及钢琴协奏曲，演奏之绝妙与录音之粗浊赋予这张 CD 极其古怪的性格。

米凯兰杰利的肖邦精美无比。我问过好几位趣旨不一的爱乐人，假如只选一张肖邦 CD 的话他们会选哪一张，他们共同的回答是选 DG 录的那张米凯兰杰利弹奏的肖邦，反而是我在这张

CD 与 EMI 那张里帕蒂弹的肖邦华尔兹曲集之间难做取舍。如果不考虑录音效果的话，我的首选其实是 Fonè 版的米凯兰杰利弹肖邦，那是现场录音，时间是 1967 年，地点是在他的家乡。米凯兰杰利的精神在这张 CD 中不仅与别的钢琴家完全不同，而且与他本人在别的 CD 录音中（例如 DG 那张）呈现出来的肖邦也大异其趣。他采用了一种不合常规的弹法处理玛祖卡，使听者听出了被伤感涂了些颜色的天真无邪。第一叙事曲他弹得比 DG 版的录音快了整整一分钟，两者之间的不同不仅是速度上的，这里的不同主要是一个解说家与一个演奏家之间的不同——米凯兰杰利的控制力是一流的，他能够在背离和反向中加重自己的信仰，使别的钢琴家无法模仿。这张 Fonè 版 CD 中的第一首曲子是肖邦的第二奏鸣曲，米凯兰杰利弹得如此之好，我每次聆听都有灵魂出窍的感觉。米凯兰杰利在呈现每个音符的细节之美与勾勒全曲的整体轮廓之间保持了至关重要的平衡，并且将一种相当现代的感受与一种垂老久远、带点腐朽气氛的浪漫情愫融汇起来，这是特别适合现场录音的、与春天芳香一块摇曳的、贴着土地和皮肤行走的肖邦。但是，连这个感性的肖邦也仍然是站在虚无一边的：米凯兰杰利声称他从不为任何听众弹奏钢琴，所以他把该曲的第三乐章弹得空无一人。这一乐章他弹了九分钟，这恐怕是时间最长的演奏，霍洛维茨、鲁宾斯坦、波里尼和波格雷里奇这一乐章都只弹了七分多钟，科尔托则弹了仅六分半钟。

米凯兰杰利的莫扎特一向有争议，但假使对什么是真正的莫扎特不加预设的话，我们可能会发现，米凯兰杰利的莫扎特一如他所弹奏的海顿、贝多芬、舒曼、李斯特和格里格等作曲家的协奏曲，是 20 世纪钢琴演奏史上最具文献价值的演奏范本。我觉得，我在米凯兰杰利弹奏的协奏曲作品中听到的东西，有可能是比音乐和思想更为古老的自然，我们的感知器官不过是它的一种痕迹。也许有人预先就在自己心目中假设出一个自以为符合原貌的本真莫扎特，再以此为标准去衡量当代演奏家对莫扎特的演绎，但我并不认为这是明智之举。我倒宁可相信所有的莫扎特演奏都是当代演奏，有多少演奏家就有多少莫扎特。因为并不存在"本来"意义上的莫扎特，正如并不存在"本来的"巴赫，只存在古尔德的巴赫，或安得拉斯·席夫的巴赫。我在听米凯兰杰利演奏莫扎特钢琴协奏曲时，强烈地感到钢琴（而不是演奏者）的存在。诚然，莫扎特创作他的钢琴作品时现代钢琴尚未发明出来，但以为用莫扎特时代的钢琴弹奏莫扎特，或是把现代钢琴弹得像莫扎特时代的钢琴，就有助于恢复原貌，这未免过于天真。对于像米凯兰杰利这样的完美主义者来说，他能建立音乐冥想空间的地方是"无钢琴"的所在，而那又同时是一个"无所在"。他属于那种"不是用思想而是用物来说话"的人，这让我想起另一位享有盛名的完美主义者、法国象征主义诗人马拉美说过的一句话："我不是用思想在写作，而是用词来写作。"米凯兰杰利的音乐世界是一个主体在其中消失的世界，难怪一位美国乐评家会说——米凯兰杰利弹到入神之处，他本人就不在了，似乎钢琴自动在那儿弹。实际上，说米凯兰杰利把钢琴弹得好像没人在弹，或是说他把钢琴弹着弹着就弹没了，这两种感受应该说是一枚硬币的两面。当然，听米凯兰杰利的演奏并非向空中掷硬币，假如有人真要掷硬币才能决定从哪个方向去理解米凯兰杰利的话，他将发现那硬币掷向空中后很可能会空悬在那里。迪兰·托马斯当年写过这样的两行诗：

> 我童年时抛向天空中的球，
> 至今没有落地。

米凯兰杰利逝世已两年多了。而我借助于当代音响技术，仍然在听他演奏钢琴：从1939年，他18岁时的演奏，到1992年他的最后一场独奏音乐会（他在这场告别音乐会上把德彪西《意象集》中的前两首曲子弹奏了两遍）。与其说我不知道是谁在弹，不如说不知道是谁在听。听，就是和弹一起消失。

格伦·古尔德：最低限度的巴赫

在我看来，格伦·古尔德演奏的巴赫，堪称 20 世纪最重要的音乐标记。为什么是古尔德？为什么不是另外几位同样是以弹奏巴赫的键盘作品著称于世的演奏家，比如，在古尔德之前曾如此优雅地弹过巴赫的兰多夫斯卡，在古尔德之后被 DECCA 唱片公司全力推出的安德烈·希夫，以及和古尔德大致同时代的图里克，或赫尔姆特·瓦尔恰？将这几位巴赫专家演绎的巴赫对照起来细细聆听，然后以之为镜鉴，去折射和过滤古尔德的巴赫，我敢说，我们得到的肯定是一个最低限度的巴赫。

古尔德的巴赫是有争议的。如何诠释巴赫历来就众说纷纭，但在将巴赫音乐理解为净化和提升这一点上，则是众口一词的。古尔德对那个高高在上的巴赫不感兴趣，他追问的是巴赫在"元音乐"意义上的最低限度在哪里？多年来，人们在阐释和欣赏巴赫时，总是将宗教信仰的内核视为巴赫音乐的神髓之所在，总是从这个角度去把握和界定巴赫。这似乎没有错。但是，当人们对于巴赫的这种预先规定好了的神学阐释成为一种固有现实，一种权威性的意识形态时，我以为，像古尔德这样的异端人物的出现就是必要的、意义重大的和决定性的了。实际上巴赫远比我们已知的和愿意知道的要复杂得多，深刻得多，除了神学巴赫，是否还存在着一个元音乐的巴赫呢？这正是古尔德想要追问的。巴赫在写作声乐作品和乐队作品时，可以说是一个宗教音乐家，但在写作键盘作品时（少数几首管风琴作品除外），他则主要是个用半音和持续低音来思想的复调作曲家。他透过键盘作品提出或解决的全是关于音乐本身的问题。例如，在《十二音平均律钢琴曲集》这部被誉为钢琴文献中的"旧约"的作品中，巴赫所解决的问题是，如何将当时使用的全音平均律所内含的各种不同的半音安排在八度以内，以便使音阶里的各音调比率相当，而又连成一气。巴赫将八度音大致区分为十二个平均的音调，尽管它们无一完美，但借助于此一协调原则，音调之间就可任意转换了，且每个音调任择其一都可充作主调。不难看出，这部作品中的音乐主题和素材都是关于音乐本身的。又如，《戈德堡变奏曲》也处理了一个音乐原理问题：当左手部分的持续低音（thorough bass）不间断地运行时，音乐的主题如何在右手部分的呈现过程中，保持平行主题与逆行主题之间的变奏张力。至于巴赫的《赋格的艺术》（巴赫没有规定用何种乐器演奏，而我将其视为键盘作品），这部堪称对位法压卷之作的不朽杰作，更是为讨论赋格思想、确立对位原则而写的，属于那种"在百万颗钻石中总结我们"的东西。

像这样一个巴赫是神学阐释所能穷尽的吗？古尔德的出现对我们是一个提问：巴赫的全部已经被弹奏出来了，还是部分？古尔德是巴赫的一个开关，关掉了巴赫音乐中的宗教成分，打开了元音乐。古尔德减少了巴赫，但他的少是如此之多。因为附加在巴赫音乐思想上面的神学阐释已近乎陈腔滥调，古尔德想做的第一件事就是使之消声。也许我的耳朵出了问题，怎么我听古尔德弹奏的巴赫，会时不时产生出某种难以解释的幻觉来，觉得他把巴赫弹着弹着就弹没了声音，仿佛巴赫的复调音乐在最深处不是用来听，而是用来思想的。在一本古尔德的传记中有这样一个细节：他弹奏巴赫作品中某些极为艰深的多声部段落时，常常用棉花塞住两耳。我以为，这么做是为了排除听觉的干扰，以便专注于思想本身。古尔德令人信服地证实了演奏在何种程度上可以不听，听又在何种程度上可以转换为观看。不少古尔德迷都注意到了他弹奏的巴赫具有那种不仅能听、也能观看和触及的特殊性质。这种特质使人着迷。想想看，巴赫复调思想的音乐织体是何等复杂缜密，经由古尔德条分缕析的演绎，被赋予了具体可感的仿型形状，直接呈现为思想和精神的袖珍风景。这样一个巴赫无疑是我们所能听到和看到的所有巴赫中最为清晰的巴赫。

幻想性和分析性的兼而有之，以及技术控制与对位头脑的交相辉映，所有这些加在一起，共同分享了古尔德的清晰度。这样一种清晰度像空心玻璃体那样笼罩着巴赫的音乐王国，巴赫本人站在玻璃内部，他太透明了，以至成了他自己的囚徒。这不仅在音乐表现力上，并且在原理上限制了巴赫——而这正是古尔德想要的。将兰多夫斯卡，图里克，尤其是德国正宗气度的瓦尔恰与古尔德加以对照，我们不难看出古尔德的局限性：他的巴赫没有外观，没有世俗人性的广阔外观。他在演奏巴赫时所呈现的每一个侧面都是内省的，收敛的，反弹的。而且，古尔德式的内敛并不指向被宗教信念或世俗情感定义过的心灵，从某种意义上讲，古尔德是冷漠的，他只对与音乐原理有关的东西感兴趣。他的巴赫的魅力来自他的局限性——既无外观，也无世俗的或宗教的内核，只有元音乐。

就表达 20 世纪对巴赫的元音乐空想而言，没有人比古尔德更深邃，更迫切。不是说别的巴赫专家身上没有这种空想，但细听之余，我的感受是，兰多夫斯卡的巴赫有太多时代精神的回声，图里克的巴赫则嫌少了点理念抽象。瓦尔恰是博大精深的，他把自己的"瞎"嵌入了巴赫的内在精神空间，就音乐性格来说，瓦尔恰的巴赫显然倾向于圣咏传统，因而带有信仰的烛照力量，但在追溯"使语源虚无化"的元音乐源头方面，瓦尔恰不及古尔德走得远。至于希夫，这个以古尔德为对立面的钢琴家，他的反古尔德的巴赫曾短暂地风靡一时，这个巴赫是凉爽清新的，不带精神性的，无深度的，讲究礼貌的，一言以蔽之，希夫将巴赫中产阶级化了。与希夫相比，古尔德太过极端，太冒犯人。没法子，古尔德在骨子里是个一意孤行的左翼知识分子，谁也不知道他在弹奏巴赫时到底设计了多少只耳朵，就像我们不知道一个厨师在晚餐中放了多少盐，这属于生活本身的秘密。考虑到古尔德有时连自己的耳朵也塞住不听，没准巴赫本人复活过来听古尔德的演奏，耳朵也会被他关掉。群众的耳朵不是已经被关掉了吗？要听古尔德必须借助机器的耳朵。古尔德年纪轻轻就告别了现场音乐会，他只面对录音系统弹奏钢琴。别的钢琴家在音乐会上告诉我们该如何倾听那个本真的、全人类共有的巴赫，但是古尔德却躲在自己的录音室里，告诉我们为什么再也没有巴赫可弹奏了，除非巴赫以录音技术作为中介，成为批评的对象，成为专家和现代消费者身上的双重隐身人。录音技术被古尔德用了个够，但不是用来纠错和制造噱头的，而是用于剪裁思想，勾勒音乐性格的。能不能这么说，洋溢于古尔德的巴赫深处的那种有如神助般的发明精神，在很大程度上是由他的音乐天赋与他对录音术的迷恋共同构成的。

尽管古尔德弹奏的巴赫对 20 世纪的众多听者称得上是启示，但这并不意味着他是将巴赫作为圣言、神迹、传奇、戒律来弹奏的。况且，"过多的启示成为某种使魔力丧失的东西"。我想，正是这个原因促使古尔德在演奏巴赫的某些重要作品时，将启示录式的弹法与招魂术式的弹法合并起来考虑。例如，在弹奏《平均律钢琴曲集》时，古尔德持一个知识分子钢琴家的立场，但这部作品听久了，会听出某种蛊惑的异味来，仿佛在古尔德的元音乐立场后面隐隐约约还存在着某些未加澄清的含混事物。虽然再含混的东西都能被古尔德清晰明确地呈现出来，这证实了古尔德的过人之处——含混本身从古尔德身上获得了直接性；但为什么他只是将含混的东西清晰地呈现出来，却对其内涵不予澄清？李赫特在20世纪70年代初精心录制的平均律比古尔德的平均律包含更多的"神奇成分"，相比之下，古尔德过于个人化。尽管李赫特公开声言他弹奏时从不思想，但他的平均律带有相当浓厚的人文思考色彩，他的演绎是深思熟虑的结果，音乐本身被赋予了超出音乐的意图。这里我无意对李赫特版与古尔德版的平均律细加比鉴，但我想指出两者之间的一个重要差别，亦即弹奏场所的差别。我不知道李赫特是在什么地方录音的，但他这个版本似乎有一个被预先规定了的内在精神场所，听者仿佛是置身于一座古老庄重的教堂在听。而古尔德的平均律则传达出录音室所特有的那样一股零件空间的超现实氛围。

古尔德曾两次为哥伦比亚公司录制《戈德堡变奏曲》。将古尔德的版本与其他演奏家的版本加以比较，肯定是一件有趣的事。不仅前面提及的几位巴赫专家全都有《戈德堡变奏曲》的CD版本，阿劳、鲁道夫·塞尔金、费耶茨曼、玛利亚·尤金娜等钢琴家录制的这部作品也流传甚广。不过我认为，将古尔德自己的两个版本做对比，较之与别的版本做对比更能说明问题。在我看来，古尔德在这两个版本中采取了两种完全不同的演奏法——我称之为消极奏法和积极奏法，两者的差异不仅是技法上的，而且是观念上的。1955年版本是古尔德以消极弹奏法诠释巴赫的一个典范之作，在这里，古尔德将一切与音乐无关的感受性东西全都排除在外，不仅外部世界的现状被排除了，包括外界境况在古尔德心灵世界投下的影像，包括他的生存体验、他的伦理观、他的情感状况和价值判断，所有这些全被排除在外。在消极弹奏的整个过程中，弹奏者身上的主体性是被抽空了的，经过消声处理的，仿佛不是演奏者本人在演奏，而是另有一个抽象的、提炼过的人在他身上演奏，此人只考虑音乐的内在意义，而不把这种意义与外在世界加以对照和类比。"与世隔绝是它的现实"。正是这样一种消极弹奏法，给了古尔德比别的巴赫演奏者多得多的诠释自由，使他得以将注意力专注于音乐本身，而不必理会他自己的人生观，也不必理会诸如巴赫音乐中的宗教内涵、时代精神、自传成分等一大堆文献性因素的干扰。就音乐能量而言，古尔德在1955年版的《戈德堡变奏曲》里称得上是一个超人，听者能从音乐能量的热烈释放中捕捉到一丝透骨的冷漠：它是超然世外的，非人类的。消极奏法使古尔德在1955年的版本中自己成了自己的替身，这有助于他保持至关重要的心脑平衡，使演奏听上去既是任性的又是极度克制的，既带点孩子气又成熟得可怕，既传递出一种隐士般的禁欲气氛，又是嬉戏的，无比快乐的，心醉神迷的。

1981年4月，古尔德在纽约曼哈顿东30街的哥伦比亚唱片公司录音棚重录了《戈德堡变奏曲》。考虑到古尔德一生中从未将同一部作品重复录制两遍（现场音乐会的实况录音除外），考虑到他在重录这部作品后不到一年半就辞别人世，或许我们可以将1981年版的《戈德堡变奏曲》视为古尔德的音乐遗嘱。去纽约录音的前几天，古尔德重听了他自己26年前弹奏的《戈德堡变奏曲》，尽管从技术角度他仍对这个版本认同，但古尔德公开承认："我无法与录制这张唱片的那个人的精神形成认同。就好像这张唱片是一个别的人录制的，与我无关。"主体性在1981年录制的这个版本中现身了，古尔德把他生命暮年所特有的那种秋天般的精神状态，以及弹够了巴赫的那份倦怠感和沧桑感，感人至深地在巴赫的复调织体中做了变奏式处理。现在，速度比1955年版明显慢了下来，这是一种适合对话的速度。的确，1981年的版本是对话的产物，我们在其中听到了两个声音，一个是巴赫的，一个是古尔德自己的，它们扭结在一起，彼此是对方的亡魂。我不知道古尔德为什么要把《戈德堡变奏曲》弹得像一个亡灵在弹，或许他深知这是他最后的巴赫了，也是20世纪最后的巴赫。古尔德是在告别。即使这部作品能够放到死后去弹奏的话，我想，古尔德也不会弹得比 1981 年的这个录音版有更多的乡愁和挽歌气息。无疑，这个版本是古尔德本人用积极弹奏法——我对此一奏法的定义是：将主体对生命和世界的体验带入音乐的内在语境，作两相辉映的呈现——所能弹出的最具安魂力量的巴赫。在这个巴赫之后，对古尔德来说，已没有巴赫可弹了。剩下的巴赫，让席夫之辈去弹吧，随他们弹成什么样子。

曾来德的书法与"元书写"立场

　　画家贾勋在谈到曾来德的书法作品时说过一句简单的话——他的字透气。我们不妨从象征性的文化处境去理解这一"透气"之说：书法家们全都挤在鲁迅所描绘过的一座铁屋里从事窒息般的书写，曾来德的字蓦然推开了一扇窗户。所有的人都呼吸到了窗外的清新空气，看到了广阔无际的天空：纸上空间之外的另一类空间。我以为，从这另类的空间去观看曾来德的书法艺术作品，会是一件让人骋其神思的事情。曾来德将生命的基本境况以及他对纯粹精神形式的渴望双重嵌入了他的创造性书写过程之中，他的作品不仅是生命图像的直接呈现，也是对这种呈现的形式处理——或提升，或做出限制，以使作品中的生命呈现转换为形式化呈现。这里似乎存在着某种海德格尔似的"遮蔽"。我无法指出这一遮蔽的确切性质，但我知道，它不单纯是现代感受或时代风尚的遮蔽。有意思的是，生命和纯粹形式的呈现因这种遮蔽而更为清晰、更为肯定。我在想，经由这一遮蔽的过滤，人们的视觉感受力是否会超越传统书法中"法度"和"修养"的限定，朝向自然和生命的神秘律动敞开，朝向艺术创造的至高境界敞开。

曾来德对书法艺术作为"形式化呈现"的本质有着相当透彻的理解，他将传统书法观中的修性因素提升为在书法语言的个人成长与历史成长之间调和所有生命力量的协调因素，促使书写过程从"可以习得的形式"这一层面朝更为复杂的意蕴层面转化。书法被曾来德定义为线条的艺术，但它并不简单地是作为一连串取悦人（或冒犯人）的线条而存在的。这些线条为中国字物理构造上的独立力所证实，但又反过来为其所否定——换言之，这些线条既指涉个人的直觉反应，又指涉非个人的先在诠释；既包含着某种将不同领域中分散的和偶然的因素聚敛起来的结构性隐喻力量，又包含着使之归于解构的潜在可能性。我认为曾来德书法的线条可以同时从作为种族知识与个人知识的线条、作为构成与表现的线条、作为纯粹空间营造的线条以及作为精神音乐的线条等多重层面去考察和把握。不同的考察层面能为我们揭示出书法形式的种种特质。问题的关键在于，对曾来德所理解的书法艺术而言，如果这些特质不是在创造过程中围绕着生命和形式的双重意义被组织起来的，就不可能是决定性的。

当我提及"作为知识的线条"时，我想到马克·布洛克曾经将历史定义为"踪迹的知识。"正如后历史学家在描述往事之前已经受到了往事的影响，当今的书法家在从事书法创作时，一定会感觉到前辈书家的影响和压力。从某种意义上讲，当代书家大多是作为一个影子、一个亡灵在书写，他们所书写的是前代书家早已书写过的。布鲁姆将此称之为"影响的焦虑"。他们关于书法历史的全部观念，以及他们从事书法创作的全部使命——借用马克·布洛克的说法——不过是"复活踪迹"。然而，在踪迹与留下痕迹的事物之间，并不存在一种类似于影像复制那样的相应关系，踪迹的知识所指涉的乃是一种替代性作用。前代书家的亡魂在现今书家的身上活着，代替他们书写。书写者本人的生命则不在场。

我将这种替代性质的书写称之为"定性书写"：书写者不是在空无一字的白纸上书写，而是在布满字迹的纸上书写。这是典型的描红性质的书写。"描红"在这里不仅是作为一种技术手段、而且是作为某种精神症和某种观念上的先在尺度起作用。书写者往往不知不觉地听从"寻迹法"的引导，于冥冥之中追寻书法的真谛。"定性书写"的认识论基础是：人只能书写他事先已经书写过的。所谓书法创作无非是将写过一百遍的字再写一遍。对于"定性书写"来说，"作为知识的线条"这一提法中的知识一词，指的是关于前人留下的痕迹的知识，它所涉及的显然只是已经书写出来的，而不是正在书写、将要书写、尚未书写的。曾来德的过人之处在于，他深知书法艺术之真髓与生命的未知状态密切相关。他与传统书家的相异之处主要体现在书写立场上：他持"元书写"立场。这一立场推崇书写行为的创造性、表现性和可能性。因此，曾来德不像传统书家那样视风格的形成为书法艺术的极致，反而以破坏性的态度对待固定不变的书写风格。他不仅关注书法作为"风格的历史"曾经是怎样的，作为"风格的现状"眼下是怎样的，他尤其关注书法作为"风格的零度"可能是怎样的。对于曾来德所理解的"元书写"立场来说，一切似乎都是可能的，但一切都是"不可能的可能"。他用一只手书写前辈书家、同时代书家以及他自己已经写下的，用另一只手去书写未写下的。他写过一幅"塑我毁我"的字，其内容使我联想到雅克·德里达在广义书写理论中提出的"用两手写"的反省策略，即一手书写，一手擦去（erase）。德里达广义书写的内在基础是对语言生命运动的理解，其理论来源有二：一是海德格尔对西方哲学中的一个关键术语——存在的"擦去"。海德格尔在使用这一术语时，发现它已染上了太多别的意思，成了一个圣词，一个"万能词"，指涉一切却又空无所指。但是海德格尔并没有废除此词，另外发明一个新词来取代它，而是继续使用此词——但限于在他所保留下来的"部分含义"中使用——同时"擦去"其意义过剩的部分，海德格尔在此所涉及的不仅仅是如何对待一个术语的问题。德里达从中受益匪浅，他对待旧有传统的解构策略可以简单地表述为：使用原有语言，但在价值更新与意义转换的层面上将它们"擦去"或"部分擦去"。广义书写的另一个理论来源是弗洛伊德关于语言行为的心理分析学说。弗氏曾用"神秘书写写板"来解说知觉神经组织的构成及功能。德里达通过对弗氏学说的解读和批判，从中发展出解构语言观的一个核心理论，即"心灵书写"。在这里，我们已经触及了德里达思想之要义，他将书写行为看作生命的运动，广义书写不仅指有形书写，更具决定性的乃是无形的"心灵书写"。

将曾来德的书法观念和行为置于"心灵书写"这样的理论语境来考察，或许会有助于人们从某个不可知、不可测度的深处去观看他的书法艺术。这会带来种种晕眩，不仅带来美感经验的晕眩，形式和风格的晕眩，也带来生命中难以呈现的非存有的晕眩。"心灵书写"所面对的正是这种"生命中难以呈现的非存有"，它是无形的、深处的、看不见的书写。这样的书写显然先于工具，既找不到笔，也落不到纸上。没有纸的纸、没有笔的笔、不是字的字使"心灵书写"的书法家感到困惑。他们终其一生也难以领悟：深处的书写有时不在纸上。

"心灵书写"为美国诗人史蒂文斯所迷恋的"最高虚构真实"和法国思想家卢梭所断言的"人类事物的乌有"做出了强有力的见证。在我看来，无迹可寻的"心灵书写"可以被看作是一切有形书写的起源和终结。如果有人打算运用福柯的知识考古学对中国的书法史详加考察，我以为那会是在有形的物理性书写事实中寻觅心灵书写的迹象这么一种性质的考察。从某种意义上讲，创造性地书写意味着生命中某种不可显现之物的显现。美国汉学家高友工先生在《中国抒情美学》一文中写道："每一个书写行为，就像远古的启示性瞬间那样，是在特定场合构成书写者个体显现的独立的行为，可以与远古圣者的显现相比。"不过，这种显现有其神秘之处——如帕斯卡尔所言，当它不可见时，比较好识别，当它变得可见之时，反而不可识别。这里，书法家面对的是一个悖论：心灵书写在物化书写中的隐退并非来自它自外于人，来自它不屑于在知识和历史硬事实中显形；相反，它的隐退来自它的充分显示。

曾来德当然知道，一个职业书法家必须终生与工具和材媒打交道。也许每个书法家都或多或少有那么一丁点"恋物癖"，借此和灵气、直觉、风格之类的观念性存在保持必要的平衡。传统中国书法有其重物质基础、重技术操作的一面，如何驾驭书写工具与材料，往往起着举足轻重的作用。曾来德在这方面堪称一个行家。他对纸、笔、墨等工具和材料的种种特质以及这些特质与书写行为的微妙关系，有着与众不同的理解。有两点值得我们注意，一是他善于将他对工具材媒的理解，转换为在书写的具体技法与书写的抽象语言之间起过渡作用的创造性要素；其二，他极为清醒地将他对工具的理解进一步深化为对隐藏在工具后面的"工具理性"的理解，换句话说，他把本属技术操作范围的问题放到文化处境和艺术变异的基本状况中去追问。我认为，他的追问就其深度、广度及其精神向度而言，已超出书法的行话。

　　曾来德对工具、工具理性的反省和追问并非不着边际的空想，它们最终在"如何用笔"这一至关重要的特定环节上尘埃落定。"如何用笔"不仅是个操作问题，手艺和功力问题，也是一个观念问题。对工具的驾驭和用笔技法不仅仅是一个书法家表达思想的手段，有时它们直接就是思想本身。诗人庞德说：技巧是对一个人真诚的考验。我想，庞德是在"技法即思想"的极端意义上谈论技巧问题的。而曾来德的书法创作也正是在极端的意义上对"技法即思想"这一奇特等式的一种回应，一种深具说服力的见证。曾来德善以超长锋软笔书写，意在强调技术上的难度。他的用笔变化莫测，常常如得神助般将点划线条中飘忽不定的即兴思想倾注到笔端。人们不难在他的作品中发现某种具有混生性质的吊诡笔法，往往是侧锋、逆锋与中锋混用，败笔、误笔与神来笔并存——尽管这一切是精心考虑的结果，但其狂野之处仍然直指传统书法的禁忌，显得像是一种触犯。无疑，曾来德触犯了某些得到公认的东西。他敢于说"不"。几乎所有的书家都只限于用笔写字，而他在以笔书写的同时反过来以字写笔，这是相互抵制、相互辨认和相互"擦去"的一个对话过程。为什么曾来德会选择超长锋软笔呢？除了强调技术上的难度，是否还潜藏着更深一层的用意？按照加拿大传播学家麦克卢汉"工具是人体器官之延伸"的观点，笔可以被视为手的延伸。那么，是否曾来德的手想借助超长锋的笔伸得更长一些，以便书写更为遥远的事物？总还存在着书法家们从未书写过的某些人类事物吧。但它们过于遥远了，不是笔所能触到的。手中的笔还能更长一些吗？

曾来德对沉淀在书法作品中的时间也有着极为敏锐的洞察。他通过对纸张和笔墨的做旧处理，将真实时间与仿造出来的假时间重叠在一起，造成了一种年代久远的文本幻觉。这使我想到意大利当代作家卡尔维诺在其极负盛名的作品《寒冬夜行人》中对"时间零"这一命题的多重处理。曾来德式的做旧包含了对时间的品质、时间的假象做出鉴别这样一种用意，显然，他的鉴别具有非知识考古的性质。他的用意实质上是想要测量出，在由假时间所提供的那种"火气退尽"的历史语境里，真时间所能获得的风格深度。有意思的是，曾来德在做旧过程中所看到的风格化时间，我们这些旁观者也能毫不费力地看到，但却用的是曾来德本人的替代性目光。

曾来德的书法艺术对同时代人的精神生活意味着什么呢？应该承认，有的书法家字写得非常好，但那不过就是写得好而已，他们的作品、他们的书法观念不会对时代精神产生任何影响。阿根廷作家博尔赫斯说过一句发人深省的话：只有二流诗人才只写好诗。法国最重要的当代书家杜布菲也曾提出过"专画坏画"的著名理论。"坏画"在这里有其特定的含义，它是对流行看法中的那些已成俗套的所谓"好画"标准的一种强有力的反叛。要知道，先于创造行为而存在的所谓"好诗"、"好画"、"好字"并不等于艺术，它们所表达的主要是一些关于"什么是艺术"的被公众认可的先入之见。但艺术创造是得失寸心知的个人的事情。它没有必要听命于好或不好这类事先规定的世俗标准，它所面对的应该是一个未知的、可能的、充满变项的世界。观看过曾来德在几年前出版的书法作品集的人，肯定都对曾来德写得一手好字印象深刻，但印象更为深刻的则是：别人费尽心力都难以得到的东西，他往往轻而易举就能得到，可贵的是他又能不断地放弃这些东西。可以说，放弃的过程也就是介于肯定和否定之间的一个求新、求变的过程，我们从中可以看到曾来德的"元书写"立场。他从来不把被人们看作"好字"的东西发展成为固定风格，他对那种凭借某种一望而知的、急功近利的所谓风格在美学上推销自己的做法是不屑一顾的。一个书法家如果仅仅到写出一手好字为止，那恐怕还称不上是一个够格的、精神意义上的书法家。因为写好字不过是对"可以习得的形式"的掌握，它是规范、重复的结果，带有练习和教育的性质。它并非书法创造的终止，而是其开端。就对当代精神生活的影响而言，起决定性作用的并不是字写得好不好，而是经由书写行为得以释放的生命和艺术的潜在能量，以及由此传达出来的那种特异的、带启示性的、有时是激动人心的精神氛围。置身于曾来德的书法艺术世界，我们能够感觉到与此相似的、萦绕不散的精神氛围。仅此一点就足以证明他真实而神秘的影响。

我有幸观赏曾来德的部分原作。我感觉到多年来自己对中国书法的"灵韵"式体验被一种极富当代性的"震惊"体验所击碎。我第一次用一种完全不同的目光来看待书法，不是把它看作书写或文人骚客的个人修养、个人趣味以及修身养性的闲情逸致之产物，而是看作最本真意义上的艺术。我从曾来德身上看到，对于中国书法来说，创造一种在人类精神文化领域中综合全部真实——包括经验的真实与最高虚构的真实——的艺术形式是可能的。我做出这样的断定，并不是基于某种不切实际的狂想，而是基于我对曾来德书法创作的严肃认真的考察。曾来德属于俄罗斯著名的现代画家卡西米尔·马列维奇所说的那种"对手铐感到兴趣的自由人"。他可能是书法史上最为自由的书法家。但越是自由的艺术家越是对精神上的手铐感兴趣。手铐在这里当然不应被理解为"恋物癖"的对象，而应该被看作一个形式命题，一种精神事实。曾来德与某些"现代书法家"、"后现代书法家"的根本区别在于，他的自由从来不是毫无节制的自由。稍具书法史知识的人，一眼就能从曾来德的作品中看出他对传统文人书法和民间书法资源的广泛吸取，他的"个人面孔"后面隐藏着传统文化原型的"集体面孔"。我们可以从继承、批判、突破等不同角度去理解曾来德的"个人面孔"与"集体面孔"的关系。

从他的"个人面孔"闪现出来的高贵自由，包含了对"集体面孔"这一象征性手铐的迷恋和深刻反省。这一手铐带来的限制越多，我从中得到的自由也越多，越有价值，越不可能被滥用。众所周知，没有被滥用的自由才是真正的自由。

1998 年 12 月 7 日于北京西郊

20 世纪 90 年代的中国先锋艺术

西方先锋派美术与大陆先锋派美术

种种迹象表明，中国的先锋派艺术家进入 20 世纪 90 年代后的历史处境与西方先锋派艺术家在 20 世纪 80 年代初的处境极为相似。两者都面临大致相同的理论质疑：先锋艺术是否已经变成历史上的一个时期（对于中国，这是一个相当短暂的时期）的风格，先锋艺术是否已经耗尽了自身的巨大创造能量，正在变成新的陈腔滥调？

姑且不去深究这些质疑，仅就中国先锋派艺术与西方先锋派艺术表面上相似的历史处境而言，似乎给人这样一种印象：前者正在重蹈后者的覆辙，只是一切被推迟了十年而已。我认为，这种印象是由误解和假象造成的。在美术方面稍具历史知识的人都知道，西方先锋艺术作为一个文化上的激进概念，主要是由欧美中产阶级及其自由信仰、多元文化观的兴起培养出来的，它所表达的主要是通过文化上的挑战促进社会复兴这样一种持续的人文理想。西方先锋艺术作为一个历史神话，其本质是：艺术家是先驱者，不满现存秩序者，激进的甚至是破坏性的革命者，真正有意义的作品是为未来做准备的预见性质的作品。这一神话显然在整个西方知识界的许可下获得了双重权力：既享有通过将自身的激进创新强加给社会从而影响社会生活的权力，又享有不被理解——至少是不被迅速理解和不被太多的人理解——以便维护其"无用性"和"孤独性"的权力。前者是先锋美术在微观政治领域所要求的世俗权力，后者则是关于乌托邦梦想的某种内心要求，或者说，是关于美术自身历史发展的某种权力要求。上述两种权力西方先锋派美术家都得到了，但两者都不能保证先锋美术——无论是作为某种思潮、某种运动、某种生活方式，还是作为具体的美术产品——有效地避开（为什么要避开呢？）在公共生活、传播媒介、批评机构和学术界、博物馆和商业市场等诸多领域中的成功，而事实证明成功本身会反过来削弱、终至取消先锋美术的先锋性。这也许不无讽刺性：以反对现状、体现异端为其精神象征的先锋艺术，到头来发现自己的根实际上深深扎在现状之中，发现自己的存在比传统美术更离不开博物馆、舆论界及拍卖机构的庇护。如果说毕加索（Pablo Picasso）当年宣称"博物馆不过是一大堆谎言"时还多少体现了某种勇气和自傲的话，那么，这样的勇气和自傲在诸如行为艺术、观念艺术等先锋艺术那里已不复存在：不少先锋艺术必须依赖博物馆作为自身存在的先决条件。极少主义雕塑家卡尔·安德列的作品《同等物Ⅷ》是一个著名的例子。美国艺术评论家罗伯特·休斯（Robert Hughes）认为，如果罗丹的某件雕塑作品放在停车场的话，那仍是一件放错地方的艺术品，而安德烈的《同等物Ⅷ》（一堆砖头的整齐列阵）如果不放在博物馆，而是放在停车场，它就只能是一堆砖头。这当然是个极端的例子（但并不是罕见的），不过，博物馆、大学、传播媒介、各种基金会对西方先锋派的庇护，双方的平行合作关系则是有目共睹的历史事实。先锋美术与官方艺术的对立已不复存在，按照罗伯特·休斯的说法，先锋派本身就成了官方艺术和学院派。先锋派艺术家仍然可以享有不被理解的权力，但这已成了一个语义学范围内的次要问题，因为社会显然拥有购买、收藏、展出先锋派美术作品和对其表达敬意的权力，就像当初对其表达敬意和蔑视那样：两种情况似乎都与理解无关。

上述现象到目前为止尚未在中国先锋派美术家身上发生，这是一种幸运还是不幸，恐怕要再等上一段时期才能做出判断。不过有些问题则是相当确定的：我们不可能从中国先锋美术的成长史中看到博物馆和庇护先锋艺术的大型基金机构的存在，也不大可能从中看到作为某种独特的趣味和见解、作为独立的艺术市场起作用的本土中产阶级的存在（中国本土的中产阶级在相当长的一个历史时期将仅仅作为经济和准政治变化过程中的一系列相应环节起作用）。我们甚至不能从先锋美术的历史成长中看到他们与官方美术的对抗：由于在先锋美术所擅长的油画和雕塑这两个领域中官方美术的传统都是脆弱的，因此先锋派与官方美术的对抗是不成比例的、难以生效的。真正能为中国先锋美术的兴起和变迁提供压迫感、兴奋感的对抗恐怕只能从更为广阔、更为复杂的社会生活中去寻找。显然，我们从中国先锋美术的现状看到了西方先锋美术的重要影响，但简单地将两者加以类比并不能帮助我们深入了解中国的先锋美术。要想得出切合实际的回答就必须考虑中国先锋美术的独特性。

权力的阴影与"现代性"隐喻

中国先锋派美术家在20世纪80年代面对的一个主要问题是如何引起公众的注意。在这一点上他们大体是成功的：依靠自身的努力以及知识界中的激进力量的支持，依靠一系列民间团体性质的非正式展览，依靠某些具有轰动效应的事件——例如，1988年10月在中国美术馆的现代美术展上发生的枪击事件及卖虾事件——先锋美术在80年代的大部分时间里都显得引人注目。但如何在90年代保持公众的注意力、如何将先锋运动初期的迫切性转化为成熟的历史事实则不那么简单，因为先锋派美术家们不仅要考虑商品经济和流行文化的影响，尤其要考虑那场政治风波带来的严重影响。尽管后者的影响与先锋诗界、精英知识界相比并不太大，但不可否认的是：自那之后，在先锋艺术与公众生活之间出现了权力阴影。

权力的阴影实际上存在已久，进入 90 年代后这一阴影日渐明朗化了。在考察权力因素对 90 年代先锋美术的影响问题时，必须对先锋派美术本身的复杂性有所了解，因为仅仅单方面地强调官方的压制恐怕难以阐明真相。下述事实应该首先考虑：无论潜存于先锋美术的理想和行为中的是什么样的力量，为其提供社会历史隐喻的只能是现代性。离开这一隐喻，先锋美术运动在中国充其量只是置身局外的一场具有草莽气质的美学闹剧而已。但与此相反，也许更为严峻的问题是："现代性"这一隐喻并不是从中国自己的历史中产生出来的，而是一个国际性的、主要是西方当代史的隐喻。也就是说，中国的先锋美术运动实际上处于本土国家机器及西方话语体系的双重权力阴影之中，后者为先锋美术预先规定了美学范本、话语场所、准则及价值观念，前者则作为加以确认的敌对面起作用。这是必不可少的作用，因为先锋派需要政治领域里的意识形态敌对力量来为对抗提供修辞基础和英雄幻觉。必须指明的是，先锋美术与极权政治的敌对关系并不是天然地隐含于先锋美术的本质之中的。"现代主义的风格价值——随便，几乎可以服务于任何意识形态的利益"，这是罗伯特·休斯在影响广泛的《新艺术的震撼》一书中对 20 世纪 20 年代俄国构成主义艺术与苏维埃政体的关系，以及 20 世纪 30 年代意大利和德国的立体派、未来主义、至上主义与法西斯极权政治的关系进行了深入细致的考察之后得出的一个结论。休斯令人信服地分析了上述先锋美术倾向是怎样衍变为"视觉上的社会主义"、"法西斯政治的家常风格"的。我认为，产生这种现象的一个重要原因是，作为先锋派美术运动的社会历史隐喻的"现代性"乃一个各方都乐于援引的中性概念，如果我们只是从"历史在文化水平上的不断更新"这一角度去理解现代性，并将这样的理解等同于对先锋美术的历史使命的理解，我们很可能会看到，这实际上能够为从极右到极左的极权政治所接受——不断更新正是他们政治纲领的一部分。这里，关键似乎不在"现代性"隐喻本身，而在于它的上下文关系。从某种意义上讲，20 世纪 30 年代的欧洲法西斯主义可以看作关于"现代性"的世界性隐喻失去控制的结果，而当代权威主义政治实践的要害问题则是将"现代性"过于武断地限制在国家利益、物质生产这一唯物论的上下文关系内，完全排除了个人精神自由、个性差异这一类必不可少的历史因素。

如果上述分析是有道理的，那就意味着先锋美术的敌对面不是先天性的（至少理论上如此），而是在自身的历史成长中选择出来的，主观认定的。换句话说，先锋美术与权力的对抗并不起源于客观性和必然性，而是植根于某一道德上的假设及个人良心的承诺。这里很可能存在着一个理论上的悖论，因为先锋美术作为激进的历史运动显然并不直接源于任何形式的道德命题。好在中国的先锋派美术与权力的对立可以换一个角度从实践方面去考察，这样一来问题就变得简单清楚了。先锋派产生自己的神话、自己的杰出人物、自己的风格趣味和自己的阐释系统；先锋派将花样翻新的姿态与怀疑精神、亵渎冲动、否定倾向紧密联系起来；先锋派蔑视权威，崇尚异端，传播不满现状的强烈情绪——所有这些都是保守的意识形态所敌视的。当然，这种敌视有助于提高先锋美术的知名度，并且带来某些意想不到的好处。在这种情况下，如果人们要深究先锋派美术家们保持与守旧文化的对抗姿态究竟是基于道义和良心上的理由，还是出于功利方面的考虑，实际上是相当困难的。二者如何区分，由谁来区分，有必要加以区分吗？我真正关注的是对抗后面的二元对立模式给先锋美术创作带来的实际影响。近年来二元对立模式本身已在欧美思想界受到深刻的质疑，这对中国先锋派是一个必要的提醒。将自身的力量寄生于挑战对象上是危险的、短视的，它将导致二元对立的绝对化。这正是中国当代文学艺术（包括先锋派人士）迄今无法产生文化巨人、而只能产生一些"各领风骚两三年"的明星人物的症结之所在。难道中国的先锋派艺术运动只能以挑战对象作为推动力量，作为群体认同点，作为注意力的焦点，而没有更广阔的文化视野吗？权力的影响是复杂和微妙的，它往往会在历史行为中培养出对权力的不知不觉的依恋，有时候甚至反抗也不过是这种依恋的隐秘变形和折射。对此，我们应有足够的警惕。

先锋美术与阐释行为

与传统艺术主要是一种观看的艺术不同，现代艺术在本质上是阐释的艺术。当然，阐释仍然是针对观看的阐释，问题是由谁来阐释？针对哪一种观看行为——观众的，批评家的，抑或是画家自己的——做出阐释？这是一个涉及先锋派艺术全部秘密的根本性问题。对此秘密的回答构成了先锋艺术与社会生活、与批评活动的基本关系，也构成了艺术家相互之间的关系。笔者认为这是一个扰人的但又带来活力的秘密。不仅因为先锋美术作品一经阐释就成了别的东西，还因为作品本身既拒绝阐释，又带着这种拒绝到处要求被阐释的权力。

由于先锋美术运动是一个国际现象，阐释的视野不可避免地要扩大到西方先锋美术的范围。这样的情况是常见的：我们在先锋绘画中看到的某个形象实际上只是对另一个形象的揭示（或相反，是一种掩饰）。去年 12 月 19 日《纽约时报》星期日杂志以中国先锋派画家方力钧的一幅油画作品作封面，该作品的人头形象一下子就让人想到挪威现代派画家蒙克（Edvard Munch）在其杰作《呐喊》中处理过的那个形象（这一形象本身又有一个考古学的起源：一个秘鲁出土的、在1899年巴黎博览会上展出的印加木乃伊）。很难推测方力钧是否受到过达利的启示，但达利的偏执批判方法——人们看着这一件东西却看见另一件东西——用在方力钧这幅作品与蒙克的《呐喊》之间却是恰当的。从阐释的角度看，最重要的不是形象与形象之间的联系，而是联系后面的思想艺术依据。我们从蒙克《呐喊》中的形象与那具印加木乃伊形象的联系看到了蒙克身上的北欧传统的神秘主义惶惑意识，看到了蒙克强烈的原始色彩感受。而达利式形象批判的偏执之处在于：他在真相与假象的联系之间（即看着与看到之间）放置了一架颠倒过来的望远镜，从而在观看的历史行为中强加了一种永远无法消除的距离。方力钧及另一位中国先锋画家王广义则与达利的做法相反。他们作品的巨大尺寸（令人想起美国20世纪70年代波普艺术作品的尺寸，想到当代广告的尺寸），作品中出现的形象所采用的特写手法（令人想起"文革"宣传品处理领袖头像的政治广告手法，王广义的作品《大批判：万宝路》《大批判：柯达》则直接照搬"文革"海报中的工农兵形象），以及作品对于形象细节的粗疏处理，都证明他们意在消除达利式的批判距离，一种艺术的异常洞察力与所见之物间的距离。也许区别在于：达利是站在艺术感受或个人幻觉的立场上，而方力钧、王广义则是站在现实经验的立场上？

这是否意味着方力钧、王广义等某些中国先锋美术家是在为公众创作，并且是以美术界的公众人物的身份？这本来应该受到欢迎，因为中国先锋艺术需要几位像沃霍尔（Andy Warhol）那样的公众人物保持自己的影响力和争议性。我感到不安的是，某些先锋艺术家为公众创作的形象，很少显示出他们个人的艺术想象力，而主要起源于某种非艺术的阐释系统的期待。这是一个相当危险的历史文化圈套，因为人们到头来会发现：某些先锋派人士用以对抗官方宣传行径的，恰恰在功能上属于宣传美术那一套。像王广义《大批判：柯达》这一政治波普作品就是迎合非艺术阐释期待、按照某种预谋性质的社会标签制作的一个典型例子，它无论从形象处理、符号选择、语义设计等哪一方面看，都与世俗流行文化的消费原则有关，是取消了能指的庸俗社会学阐释行为的直接产物、是大众心态、已成陈迹的亚文化隐喻及工业产品广告加以混合而造成的一个似是而非的东西。它甚至不是一种对西方波普美术的模仿、抄袭，它只能算一个赝品。在这样的作品，以及在其他一些被视为先锋派的画家 20 世纪 90 年代以来所制作的政治波普作品面前，一个简单的问题应该被提出来：这究竟是先锋派美术，还是伪先锋美术？我并不是指所有的带有政治波普倾向的作品，但的确有相当数量的这类作品大可质疑。不仅在艺术上它们一无可取,即使从社会阐释的角度看也非常可疑,因为它们消解个人经验,将人们对严酷现实的内在体验变成一个游戏性质的视觉解码过程,所谓不满现状、对抗官方也仅仅是一种被夸大了的表演姿态。表演,这是中国人最熟悉的民族文化现象:在70年代表演忠字舞,在90年代表演大批判。

清醒的先锋美术家不是没有,但他们的创作行为显然与批评界的阐释行为脱节了。中国的美术批评界在20世纪80年代曾为推动先锋艺术起过相当重要的历史作用。但在90年代,一些著名的先锋美术批评家失去了至关重要的客观立场,失去了公正性洞察力、想象力,他们与某些画家的关系已经变成合谋性质的,而这只会给美术创作和批评活动两方面都带来混乱。1992年10月由一群青年美术评论家主持的广州双年展上,王广义大批判系列的另一幅作品《大批判:万宝路》获得了一等奖,这件事证明批评界存在着真正令人迷惑的方向性问题。

谁来给历史定价?

1992年10月的广州双年展是中国先锋派美术运动兴起以来第一个由民间主办的大规模商业性画展。该画展体现了一个非常明确的战略性构想:将中国美术创作全面推向商业市场。此一构想也是创办于 20 世纪 90 年代初的美术评论杂志《艺术·市场》的主旨，该刊有意识地想在艺术标准之外提出一个判定艺术家的创作活动能否在当代生活中生效的基本标准：金钱标准，也就是说，该刊想通过定价的途径为公众、为历史提供一个判定艺术作品高下的"批评"标准。这样做的危险性在于：在确立艺术标准的历史性努力中，先锋美术家好不容易才从权力标准的巨大压力下获得有限度的自由，现在又面临金钱标准的压力，尤其当批评界想要通过批评行为努力促成金钱标准与艺术标准并轨时，其危险性更是显而易见。因为，在实施金钱标准判定艺术品质的实际操作过程中，画商的生意意识及买主的平庸审美趣味所起的作用毫无疑问远远大于艺术家及批评家的作用。《艺术·市场》杂志曾刊登过不少谈美术创作与市场买卖之关系的文章，其中两篇的题目分别是：《谁来赞助历史?》《谁来给历史定价?》。且不去甄别文章所讨论的那些商人们愿意赞助或购买的美术作品是否就能代表历史，那种企望公众社会用一个经济神话取代官方意识形态神话从而促进美术繁荣的想法很可能只是一个虚妄之念，一个噱头，一种新时代的作秀姿态。无论是美术家还是批评家，总不可能要求市场的盲目性力量来推动美术的发展，为美术创作提供一个新的历史方向，就像当年暗中期待官方美术展览会的奖励那样。从前依靠艺术家、批评家、知识界没有能够解决的问题，现在借助金钱的力量真的能够解决吗? 市场真的能够给艺术定价吗：不仅给作为商品的艺术品，也同时给作为"历史"的艺术品定价？

当然，金钱对于先锋美术是起到了某些积极作用的。例如，金钱减轻甚至几乎消解了某些艺术家多年来面临的个人生活压力，减轻或转移了美术产品本身的政治压力。先锋美术品一旦进入市场后，就成为一个经济事实，其政治上的和风格上的异端性（至于有没有这种异端性，则是另一个问题）受到金钱和与此相应的市场法律手段的维护。但必须指出的是，金钱从来就是一种权力形式，而社会对艺术——无论是传统艺术还是先锋艺术，东方还是西方——的巨额投资行为从来就是实用人生观与历史妄想症的奇特综合。一个典型的例子是西方市场在20世纪70年代中对俄国构成主义作品的追求，这些作品在相当短的时间内由每幅十几美元涨到几十万美元，在这种情况下我们只能说西方社会不是依靠正常的美学体验过程，不是依靠批评界的鉴别能力，甚至不是依靠大众传播媒介的作用，而是单方面依靠商人的投资直觉，依靠金钱的实用性和狂妄性"发明了"这些作品的意义。完全相同的作品，起初售价几十美元，后来则为几十万美元，这一过程中发生变化的肯定不是作品的艺术价值，而是其市场价格，两者永远不可能成为一个相同的判定标准。据我所知，中国先锋画家及写实画家的作品近年为亚洲美术市场看好，市场价格正在上涨。但高到一定的价位之后就成了与作品本身无关的事情了，甚至成了买卖黑幕的一部分。这种例子是有过的：有人要在公开拍卖会上收购某位艺术家的作品，他的收购方法是花钱请人与他报价竞标，将该作品售价戏剧性地大大提高后才购入（也就是说，低价不要，高价才要），原因是买主已收藏了那位画家的不少作品，当他以公开的高价购入时，高价会获得一种受到传媒渲染的商业广告效果。

中国目前正在经历市场经济的猛烈冲击。对美术界而言，现在已基本上没有地下美术与官方美术、保守美术与激进美术的明显对抗，所有差异变成了一个区别：成名的与未成名的美术家的区别。这可能是一个世界性趋势。一些人发迹，另一些人潦倒，这是否也可以算作"让一部分人先富起来"的政策在美术界的一个版本呢？当然在其中起作用的不会是政治政策。仅仅是金钱在起作用吗？我并非美术界的圈内人，但多年来始终关注先锋美术家的历史命运。他们如何在这个中国历史的转型时期，如何在发迹和潦倒这两种相反的人生境况中保持现代艺术的巨大能量，保持先锋性、批判活力及个人神话，这将为世人所瞩目。

技法即思想

（一）

在解构风格、政治波普风格以及艳俗风格逐渐成为当今大陆主要的美术时尚时，应该如何看待像何多苓这样的写实风格画家的影响和作用呢？我以为，首先必须去掉那种认为只有抽象、解构这一类较为极端的实验性风格，才代表现代美术运动中的革命倾向，而写实风格的绘画则应天然地划归保守倾向这样一种偏见。绘画艺术中的革命性、实验性和现代意识，实际上可以在各种不同的绘画风格中（甚至那些看似守旧的绘画风格中）得到透彻的表达。比如，意大利画家基里柯（Giorgio de Chirico）和比利时画家马格里特（Rene Magritte）在表达自己激进的艺术思想时，所采用的都是写实的技法。何多苓就其天性而言不是那种对风格的花样翻新和时尚的更替变迁感兴趣的画家，他的兴趣、他持续不变的注意力在"绘画性"本身。收集在这本画册中的数十幅带有小品性质的即兴之作，全是何多苓在 1992 年底至 1993 年 3 月这段时期内创作的，它们集中表明了何多苓对微观语义设计的独特兴趣。这些作品大都是相当个人化的，如果我们将其中的"绘画性"定义为何多苓本人所说的"技法即思想"，那么，对这一定义的起源的追问，肯定会带出对这一定义的当代含义的追问。因为尽管何多苓近期的许多作品借用了传统中国绘画的某些母体、意境和技法，但无疑，深刻的现代意识依然是其创作的主要特征。

虽然何多苓 1992 年底所画的作品风格各异，技法也并不统一，但它们有一个共同的特点：所有这些作品都是一次画成的。而何多苓在 1993 年所画的作品，则几乎全都采用了油画中的多层画法，它们都是在有色底子上画出来的，而且不是一次画成的。可以说，这些作品包含了犹疑、重复、强调、遮蔽等思想性因素，如果有人断言它们已经具备了严格意义上的正式作品的基本要素的话也并不为过。显然，何多苓在实验一种介于正式创作与起稿之间、并且在中途就显示出结果的风格，这是那种"超出了变对不变的理解"的风格，是那种将预先构想与作画过程予以隐秘混淆的风格，它是何多苓从深思熟虑与随意为之、刻意经营与偶然所得这样两种完全不同的资质中发展出来的。这种风格倾向于认为：种种精神症候无非是想法与画法之间的差异的修正比。有鉴于此，何多苓才会说：技法就是思想。当然，何多苓的这一说法是个人性质的，它局限在专业的领域内，既不试图直接地、粗暴地改变当代美术的主要潮流，也不强加给公众任何新的方向、新的时尚。何多苓的所思、所言、所做是敏锐的、探究性质的、承担责任的。他的与众不同之处在于，他敢于说"不"，而且是在别的画家说"是"的地方说"不"。这是一个需要花费相当长的时间来削弱流行见解，对当今艺术无休无止的花样翻新、对被滥用的自由做出限制，并对真正的艺术与伪艺术做出区分的历史过程。我以为，这一过程一旦完成，艺术的革命就会变得更加深刻。

（二）

熟悉何多苓绘画艺术的人都倾向于认为，最能体现他本人修养和个性的精心之作乃是他的素描作品。在他的人体素描作品中，技法和风格不仅构成了对物质现实起仿效和过滤作用的次生性质的模仿资源，而且直接构成了"非仿效"的精神要素和形式要素所指涉的文本原创世界。在这一文本世界中，何多苓式的独语洋溢着一种潜在的、奇特的对话气氛——由于这种气氛，甚至那些沉默的、不起眼的细节也会从深处发出极为敏感的声音。对话与其说是介于世俗性与超越性之间（亦即画家与他所画的对象之间），不如说是介于幻想性与分析性之间（亦即画家想要画出的东西与他实际画出的东西之间）。这种默想性质的对话避开了预设的现实，换句话说，何多苓在从事素描创作时所面对的不再是一个他必须加以仿效和复制的纯客体，而是绘画过程本身，这是他在这一过程中确立起来的（也可以说是发明出来的）主观现实。何多苓所喜爱的美国现代派诗人史蒂文斯将此一现实命名为"最高虚构真实"。

在我看来，何多苓的女人体素描体现了从感官印象转向精神性暗示，但又并不排斥感官印象的微妙的平衡才能。如果我们从一个与此相反的角度，即大多数当代画家所乐于接受的走极端角度，去看待何多苓的这种平衡才能，也许我们对何多苓的深思熟虑和不随流俗会有更深的理解。何多苓拒绝采取当代艺术中走极端的策略，长久地沉溺于自己的敏感天性和平衡禀赋之中，以使绘画过程中相互背离的诸多因素能够并存，他这样做在很大程度上是基于对精确度的迷恋。显而易见，把精确度作为一个风格问题、一种思想尺度来考量，是何多苓创作其素描作品的关键之所在。精确度实际上是一个汇合点：它使得幻想性和分析性能在同一个意向、同一种语义设计中平分秋色，并使何多苓能够直截了当地把绘画性定义为"技法直接就是思想"。何多苓对精确度的考量实际上已经触及了绘画艺术的根本秘密，这一秘密或许可以借诡论修辞术表述为：尽可能清晰的复杂性，以及尽可能少的多。

我曾在另一篇文章里谈到过，何多苓的素描作品不是感官性的，而是精神性的。也许真正值得我们注意的是两者之间的过渡，其微妙之处不在两者的相互抵制，而在两者的相互印证。当然，我指的是那种貌离神合的印证。在这里，何多苓将精神世界与感官世界、词与物之间"似"与"不似"这一命题，改写为"是"与"不是"。观看收集在这本画册中的女人体素描作品，我们无法看到刺激感官的、经验领域的女性身体，也不大可能看到浪漫销魂的、情感领域的女性身体，我们看到的只是作为一种美术语言、一种精神实质而被发明出来的女性身体。我们可以感觉到画家本人对女性身体美的迷醉，但这是那种矜持的、克制的、由"分离的技巧"加以确认的迷醉。女性身体在这里是变成了形式和风格要素的身体，也就是说，身体本身在绘画过程中变成了冥想、陈述、演奏身体的一种语言方式。精确度到处都在起作用。我想，假如我们不是把何多苓的技法简单地视为教学训练的结果，而是看作思想的结果，那么，借助于何多苓的技法不仅能使我们对"绘画性"理解得更多、更深入一些，而且对我们观看和理解作为物质表象、作为一种自然的女人体也会有帮助。因为何多苓在认真地寻求新的表现技法，力求从传统"猎艳"的审美情趣中解脱出来，试图从女人自身未被窥视状态下的本能肢体语言中发现"瞬间的秘密"，以形成一套独立的符号系统。无疑地，任何人对艺术之美的观看都是从对现实之美的观看借来的，但没有人能否认好的艺术家所具有的虚构力量和发明精神。常有这样的情况，不是我们看到了什么艺术家才画下什么，而是艺术家画下什么我们才看到什么。因为"看"对于像何多苓这样的艺术家来说，是从习见之物中揭示不可见之物的一种契机。从某种意义上讲，看，正如技法，乃是思想所赐。

1997 年 10 月 8 日

纸手铐：一部没有拍摄的影片和它的 43 个变奏

影片《纸手铐》在三个层面上展开。

在第一个层面上，该片将以故事片的虚构形式直接呈现一个人的真实经历。那人作为一名"思想犯人"，20 世纪 70 年代曾在一座极为偏僻的、近乎抽象的监狱里被囚禁了数年。那是一个物质极度匮乏的年代，这种匮乏在这座监狱里也有所反映：该监狱关押了近千名囚犯，但只有十来副铁铐。这对于维持正常的监狱秩序是远远不够的。

于是，纸手铐被发明出来。囚犯如果违反了狱规，其惩罚不是直接用铁铐实施，而是以监狱管理人员即兴制作的纸手铐来象征性地铐住囚犯的双手，惩罚时间从三天到半个月不等。惩罚期间，若纸手铐被损坏，则立即代之以铁铐的真实惩罚（铁铐每副重达 30 公斤）。如果惩罚期满时，纸手铐仍然完好无损，则不再实施铁铐的惩罚。

纸手铐被发明出来之后（无论它是作为一个玩笑，还是作为欠缺物质性的无奈之举），囚犯们为逃避铁铐的惩罚，全都神经质地、心力交瘁地保护纸铐不被弄坏。长年累月这样做，导致囚犯在心灵的意义上普遍患了"纸手铐恐惧综合征"。

该片的主角（叫什么名字不重要，我们暂且称他为"那人"）对纸手铐的恐惧，起初体现为对记忆的恐惧，而记忆是他维系与入狱前的自由生活之真实关系的唯一途径。他的父亲是一位享有盛名的民间剪纸艺人，其"纸鸟"作品系列千姿百态，广为人知。影片主角自小耳濡目染，心追神往，受父亲影响之深可想而知。通过"纸"来表达飞翔的愿望，成了他内心深处萦绕不散的一个深度情结。

档案是这样记载那人的入狱原因的：胆敢将主席头像裁去一半，折成纸鸟，到处飞着玩儿。这是怎么回事呢？

原来那人暗恋上了一个女孩。他发现女孩每天黄昏都会独自一人在空地上看飞鸟，有时会痴痴地看上一小时。于是那人突发奇想，决定用纸折一只鸟送给女孩。但他找不到中意的纸。物质匮乏的年代，好纸得用来印制主席像。那人只好用主席像反过来折（纸张太大，就裁去一半）。女孩得到了纸鸟，欣悦之余，将纸鸟带回家中，拆开来想照原样折出更多的纸鸟。女孩家长发现纸鸟是用主席像折叠的，而且是半张主席像。这可是个大案。那人就这样被抓进了监狱。

在监狱中，那人必须与自己的童年记忆、青春期记忆决裂：同样是"纸"构成的现实，从前是关于飞翔的，现在则是关于禁止和惩罚的。最终他对纸手铐的恐惧变成了日常生活。他终日沉湎于纸手铐幻觉之中，双手在任何时候都呈现出被铐住的样子，甚至在梦中也是如此。并且，他不能忍受纸撕碎时发出的声音，他对那个声音极度敏感，深怀恐惧。

纸手铐的"囚禁"主题变形为"听"：对纸撕裂时发出的微弱声音的一种听，非常遥远的、几乎没人在听的一种听——在纸里听到铁，在各种声音中听到纸。一种连它自己都不是的声音，可以任意被改写为任何一种令人恐怖的声音。影片的主角第一次听到那声音（纸铐被撕碎的声音）是在梦中，当时他正好梦到一枚伸手可摘的苹果，他双手向上去摘那苹果时，铐在手上的纸手铐撕碎了，他听到了一种类似于刀片在割、锉子在锉的带铁锈的声音——与其说是听到的，不如说是感觉到的。

诸如此类的细节对我们来说可能是思想的隐喻，但对那人来说则是每天的现实。以至出狱多年之后，这种"纸手铐恐惧综合征"仍然在他身上起作用。他双手被无形的、内心的手铐固定在某处，永远呈现出被铐住的样子。他只有在"被铐"的状态下才有安全感，才能感到"手"的存在，才能安然入眠。他依靠对纸手铐的想象活在世上，纸手铐对他来讲既是恐惧又是一种类似于乡愁的"迷恋"。他只能在幻想中但不能在现实生活中听到纸撕碎的声音，比如，拆开一封信的声音。出狱后，他收到过那么多来信，但他从不拆开。那些来信中有那女孩的来信吗？女孩一直在等他吗？在命运的意义上，他将错过什么呢？

影片的第二个层面是对上述故事的即兴讨论。

这个部分将用纪录片的手法拍摄。讨论不加预设，主要围绕以下几个命题：

其一，想象中的监狱比真实的监狱更为可怕，因为没有任何一个人真的关在里面，但又可以说人人都关在里面。这个监狱是用可能性来界定的。

其二，纸手铐带来的"不自由"的恐惧在于：它太容易挣脱，因为它取消了"铁"这样的物质现实，囚犯一不小心就挣脱了它，完全不想挣脱也不行。纸手铐一撕就碎。在这里，惩罚变成了游戏和玩笑。一种肉体的悲剧结束了，代之以一种心智的喜剧。

其三，考虑虚构的能量。纸手铐是站在虚构这边的，但它本身构成了一种真实。被纸手铐铐住的是我们身上的"非手"，纸耳朵听到的是众声喧哗的"聋"。

其四，纸手铐所包含的"非手铐"因素是如何起作用的？"非手铐"的存在证实了"非手"的存在，在纸铐里我们看不到真正的手。

其五，纸手铐发明了一种"非肉体"的惩罚。在纸手铐中，作为肉体的手是不存在的。但如果手铐不是铐在手上的，那么它铐在什么上呢？如果最严酷的惩罚不再施加于肉体之上，它又能施加于什么上呢？答案似乎也就深藏在问题之中：既然惩罚的对象不再是肉体，那就必然是心灵。曾经以物质的（铁铸的）形式降临在肉体上的灾难，现在以非物质的（纸铸的）形式深入心灵、想象、直觉、梦境之中。囚禁内化了。囚犯本人是怎样成为他自己的狱卒的？

在影片的第三个层面，参与讨论的人一个个销声匿迹，只剩下孤零零的、手写体的文本。一种清洗液开始清洗影像，它同时被涂抹到影片的声带上。起先，人的声音没有了：交谈声变成了哑语，咳嗽声哽在喉咙里。接着，物的声音也没了：电话被挂断，打字或书写的声音被橡皮擦擦去，仅有的一支枪是哑火的，不能发射子弹。最后，电影放映的声音也消失了，放映机不再转动，但影片继续在放映。清洗之后，只剩下纸被撕碎的声音：各种不同的撕法，各种不同的纸。

影片越来越抽象，越来越静谧，最后达到近乎默片风格的地步。它能否被拍成具有纯粹电影本能的片子？

从最后出现在银幕上的那缓慢移动的、孤零零的、手写体的文本中，可以读到如下文字（这些文字构成了关于《纸手铐》影片主题的 43 个变奏）。

1. 究竟是什么在定义纸手铐，使之如此牢固地铐住那人的手？有没有比恐惧更隐蔽、但又更直接、更具原理性质的东西在起作用呢？纸铐铐住的其实不是真手，而是纸铐发明出来的非手。这可真是一件怪事：那人被纸手铐铐住之后，手仍然是真的，但却像假的一样不起作用了。起作用的是非手。手和非手共享一种现实，共有一副皮囊，它们看上去就像为同一把锁配的两把钥匙般一模一样。

2. 没人能听到纸手铐撕碎时，人（作为历史幻象的人，或作为构造现状的人）从内心发出的一声尖叫。没人能听到纸里面的铁，骨头，词与物。没人知道究竟发生了什么。纸手铐，这是什么意思呢？纸可以用来书写、涂抹、擦拭、遮蔽、登记、印刷、绘画、折叠、搓揉、燃烧，但纸肯定不能用来定义手铐。纸，手铐，这是两个完全相反的概念，当它们在同一个物质现实中合为一体时，那物质现实显然意味着对两者在定义上的取消。手铐的定义——强迫性地铐住你的手，不让手乱搁乱动，不让手挣脱——被纸取消了。而纸的定义—— 一撕就碎——被手铐改写为铁，在这一改写中铁实际上既是最后的存在，又从未真的存在。所以就定义而言，手铐，纸，铁，这三样东西作为它们自己全都自行取消了，它们全都以放弃自己来表达自己，以退出自己来抵达自己。纸手铐作为一个物，其存在并无实体，其起源无法眺望，具有詹姆思·乔伊斯所说的"使语源虚无化"的性质。

3. 纸手铐：一个"灾变幻象"。它不仅是监狱管理人员的发明（监狱管理人员是在一对一的、日常公务的语境中发明纸手铐的，纸手铐起源于狱规、物质匮乏、个人恶作剧的诡异混合），更是囚徒自己的一项发明：用纸发明铁，用轻发明重，用真发明假。这是否意味着手铐被非手铐重新发明了一遍？

4. 纸手铐耐人寻味之处在于：它不仅是被现实发明出来的，也是被梦发明的。一个长时期带纸铐的人，去掉纸铐反而难以入眠，即使入眠也会"梦见"一副纸手铐。

5. 这恐怕是谁也没有想到的事：纸手铐可以用来固定手在梦中的位置。想一想吧，梦的世界是多么广阔，多么自由。那在梦中被规定了位置的手是你的手，还是梦中人的？梦是生者的国度，还是死者的？你还不是死者，却像死者那样在听，听到所有生者身上的死者的耳朵。或者说，是死者在生者身上竖起了耳朵，偷听活着的那个人。

6. 你只能听到你早已听到过的声音，只能看到你早已看到过的形象。那声音，那形象，甚至你不在听、不在看的时候，也到处都能听到和看到：在别的声音和形象中。你看着某物，它起初并不是你早已看到过的那物，但慢慢就会（没准突然就会）在形象上变得与那物相似起来。你听着许多彼此不同的声音，它们最终都聚拢和消失在你早已听见的那个声音上。

7．由此构成了一种我们称之为超声音的声音，超形象的形象，亦即一种超现实的古怪现实：如果你在别的声音和形象中听不到它，看不到它，它就会从中发明它自身。它随处藏身，又随处现身，想回避都回避不了，以至你对它的任何回避全都反过来证实它，形成它。你看它的时候，它也反过来在看你。仿佛不是你在看它、听它，是它本身在看，在听——用你早已听到的声音去听你从未听过的。

8．这样一种超声音和超形象，这样一种超现实，已不仅仅是一种精神氛围，它直接是生理和自然的一部分。它形成了自己的生命，有自己的身体。那当然是个假的身体，但假的在某个语境中比真的还要真。它没眼睛但能够看，没耳朵但在听，没腿但行走在我们中间——"跛，在某处追上了跑。"它戴了顶帽子，可是没有头（歌德写过这么两句打油诗："缝制一顶帽子容易，找一个适合它的头颅却难"）。它到处与人相握，却没有手。

9．请给它铐上一副纸手铐。没有手，就从我们每个人的身上借。纸铐铐住的现实，要多轻有多轻，但对于重的它又太重。存在的天平并未因此而倾斜。天平的另一端是些什么呢？法国诗人圣琼·佩斯在《远征》一诗中写道："用一粒谷子称量生活吧。"真的，从词的意义上讲，生活就只有一粒谷子那么重。

10．一粒谷子是对生活的一种馈赠。一副纸铐呢？

11. 纸手铐：一个尺度。它不仅衡量出了"自由"是多么轻，而且衡量出"不自由"有多么轻，多么虚无，多么游戏化。监狱管理人员也好，囚徒也好，手都是纸手，人也都是纸人。

12. 总得给虚无派用场。手铐被纸虚无掉之后，手并没有从手铐解放出来，升华出来。相反，手也虚无掉了。手现在变得必须和手铐在一起才能证实、才能感觉到它自身的存在。一个对手铐感兴趣的自由人，这是什么意思？有没有一副对自由感兴趣的手铐呢？铐过太多的手之后，手铐对手已经不感兴趣了。而对于手来说，铁铐和纸铐，其实都一样：手不堪其重，也不堪其轻。在这里轻也就是重，自由正是不自由。

13. 有了纸手铐，人就可以把自己内心的恐惧感和不安全感托付给它，将生命的全部注意力凝聚于不让纸手铐被撕坏这样一个念头（一个命题）中。在纸手铐完好无损的领域内，囚徒是安全的，宁静的，不受惩罚的。纸铐的圆类似于孙悟空划出的圆，只要待在里面就是安全的：铁进不来。纸铐成了保护伞，它使囚犯避开了来自物质的、真正铁铐的伤害。这是一种纯属内心的、不可测度的恐惧，恐惧就恐惧在，恐惧的对象在物质上过于非物质化：纸铐太容易挣脱，太太容易，一不小心就挣脱了。因为纸手铐乃非物质的产物，保护手段也就不是物质的，而是精神上的。保护纸铐不被撕坏——这本身就是一个象征性的命题。人只能依靠象征性，依靠对并无实体的纸手铐的感觉、推断、虚构来保护它，而没有物质性可以依靠。

14．物质性：这正是中国的文学生活、知识生活真正欠缺的东西。纸手铐之所以具有威慑力量，是由于纸里头有"铁"这样的物质。当然，这是那种"语源虚无化了"的物质：因为当纸转化为更为虚无的存在状态（比如，撕碎的声音）时，那人听到的不是纸本身，而是别的声音。纸在语源上被改写了。

15．纸手铐将手变成了象征性的手，没有手的手，不敢乱放乱动，不知往哪儿搁。

16．纸就是纸，铁就是铁——实证思想如是说。但纸在何种程度上被准许是铁？纸与铁的吊诡关系是实证主义难加追问的。说到底，纸和铁在纸铐中与其说是事实，不如说是陈述事实的"词"：不透明的、由反词构成的词。纸与铁的差异，无非是轻词与重词的差异。而手铐本身不过是一种引申义，一个中间环节。

17．事实会不会因词的减轻而变得透明呢？用纸减去铁之后，一副手铐还剩下些什么呢？它更多了：多出了象征性，多出了虚构，多出了词。

18．当心词。手铐既不是铁的也不是纸的，而是词的。是词在铐你。

19．纸手铐的虚构性质是如何产生影响的？纸手铐中的超手铐是否早于物的存在、早于词的描述就已预先"根植于一预备性质且处于基本选择的深处"（福柯《知识考古学》）？超手铐赋予

纸手铐的存在以合法性、真实性，使之成为一种话语——纸手铐
并非伪手铐，而是关于真手铐的伪陈述。

20. 与铁之重纠缠在一起的纸之轻把手铐变成了一种奇异的
肉体真实—心灵真实混合体。纸吸收了铁的成分，并用非肉体的
语言对身体说话。纸手铐对心灵的惩罚不可避免地涉及了身
体，成为双重惩罚。

21. 这里面有一种复杂交错的关系：对身体的司法控制与对
心智的观念性控制纠缠在一起。一种依附状态（比如手依附纸
铐，自由依附不自由）围绕控制被组织起来，被精确地设计出
来，被精心照料、培养、估算，不借助暴力和恐惧，但却依然是
物质结构的一部分。铁之重从纸之轻蒸发了，权力仅是一种
氛围。

22. 纸手铐应被解读为一套权力技术学的编码，而不是权力
本身。它把一个人具体的、单独的身体，变成了社会的、集体
的、匿名的身体。它行使的乃是一种微观权力，有无数的投射
点、转折点、冲撞点、透视点、出发点、消失点。真正的权力总
是以缺席表示它的在场，以不足表示它的过剩，以仁慈表示它的
残忍。

23. 那人身上从前的、无以名状的、对外界事物的恐惧，现
在全都朝着对纸手铐的恐惧涌起。这是发明。用具名的、个别
的、部分的恐惧发明抽象的、无名的、不存在的、整体的恐惧。

词与名来自于物，现在，它反过来成了物的起源：先有对纸手铐的想象和恐惧，然后才有纸手铐。真的，人有时需要一个像纸手铐那样的恐惧，以便把一切恐惧往里面倒（像倒垃圾一样），把许多恐惧之后的又一个恐惧变成初度的、第一次的恐惧，把对老鼠、对狗吠、对子弹和鞭子的恐惧全都交给纸铐去保持，去铐住，去撕碎，去与铁的现实构成对称的、折叠的关系。纸铐是这一切恐惧的总称，一个空无所指的纯能指：因为它什么都不是，所以它是一切。

24. 最终，那人变得必须依赖这种"纸手铐恐惧综合征"来维系生存。他只能借助它来避开它，"迷恋"诞生了。一切都显得那么可疑，事情在扭曲之处直起身子，好的故事被讲坏了，异于寻常的事物也常态化了。恐惧变甜了，变得乡愁起来，销魂起来——那样一种密不透风的、保险丝般的宁静，以及对这宁静的深深倾听。借助于恐惧才能听到的声音，听着听着就变成了别的什么。听是一个形而上的排除过程：排除一切不是恐惧、不是纸铐的声音，只听最怕听到的声音。在怕的背后，是迷恋。

25. 对纸手铐的听，在那人身上培养出一些不可思议的才能。比如"聋"的才能——再大的响声，只要其中没有纸，他都会像聋子似的听而不闻。他内心的听觉天空是被纸折叠过的，层层打开之后，风景和气候都是纸的，"聋"在其中像纸鸟一样飞翔。聋之所以被称之为一种才能，是因为聋并非什么都听不见，聋在这里具有一种从较大的声音里听见较小的、特别小的、几乎无声的声音的颠倒的、非生理的特质。聋将那人的听力完全扭转到对纸手铐的倾听之后，纸手铐就成了一个开关，打开了什么不得而知，但它关掉了许多真实的声音。有时真实的声音会带来恐惧。狗的狂吠，猫的怪叫，狼的阴嚎，枪声和炸弹声，车祸的急刹车声，碎玻璃声，夜深人静时小偷弄出的声音（越小心越恐惧），所有这些真实的声音，以及这些声音派生出来的种种恐惧，全都被纸给关掉了。除了纸撕碎时发出的声音，再没有别的什么声音能带来恐惧。

26. 其实那些关掉的声音，狗和狼的声音，扳机和车祸的声音，小偷的声音，它们并没有真的消失，它们只是被纸手铐挪移了。纸手铐：一个古怪的、存什么都行、但只能存不能取的银行账号。就像一个人可以把每一笔钱都往死人的银行户头上存，他也可以把铁往纸挪移，把有往无挪移，把生往死挪移。想一想吧，一个人以死人的名义存了那么多的钱，死是富有的。除非人活着的时候就成为那死人，否则他不可能花那笔钱。你是否在你自己的身上发现了这个死者呢：这只存钱不花钱的人，刀枪不入的人，绝不会撕碎纸手铐的人？没准你只是这个死者的替身。你替他活在这个世界上，自己却早已死了，要不怎么连挣脱一副纸铐的力气都没有？

27. 不是那声音（纸撕碎的声音）发出来了，你才听到它，而是你听到了那声音，那声音才发出来（也可能不发出来）。

28. 那人听到了那声音：纸发出的铁的声音。从纸到铁，转换是如何完成的？像挪威画家蒙克那样转换——有尖叫，但没有嘴？是别的什么在尖叫，尖叫本身从不尖叫。真正的尖叫是叫不出声来的。或者像加拿大钢琴家格伦·古尔德那样，将音乐从听转换成不听？他在弹奏巴赫某些艰深的赋格作品时，将双耳用棉花塞住，听转换成不听之后，也许他真的能看到复调音乐中的线条起伏、和声变化、明暗对比、数字关系。《东方学》一书的作者萨义德是个古尔德迷，正是古尔德弹奏的巴赫，帮助他完成了从听到看的决定性转换。晚年的贝多芬不也曾借助于聋的启示（是真聋），来处理音乐中纯属原理的东西，将听推进到"不听"的深处吗？选择"不听"的角度去听贝多芬的晚期作品，尤其是晚期弦乐四重奏和钢琴奏鸣曲，我们就有可能听到深藏于他作品之中的聋，不仅是生理的、也是形式和原理上的聋：聋，既是他音乐思想的消失点，也是起点。

29. 聋在这里并非听不到，而是将声音反过来听，听着某物却听见另一物——比如，听着纸，却听见铁。聋，就是听见反声音，听见"不可听"。人透过聋所听到的声音，像纸一样可以折叠，有正面，也有背面。从纸的正面看到的清晰字迹，从背面看只是一些乱码。在听的背面，你只能听到声音之间的临时差别和偶然联系，而听不出声音之间的意义联系，以及音与物的联系。

换句话说，所有的声音都是漂移的，悬浮的，失去了固有音源。扳机的声音可以不在枪上，而是在收音机的旋钮上，在电灯的开关上。鸟叫声可以是玩具做的，可以让玩具狗、玩具猫去叫，也可以是真猫真狗叫出来的。汽车的喇叭声可以塞进笛子里吹，搁在二胡上拉。肖邦可以交给锯子去锯，锉子去锉，看能弄出些什么样的硬声音。如果你要的是一个软肖邦，你可以把他交给花朵去绽开，去凋零，交给流水去悠悠地流。至于内心的那一声尖叫，它可以在骨头里生长，折断，碎作粉末，可以像癌细胞一样扩散，也可以在我们身体里最痛的地方结石。那么，把你内心的尖叫叫出来吧，无论你从中听到的是纸还是铁，是现实还是虚构，是砰的一声还是嘘的一声。

30．这样的声音（反声音），得用什么样的耳朵去听？纸手铸恐惧症把我们每个人的手变成了假手，也把耳朵变成了假耳朵：登记过的、盖了公章的、神经分叉的耳朵。问题是，谁在这纸耳朵里听呢？由于听失去了音与物的真实联系，失去了命名的基础，只剩下孤零零的听，由不听构成的听，所以，不知听者为谁。这个听者是但又不是我们当中的任何一个人。

31．别以为那人对纸撕碎时发出的声音的恐惧，是由他对那声音的回避加以证实的。恰恰相反，他是在所有不是纸的声音中寻找纸被撕碎的声音。就像一个有怪癖的人在一场钢琴音乐会上专听弹错的音，去掉那错音之后，他的绝对辨音力就会跟着消失。

32. 法国一位当代历史学家认为"历史是关于痕迹的知识"。一双被纸铐铐住的假手在世界上留下的痕迹，有没有经过指纹确认？被纸耳朵听过的声音，有无痕迹可寻？真的声音和假的声音，词的声音和物的声音，可听的声音和不可听的声音，甜蜜的声音和恐怖的声音，纸耳朵会不会将两者之间的区别，变得像是用中文在为一部英语电影配音似的对上口形？

33. 听是不留痕迹的，但用纸耳朵去听，那是另一回事。你甚至可以听到（触摸般地听到）青草生长的声音，光线变暗的声音，花朵绽开或凋谢的声音。这些声音在被听之物的表面留下了雪崩似的形状和痕迹：

　　　　周围的世界突然塌下

　　　　　一种奇异而奢侈的感觉

　　　　　如同被女人的手所触摸

34. 纸手铐恐惧症是靠可能性喂养的。纸铐铐在手上，它并没有撕碎，它只是可能撕碎。对恐惧来说，这一点点可能性就够了。可能性是借来的，问题是，还给谁？还不掉的东西，就成了你自己的现实。

35. 恐惧，就是恐惧者和恐惧物一起消失。这是真正的恐惧：人人对它浑然不觉。

290

36. 减轻恐惧的有效方法是找到一种更大的、他人的恐惧。加在一起的恐惧没正面，但有两个反面。

37. 哦，监狱管理人员，你拿犯人的这种恐惧，这种半是迷恋半是梦魇，半是惩罚半是儿戏，半是真实半是虚构的恐惧怎么办？真的，是铁铐你可以打开它，废除它，砸碎它，也可以让囚犯戴上它，承受它。但纸铐呢？纸铐是"乌有"，你却用它来显现"有"。它表达的一切都意味着"是"，可它本身却是"不"。纸铐，一种本就是空的东西，打开，还是空的，扔掉，还在那儿。纸铐，一个轻如空气的名字，你用它来叫每样不是它的东西，直到它叫过的每样东西都被叫轻了，而它自己却在当中变得无比沉重。是的，必须向你致敬，尊敬的监狱管理人员，我们未来的保卫科长、人事科长或仓库主任——还有什么恐惧与纸无关，你就会让纸成为什么。

38. 纸手铐，一个无所不在的漏的意象。较大的声音被较小的声音漏没了，实在被空想漏没了，复数被单数漏没了，老年被青春漏没了，句子被单词漏没了。汉语在英语里漏，普通话在方言里漏。自行车骑着骑着就瘪了，有人还在费劲地骑（以慢动作骑）。啤酒和可乐，喝上几口就没了泡沫。所有的泡沫都在经济、在互联网上漏。国家被省漏掉了，省被县漏掉了，县被乡镇漏掉了。大学用中学在漏，中学用小学在漏。到处都在漏水，漏电，漏气，漏税。加法漏没了，就用乘法接着漏。水库，池塘，合起来也不够一只抽水马桶漏。那么，索性把大海也拿来漏。"整个地中海漏得只剩几个游泳池"——这旧时代的地中海，再漏就只剩几滴眼泪了（哦有闲阶级的女士，用你幸福的黄手帕轻轻擦去它吧）。而无产阶级的铁，也漏得只剩下一些纸，连锈都不再生。

39．那人对世界的最后感觉是撕。有纸要撕，没纸也撕，使劲撕，没完没了地撕，不讲道理地撕。我们为什么不能像他那样，将要撕的东西撕上两次，一次用纸，一次用铁？无疑，用上帝撕过的，还得用撒旦再撕一次。将里子翻过来当面子撕。将胜利当失败撕。将荣耀当耻辱撕。用人民币去撕美元，马克，英镑。用10元小钞去撕100元大钞。

40．整个西方现代社会不都是用纸在统治吗，只不过纸没被赋予"手铐"的形式而已。到处都是纸；银行户头，账单，发票，支票，现金，生日贺卡，明信片，护照，选票，流行小说，街头小报，垃圾邮件，传真，统计表格，教科书，圣经，电话号码簿，卫生纸，餐巾纸，留言条，病历。真的，这是一个近乎疯狂的纸的世界，纸意味着一切：书写，阅读，签署，擦拭，登记，开销，支付，包装，传递。纸，究竟是民主的，还是极权的？左派的，还是右派的？大众的，还是少数人的？纸的秩序被描述为一种相互缠绕的东西，并隐秘地与一种新的肉体政治形成了对折。这种对折不仅产生结构，也产生要求。它所创造出来的形象乃是一个肉体的形象。现代性需要什么样的躯体呢？现代社会对躯体的滥用、训导、抽空，不仅简化了现实，而且缩小了自我：缩小成一小块晶片，一个信号，一个签名，一个电话，一个单词。这么一个躯体，浑身都是纸，不知怎么就挤进了历史。

41．纸手铐作为一个精神命题，恐怕很难为西方人所理解。总不能像发选票一样，给每个西方人发一副纸手铐吧。即使发了也是白搭，在西方人看来，那只是一个玩笑而已。它本来就是玩笑，不同之处在于：西方人在纸手铐的玩笑中怎么也想象不出铁的存在（纸就是纸，不含铁的成分，此乃西方实证主义思想的一个出发点），而东方人则可以将铁的现实强加给玩笑似的纸手铐。

42．电脑出现了。这是否有助于我们克服"纸手铐恐惧综合征"呢？微软巨头比尔·盖茨说过："我们大家都致力于消灭纸。"是的，在一个比特的世界里，人再也用不着和纸打交道了。问题是，多年来，我们已经习惯了纸手铐。我们都是些纸人。我们已经迷上了纸手铐：它留下的痕迹如豹子的优美条纹，"至今斑斑尤在身"。

43．而且，纸手铐消失之后，数码手铐会不会被发明出来呢？